致青春 139

我有霸總光環

【第一部】

攻心為上

（上）

江月年年　著

高寶書版集團

目錄

CONTENTS

第一章 妳引起了我的注意

影視公司內，楚楚正圍繞小說《巨星的惹火嬌妻》，跟版權採購部的同事發生激烈爭執，雙方僵持不下。

同事崩潰道：「沒有惡毒女配角，男女主角該怎麼推動感情！妳不要太苛刻！」

「女性對女性的惡意是最可悲的，我死都不會同意這種價值觀！」楚楚擲地有聲，直接拒絕採購小說ＩＰ，並瘋狂為自己立下FLAG。

下班後，楚楚撐著傘，頂著豆大的雨點回家，一道閃電橫空落下。

「轟隆──」

楚楚暈倒前，心想老天未免太認真，沒必要為了一本小說劈死她吧？

豪華酒店的露天泳池邊，由於發生了事故，節目組突然中斷拍攝。救生員從泳池救起溺水的女子，聯絡醫護人員進行施救，場面一片混亂，眾人交頭接耳起來。

「怎麼突然有人落水？工作人員沒設置好防護措施嗎？」

「這裡可是深水區，沒事吧……」

醫護人員和救生員搶救了半天，躺在地上的女子吐出一灘水，她在甦醒後開始劇烈地咳嗽，周圍的人頓時鬆了口氣，開始四處呼喊，彙報給節目組的高層人士。

「醒了，醒了！快去通知楚總！」

「李泰河呢？」節目組導演鬆了口氣，環顧一圈的明星，卻發現重要人物突然消失。

一旁的工作人員小心翼翼地湊近導演，悄聲道：「李泰河怒氣沖沖地拉著楚總離開了……」

導演聞言一愣，想起兩人的流言蜚語，一時不知該說什麼。

楚總是銀達投資的董事長，也是建立辰星影視的人，其父楚彥印更是富豪榜上的商業巨頭。李泰河是辰星影視的當紅藝人，可謂是被楚總一手捧紅。因為兩人微妙的關係，無論是公司內部還是網路上，都有無數捕風捉影的傳聞。

導演沉默片刻，提點道：「你自己注意一點，有的事爛在肚子裡就好。」

辰星影視是節目的主要資方，說到底，他們不過是個打工仔，總不能嚼老闆舌根。

「我明白……」那人老實地點點頭。

豪華酒店的僻靜角落，一男一女站在落地窗前對峙。這裡人煙稀少，又有裝飾的植物遮擋，完全不會引人注意。交談的兩人身分都不簡單，一個是炙手可熱的當紅男星，一個是萬貫家財的年輕女總裁。

李泰河英俊的面孔因為憤怒而扭曲，他痛心疾首地怒斥：「妳真是個瘋子！居然想殺人滅口？」

眼前的女人身著昂貴的訂製套裝，擁有婀娜的身材和出眾的相貌，但美好的外在卻掩蓋不了她骯髒的內心。他不敢相信，她是懷著什麼樣的惡毒心思，才會對一個無辜又單純的女孩下手。

此時的她面無表情，像是一隻冷血的惡魔，看起來毫無懺悔之心。

李泰河一邊搖頭，一邊喃喃道：「我受夠妳了……」

楚楚望著面色陰沉的俊美男子，他頭上頂著一個閃亮亮的光環，旁邊漂浮著人物名稱「李泰河」和光環名稱「男主角」。李泰河是《巨星的惹火嬌妻》中的男主角，文中設定是他最終會成為影帝。

楚楚微微側頭，從落地窗內看到自己的身影，她同樣頂著光環，旁邊的名字是「楚楚」，光環名稱是「惡毒女配角」。而楚楚是小說的女配角，一個瘋狂阻礙男女主角的感情、基本上就是個腦殘的角色。

老天沒用閃電劈死她，卻讓她成為自己最討厭的那種人。

〔請透過任務加強「惡毒女配角」光環，光環消失將被主世界抹殺。〕

〔任務：對李泰河說出經典臺詞，「如果不是她，你根本不會離開我」。〕

楚楚還沒緩衝完離奇遭遇，奇怪的提示音卻在耳畔響起，落地窗上也同時浮現出古怪的文字，李泰河似乎沒察覺到旁邊的異樣，僅有楚楚一人能看見任務文字。

《巨星的惹火嬌妻》中，女配角因忌妒女主角，將她從高空推下，幸虧女主角落入泳池，這才撿回一條性命。男主角也因為此事，認清了女配角的真面目，並狠心決裂，致使女配角進一步黑化。

楚楚回憶完劇情，頓時冷靜下來，出言詢問：「你有親眼看到我把她推下去？」

李泰河冷笑道：「事到如今，妳還要狡辯？」

「那你還等什麼，這可是殺人未遂。」楚楚神色自若地說道，「趕緊拿起手機報警，我就站在這裡等警察來抓我。」

李泰河：「……」

〔請透過任務加強「惡毒女配角」光環，光環消失將被主世界抹殺。〕

〔任務：對李泰河說出經典臺詞，「如果不是她，你根本不會離開我」。〕

楚楚心想：你讓我說我就說，我的面子要往哪裡擺？

奇怪的聲音再次出現，顯然是對楚楚出格的行為非常不滿，頗有警告意味。楚楚頭頂的「惡毒女配角」光環稍微變淡了一些，但她還沉浸在被警察逮捕的劇情中，並沒有察覺。

偏偏楚楚就是個吃軟不吃硬的人，誰逼著她做什麼，她就非得反著來。有本事就抹殺她，萬一因此回到現實世界呢？

她在看小說的時候，就覺得女配角渾身都有問題，現在正是穿書的大好時機。

她作為正直守法的好市民，打算把自己滅了，絕不讓任何一個壞人為非作歹！

楚楚見李泰河露出彷彿吞蒼蠅的表情，皺眉道：「你怎麼還不行動？快把手機給我，我報警自首，爭取減刑。」

李泰河咬牙切齒道：「妳是在故意挑釁嗎？」

楚楚滿臉茫然：「我是誠心自首！我確實做錯了！」

李泰河見狀，勃然大怒：「誰不知道妳的背景，就算妳報警了，警方也不敢對妳怎麼樣，這才有恃無恐！」

〔任務：對李泰河說出經典臺詞，「如果不是她，你根本不會離開我」。〕

奇怪的聲音提醒了第三次，像是跟李泰河一樣處在忍耐邊緣。

楚楚聞言，正義凜然地痛斥：「就算是天子犯法，也與庶民同罪！李泰河，我沒想到你是這種縮頭縮腳的男人，居然還怕權貴子弟？我保證，不在牢裡坐十年，我絕對不出來！」

李泰河被這番話氣到吐血，只覺得楚楚囂張得無法無天，他顫聲道：「好，很好……妳別太得意，雖然楚彥印能護妳一時，但他是護不了妳一世的！」

「鈴——」手機突然響起，打斷兩人激烈的爭吵。李泰河接通電話，在聽清消息後臉色稍緩，應聲道：「好的……我馬上回去。」

他掛斷電話，恨恨地看她一眼，語氣冰冷：「妳該慶幸笑笑沒事，否則我饒不了妳！」

楚楚直接吐槽：「叫你報警也不報，還想饒不了誰？」

李泰河：「……」

李泰河氣到說不出話，拋下楚楚一人憤然離去。

小說男主角退場後，楚楚這才有時間整理思緒。她對著落地窗照鏡子，發現不管如何扭頭，都擺脫不了頭頂的「惡毒女配角」光環，光環的亮度似乎又減弱了一點，如果按照提示音的說法，光環徹底黯淡，楚楚就會死亡。

楚楚望著鏡中的自己，忍不住摸了摸下巴，又浮現新的疑惑，跟一首歌的歌詞極為契合。

楚楚：「我怎麼這麼好看？這麼好看怎麼辦？」

楚楚在落地窗前照來照去，壓抑不住內心洶湧的自戀之情。她的五官明明沒有任何明顯變化，卻彷彿被精修過一樣，自帶濾鏡效果，精緻得不似凡人。這難道就是當紙片人的天賦優勢？每個惡毒女配角都要有一副美麗的皮囊？

楚楚默默地揉著臉，只覺得整容都無法如此完美，控制不住地欣賞自己的盛世美顏。

旁邊，總裁助理張嘉年有些躊躇，不知此時跟楚總搭話是否合適。他只能沉默地站在原地，看著自家老闆瘋狂照鏡子，等待出言提醒的時機。

楚楚在落地窗前足足沉醉了幾分鐘，這才直起腰來。張嘉年立刻抓住機會，出聲道：「楚總，節目組今天的拍攝已經結束，您要回公司嗎？」

楚楚沒料到身旁有人，她嚇了一跳，一回頭就看到一名儒雅穩重的男子。他的名字是

「張嘉年」，光環名稱是「路人甲」。

張嘉年完全是個跑龍套的，用於襯托女配角的家境權勢，屬於沒資格寫上人物小傳的邊緣角色。

楚楚逐漸摸清這個世界的規律，男女主角的光環最強，楚楚、張嘉年等有名字的角色會擁有不同屬性的光環。小說中連名字都不配擁有的人則沒有光環，於酒店裡來往的路人基本上都是這個類型的。

楚楚道：「你知道警察局在哪裡嗎？」

張嘉年溫和道：「距離這裡最近的是龍潭區派出所，您有什麼事可以交代我，我幫您代辦。」

楚楚搖搖頭：「我要去自首，你沒辦法代辦。」

「……」張嘉年的笑意僵在臉上，好脾氣地確認道，「您說什麼？」

楚楚解釋道：「我殺人未遂，要去警局自首，爭取減刑。」

張嘉年呆滯了一瞬，隨即便恢復強大又專業的職場態度，和緩道：「您最近可能有些勞累，我先安排司機送您回燕晗居休息，然後聯絡胡醫生上門。」

楚楚道：「你是覺得我病了？還是覺得我瘋了？」

張嘉年露出毫無破綻的笑容，無懈可擊地說道：「當然沒有，今天本來就是您定期檢查的日子。」

張嘉年引領楚楚往門外走，司機早已抵達酒店門口等待。楚楚剛要上車，突然又回過頭：「對了，還有一件事情。」

張嘉年的神經瞬間緊繃，生怕這位祖宗又要說去警局自首的胡話，他禮貌道：「您說。」

楚楚問道：「夏笑笑沒事吧？」

張嘉年一愣，他並不認識此人，疑惑道：「您說的是……」

楚楚提醒道：「今天落水的女孩。」

張嘉年恍然大悟，彙報道：「她安然無恙，除了受到驚嚇以外，沒有外傷。」

楚楚點點頭：「你去公司樓下的蛋糕店買一些蔓越莓餅乾，送給她壓壓驚，她喜歡那個。」

楚楚還記得書中的一些小細節，其中女主角喜歡在情緒失落時吃蔓越莓餅乾。

張嘉年：「？」

張嘉年：「好的，我這就去辦，您放心回去休息。」

楚楚這才安心上車，張嘉年在應付完大老闆後，終於鬆了口氣。他覺得今日的楚總怪異無比，雖然平時的她也古怪暴躁，但絕不會說這些荒謬的話，更不會關心其他人愛吃的東西。

張嘉年不敢耽誤，立刻打電話給總裁祕書：「妳去樓下的蛋糕店買一些蔓越莓餅乾，然後送去給夏笑笑，這是楚總的吩咐。」

祕書遲疑道：「請問是哪位夏笑笑呢？」

祕書同樣萬分茫然，她倒是知道辰星影視的夏笑笑，但跟楚總簡直八竿子打不著。

「落水的那個人。」張嘉年想起楚總對此人的關注，不由好奇，「她到底是什麼人？」

祕書支支吾吾道：「夏笑笑是辰星影視的實習生……」

張嘉年更為迷糊，日理萬機的楚總怎麼會記住實習生的名字？

另一邊，楚楚本想甩脫掉像隻跟屁蟲的張嘉年，下車找警局自首，沒想到司機盡責地直接把車駛入燕晗居內。燕晗居是市內的頂級社區，主打的概念就是大隱於市、鬧中取靜，在繁華中獲得安逸。

楚楚望著車窗外設計別致、窗明几淨的高級社區，有種誤入豪門劇的錯覺。

燕晗居的地理位置優越，背靠繁華的創意園區，距離市內有名的醫院、學校和圖書館，只有幾百公尺的距離。這套房子是女配角眾多的不動產之一，因為距離公司很近，是她工作期間用來歇腳的居所。

楚楚其實對豪華別墅毫無感覺，她更佩服的是在寸土寸金的市中心，能有這樣的居所。社區管理嚴格，地下車庫有直達電梯，需要刷卡按鍵。

電梯上樓後，楚楚順利利用指紋解鎖進門，她望著屋內的環境，終於意識到什麼叫「貧窮限制想像力」。即便有無數小說描寫過富人奢華的生活，仍比不上親眼看到的震撼感。

充足的採光，明亮的落地窗，薄木拼花的義大利古典傢俱，極有品位的裝潢設計。桌上隨意擺放著一組光潔璀璨的 Baccarat 水晶杯，旁邊是一個古典雅致的小木盒。

楚楚好奇地打開木盒，發現其中裝著不同品牌的車鑰匙。因為她對豪車毫無研究，並不能分辨每個鑰匙的來歷。她悻悻地將木盒放回原位，小心翼翼地在屋內轉了一圈，這裡處處透著奢華、經典和優雅。

楚楚站在視野開闊的落地窗前，蔚藍天色和繁華城市一覽無遺。她不禁感慨，女配角真是腦子進水，居然會死皮賴臉地糾纏男主角。他們簡直是貴族和戲子的差距，果然只有出身豪門的大小姐才會在乎愛情。

如果她這麼有錢，一定天天在家混吃等死，再也不上班。女人只要能躺在自己的豪宅裡，擁有能裝滿衣帽間的高級訂製時裝，具備獨立優渥的經濟條件，誰還苛求有沒有男人？

楚楚光是在衣帽間玩真人版奇蹟暖暖，就能消磨一整天的時間！

〔請透過任務加強「惡毒女配角」光環，光環消失將被主世界抹殺。〕

〔任務：阻止李泰河解除經紀合約，挽留他留下。〕

楚楚正沉浸在浮想聯翩的美夢中，奇怪又刺耳的聲音卻突然出現，打斷她對米蟲生活的嚮往。落地窗上同樣浮現出任務文字，不過轉瞬即逝。

楚楚聽到這個聲音就覺得厭煩，要是她老實地聽從就是小狗！

「鈴——」

手機鈴聲突然響起，讓楚楚嚇了一跳。她手忙腳亂地從包包中找到手機，來電顯示是胡醫生，她趕忙接通電話：「喂，您好？」

「楚總，不好意思打擾了，我想跟您確認一下檢查的時間，請問您今天什麼時候比較方便呢？」電話那頭的聲音極為客氣。

「抱歉，胡醫生，我今天有點累，改天再說吧。」楚楚鎮定地回答，她現在可沒有做體檢的心情。

「好的，如果您有需要，可以隨時聯絡我。」胡醫生禮貌地掛斷電話。

楚楚思考了片刻，果斷將手機關機，在臨終之前還是不要被別人打擾比較好吧？

楚楚仔細想了想，她在穿書前被閃電劈中，能夠存活的可能性極低。她現在還頂著「惡毒女配角」光環，如果不完成任務，隨時會面臨死亡。既然人生苦短，何不做個快樂的富貴鬼，在最後享受一下生活？

三天後。

普新大廈內，祕書長王青看著空蕩蕩的辦公室，不好意思地向張嘉年彙報：「總助，楚總已經三天沒來公司了，您看……」

張嘉年一時無語，有點頭痛地扶額：「妳打電話給楚總。」

王青小心翼翼道：「我昨天就想要聯絡楚總，但她的手機至今都是關機狀態。」

「什麼意思？」張嘉年不禁挑眉，詢問道，「家政那邊怎麼說？」

楚總有極為強烈的領地意識，非常反感別人踏入她家，只敢在她離家的時候上門服務，平日裡絕不打擾。

王青無奈道：「家事服務人員說楚總一直沒有出門，應該還在家中。」

張嘉年陷入沉默，不知道自己的老闆又在耍什麼花招。他的職位非常尷尬，照理來說應該是總裁的心腹，但他和楚總的關係只是面子上過得去而已。楚總極為強勢，要是誰敢貿然上門打擾，大概免不了一頓狗血淋頭的爆罵。

張嘉年最終嘆氣道：「我知道了，我一會兒就去燕晗居。」

這就是伴君如伴虎，他不入地獄，誰入地獄？

王青內心湧上同情，連忙真心誠意地說道：「您辛苦了。」

王青回到辦公室，正巧聽到屋裡的女孩們正在八卦。

「楚總是不是因為李泰河的事情生氣了啊？現在連班都不來上了，網路上到處都在瘋傳解約的事情。」

「哇，網路上罵得可凶了，聽說董事長都知道這件事，讓王姐去關說呢……」

「這要怎麼關說？要是惹上李泰河，肯定會被楚總整死的！」

夏笑笑作為新來的實習生，她坐在祕書們的中間，躊躇著不知道該說什麼。她和楚總僅有一面之緣，印象中楚總是個冷漠高傲的大美女，卻會在私下派人送蔓越莓餅乾給她。

夏笑笑想到自己在楚總面前出醜落水，更覺得萬分丟臉。她從辰星影視來到銀達投資後，還沒有正式跟楚總打過照面，因為楚總已經三天沒來公司了。

屋內議論得熱鬧，王青聽得直皺眉，當即敲了敲門板，厲聲道：「公司出錢就是讓妳們在這裡八卦的？」

原本嘰嘰喳喳的女孩們一看到祕書長回來，立刻鳥獸散，灰溜溜地回到各自的工作崗位。總裁辦是總裁的助理機構，由祕書長王青統一管理。

王青面色嚴肅，她巡視一圈，警告道：「總助已經去燕晗居了，楚總大概下午就會到公司。什麼話該說，什麼話不該說，大家最好心裡有點數。」

眾人聽聞這個消息，頓時倒抽一口涼氣，像是擰上發條般繃起勁兒。有人立刻道：「王姐，我現在就去催財務……」

「王姐，這是笑影文化、光界娛樂的投資方案，請您看看下午是否能讓楚總過目？」

「王姐，這是辰星影視上半年的財報。」

夏笑笑茫然地坐在座位上，詫異地看著這一幕，剛才還在八卦聊天的眾人，直接切換成精英模式。她似懂非懂地接收著龐大的資訊量，覺得辰星影視和銀達投資的工作風格差距極大，讓她很不適應。

銀達投資是一家私募基金的投資公司，辰星影視則是楚總想試試影視界水溫的小小版圖。如果單論學歷，夏笑笑是絕不可能進入銀達投資的，誰叫她是被楚總欽點的女人？

楚總記住了夏笑笑的名字，還專程派人送餅乾給她，這顯然是示好的意思。王青作為職場老油條，凡事都要搶先替老闆考慮，立刻將夏笑笑調任銀達總部，放入自己的手下重點觀察。

夏笑笑看著繁忙的工作節奏，走到王青的桌前，怯怯地詢問道：「王姐，我能幫忙做些什麼嗎？」

王青抬頭打量她一眼，不由微微皺眉。夏笑笑年紀不大，頂著素顏，臉上還帶著大學生初出茅廬的青澀稚嫩，穿著一件普通的帽T，腳踩帆布鞋。

王青這才想起自己過於忙碌，忘記提醒夏笑笑妝容和衣著的事情。總裁辦的祕書們，各個都是踩著高跟鞋的白領，夏笑笑的畫風著實清奇。

王青為難道：「妳等楚總來了之後，下樓去買一杯咖啡。」

夏笑笑立刻打起精神來，認真道：「好的！」

夏笑笑不介意做這些打雜跑腿的小事，只要能為她安排工作就好，畢竟她也沒辦法立刻著手其他業務。

〔請透過任務加強「惡毒女配角」光環，光環消失將被主世界抹殺。〕

〔任務：阻止李泰河解除經紀合約，挽留他留下。〕

〔您的「惡毒女配角」光環即將消失，請盡快完成任務。〕

另一邊，燕晗居內，楚楚正抱著馬桶瘋狂吐血，像是偶像劇中身患絕症的女主角。

事情要從昨天說起，楚楚放肆地在家玩樂兩天後，她頭頂的「惡毒女配角」光環終於瀕臨透明。她三番兩次忽視任務，最終還是迎來懲罰，身體漸漸感到不適，接著就開始大口吐血。

楚楚剛開始嚇了一跳，後來吐著吐著就習慣了。她望著鏡中面色慘白的自己，竟然還有心思苦中作樂，覺得挺有病弱美人的風格。

楚楚可以接受被主世界抹殺，但能不能來個痛快？這種慢慢折磨的方式太痛苦了，可惜膽小如鼠的她又不敢了結自己的生命。

〔請透過任務加強「惡毒女配角」光環，光環消失將被主世界抹殺。〕

〔任務：阻止李泰河解除經紀合約，挽留他留下。〕

奇怪的聲音再次出現，像是感受到她的疼痛不堪，飽含深意地提醒道。

一串文字從洗手間的鏡子上滑過，像是有人在無聲地哄騙她：「做個壞人吧，做個壞人吧，只要妳成為惡毒女配角，就能獲得活下去的機會。」

楚楚面無表情地盯著那行文字，一字一句道：「你、做、夢。」

她寧可死去，也不願做惡毒女配角，自己立下的Flag，跪著也要走完。

楚楚剛燃起滿腔雄心壯志，緊接著又是一陣吐血：「嘔……」

洗手間內迴盪著她淒慘的嘔吐聲，奇怪的聲音終於變更了任務。

〔請透過任務加強「惡毒女配角」光環，光環消失將被主世界抹殺。〕

〔任務：前往銀達投資正常上班。〕

楚楚聽清內容後一愣，這是第一個脫離李泰河的任務，看起來完全沒有難度。

小說中，男女主角都在辰星影視，跟銀達投資沒有任何關係，豈不是去公司點卯，就能解決自己渾身上下，到處疼痛加吐血的毛病？

此時，門鈴卻「叮咚」一聲響起，楚楚詫異地看向門口。

張嘉年來過燕晗居兩次，他硬著頭皮站在門外，艱難地按下門鈴，準備接受狂風驟雨般的怒罵。楚總極度講求私人空間，很討厭別人靠近自己的生活，這也是祕書們不敢過來查看的原因。

張嘉年好歹是個高管，即使楚總對他有萬般不滿，總要考慮到董事長的面子。祕書們就不一樣了，隨便都能開除，完全不用多想。

讓張嘉年意外的是，開門的楚總並沒有大發雷霆，她的皮膚蒼白到近乎透明，身上還穿著一件真絲睡衣，警惕地問道：「有事嗎？」

張嘉年疑惑地看著對方的著裝和臉色，禮貌道：「楚總，您已經三天沒有去公司，我們聯絡不上您，實在有些擔心，您是生病了嗎？」

楚楚看起來狀態極差，畢竟她這次都沒力氣罵人，大概病得很重，不上班也正常。

楚楚對書中的世界還不熟悉，她哪知道老闆不上班，下屬也會找上門。

楚楚撓撓頭，坦然道：「沒有，我就是忘了總裁也要上班。」

富二代難道不是花天酒地、遊戲人間就行？為什麼還要辛辛苦苦地工作？楚楚穿書後就沒有上班的概念，而且她又不缺錢。

張嘉年不曉得該如何接話，只得默默閉嘴：「……」

他憑藉過去的經驗，秉承少說話、多做事的工作態度，選擇沉默不言。楚總時常脾氣暴躁，只要誰在這種時候張口就會挨罵，當木頭人是最好的選擇。

楚楚仍然覺得渾身疼痛，她心想張嘉年來得正好，可以幫她快速熟悉銀達投資的環境。她思索片刻，開口道：「你稍等一會兒，我這就去公司。」

張嘉年禮貌地詢問：「好的，您是自己開車，還是我安排司機過來？」

女配角原身是個愛車之人，不但蒐集無數豪車，沒事還喜歡飆車。如果條件允許，她都會自己駕駛出行，並不習慣讓司機開車。但楚楚可沒原身的駕駛技術，讓她開車上路，大概會出車禍。

楚楚猶豫半晌，答道：「你安排司機吧。」

「好的。」張嘉年有點意外，不過他見楚總臉色不佳，便心領神會，猜測是生病所以狀態不好，不便開車。

張嘉年在門口等待，楚楚強忍著想要吐血的衝動，進入衣帽間。她打開櫃子，看到一排整齊的女式西裝，抓緊時間挑了一套穿上。她胡亂整理了一下頭髮，在簡單收拾後準備出門，希望能盡快抵達公司，消除疼痛和吐血的感覺。

張嘉年見楚總連妝都沒化，看起來十分憔悴，他也不敢多言，只是關切提議：「不然您今天待在家休息，我聯絡胡醫生上門？」

楚楚面色緊繃，她在疼痛中備受煎熬，果斷道：「走。」

如果她繼續待在家裡休息，肯定會掛掉，還不如趕緊完成任務緩解一下。

張嘉年已經適應楚總雷厲風行的態度，索性不再廢話，妥帖安排楚楚下樓。司機早就在樓下等待，兩人上車後，汽車緩緩啟動向公司駛去。

張嘉年慣例介紹今天的工作，提醒道：「楚總，下午笑影文化的韓東會到公司洽談後續合作，您有空出席嗎？」

楚楚硬撐著疼痛感，後背冷汗連連，勉強道：「嗯。」

張嘉年確認完日程，又開始彙報楚楚曠工三天的公司情況。楚楚聽著AB輪融資、VC、PE、IPO等相關術語，讓本來就對金融投資一竅不通、渾身又像被火燒傷一樣的她，不由感煩躁道：「等等再說好嗎？」

張嘉年立刻收聲，暗道楚總果然還是很火爆。車內噤若寒蟬，司機也不敢說話，生怕又刺激到後座的老闆。

楚楚踏進普新大廈的瞬間，全身上下的疼痛一掃而空。她猛地吸了一口氣，只覺得神清氣爽，像破繭重生。她原本被痛苦折磨得直冒冷汗，如今終於鬆懈下來。

〔恭喜您完成任務，「惡毒女配角」光環已加強。〕

楚楚頓時腳步輕鬆，回想剛才在車上失態，有些歉意道：「你剛才在車上說了什麼，我沒有聽清楚。」

張嘉年看著自家老闆像變臉一樣的態度，面色有些古怪。他臉上不露分毫，波瀾不驚地按下電梯按鍵，平和道：「沒事，我到辦公室再跟您彙報。」

樓上，總裁辦內則是一番雞飛狗跳，所有祕書步履匆匆，開始瘋狂補妝，辦公室內吵鬧不已。

「快快快，老闆和總助進電梯了，快把財報給我！」

「趕緊把楚總辦公室的冷氣打開，別拖拖拉拉的！」

「完蛋！誰有吸油面紙，這是什麼爛粉底……」

夏笑笑茫然地望著忙碌的眾人，小聲詢問道：「王姐，我去買咖啡。」

王青同樣焦頭爛額，不安地看了時間一眼，催促道：「去吧去吧，雙倍特濃美式，去冰不加糖，盡快回來。」

夏笑笑連連點頭，她心急火燎地出門，從另一側的電梯下樓。

所有祕書整裝完畢後，精神煥發地站在門口，迎接老闆的到來。電梯發出「叮咚」一聲，祕書們立刻換上職業笑容。

楚楚跟著張嘉年走出電梯，抬眼便看到一排光鮮亮麗的都市白領。她們臉上綻放著標準的商務笑容，整齊地溫聲問候：「楚總好。」

楚楚嚇了一跳，沒見識過這種陣仗，忙不迭地道：「好好好？」

楚楚以前在影視公司從業，職場氛圍寬鬆自由，還沒遇過這樣的企業文化。張嘉年為楚楚帶路，率先開門，將她帶進辦公室。

辦公室的門一關，祕書們立刻嘰嘰喳喳地展開熱烈討論：「老闆今天的心情好像很好？居然回話了？」

楚總平時都是目不斜視，邁著六親不認的步伐直接進屋，什麼時候搭理過她們？

「不是吧，楚總的臉色看起來很差……」

「老闆今天沒化妝？」

夏笑笑提著咖啡，風塵僕僕地歸來。王青幫她檢查咖啡的要求，確定無誤後指導道：「可以可以，直接送進去就好，盡量少說話。」

夏笑笑被王青緊繃的感覺感染，不由有點緊張。她乖巧地點點頭，拿著咖啡往辦公室走。

〔請透過任務加強「惡毒女配角」光環，光環消失將被主世界抹殺。〕

〔周圍檢測到「女主角」光環擁有者，跟您產生排斥反應，強行進入對決任務。〕

〔對決任務：讓夏笑笑顏面盡失，狼狽地離開公司。〕

「楚總，辰星影視那邊在詢問李泰河的經紀合約該如何處理……」張嘉年盡責地站在一旁彙報工作，只要楚楚沒有發話，就沒人敢處理李泰河的事情。

楚楚還沒把辦公椅坐熱，就看到奇怪的文字浮現在牆壁上，不由一陣頭大。她想不出女主角出現的理由，決定避避風頭，果斷道：「等我回來再說……」

張嘉年滿臉茫然，看著楚總大步往外走，不知道又發生了什麼事。

這次的任務文字是鮮紅的血色，顯然對決任務和普通任務不同，「排斥反應」聽起來就很嚴重，楚楚的耳畔甚至出現了警笛聲。然而張嘉年是聽不見的，他疑惑地看著楚楚離開。

楚楚決定馬上逃離辦公室，躲開這一劫。

門外，夏笑笑正小心翼翼地準備敲門，不料屋內的楚楚猛地將門拉開。夏笑笑猝不及防，一時身形不穩，直接被帶翻在地，倒在楚楚的身上。美式咖啡灑了一地，不僅弄髒乾淨的地毯，還同時潑在兩人身上。

楚楚狼狽倒地，身上還壓著夏笑笑，只感覺心口一陣鑽心的疼痛。她抿了抿唇，強忍著想要吐血的嘔吐感。

〔您的「惡毒女配角」光環即將消失，請盡快完成對決任務。〕

〔對決任務：讓夏笑笑顏面盡失，狼狽地離開公司。〕

張嘉年大驚失色，趕忙上前：「沒事吧！」

不遠處的王青和其他祕書也嚇傻了，一窩蜂地跑過來。她們扶起二人，緊接著是一番噓寒問暖：「楚總，您沒事吧？」

「我去幫您拿毛毯和備用外套……」

「這扇門是怎麼設計的？趕緊跟他們反應一下，太危險了！」

「楚總，這是乾淨的衣物……」祕書立刻從總裁休息室把換洗衣物拿來，小心地遞給楚楚。

楚楚的襯衫完全被咖啡毀掉，她嘴唇緊抿，眼神發暗，像是暴風雨前醞釀的烏雲。眾人頓時連大氣都不敢出，沒想到實習生才剛入職，就把老闆點燃，準備迎接狂風般的凌虐。

夏笑笑的身上同樣沾滿咖啡汙漬，束手無策地站在一旁，惶恐地看著被眾人圍繞的楚總。楚總美得很有韻味，只是她冷眼挑眉時，無人敢直視其容顏。她身著休閒西裝，手腕上戴著一款白金彩寶鑽石的腕錶。

夏笑笑低頭看著自己沾滿汙漬的帆布鞋，再看看對方簡約精緻的高跟鞋，竟有一種自慚形穢的感覺。

〔您的「惡毒女配角」光環即將消失，請盡快完成對決任務。〕

〔對決任務：讓夏笑笑顏面盡失，狼狽地離開公司。〕

眾人看著楚總臉上浮現一層寒意，都倒吸一口氣。楚楚強忍痛楚，向夏笑笑招手：「妳過來。」

夏笑笑心驚膽顫地走上前，瞟了對方嚴肅發冷的神情一眼，慚愧而不安地低下頭：「楚總，真的很對不起，是我太魯莽了……您將換下來的衣服給我，我一定幫您洗乾淨！」

王青絕望地扶額，所有祕書聽到這話，表情更加驚恐，心道：小實習生澈底完蛋了！老闆怎麼會穿洗過的衣服，真是哪壺不開提哪壺！

楚總的休息室裡有一堆備用西裝，是有專人固定打理的，怎麼可能留下弄髒的衣服？果不其然，面色陰冷的楚總扯過旁人手中的備用外套，向夏笑笑甩過去。夏笑笑被西裝外套猛地罩住，嚇了一跳。她彷徨地抱著外套，等待楚總對自己處以死刑，沒料到自己那麼快就要離開銀達。

楚總冰冷地說道：「換上。」

眾人本來屏氣凝神地等待罵聲，沒想到是如此簡單的一句話：「？」

說好的暴躁易怒、冷漠苛刻呢？怎麼突然轉性了？

夏笑笑極為詫異，趕緊擺擺手，想要婉拒：「不用不用，您的衣服太貴重了，我下班回去換就好……」

楚總微微皺眉，她挑剔地掃視夏笑笑的著裝，不容拒絕道：「既然初入職場還沒有業務能力，那就在衣著上多加注意。」

夏笑笑的穿著畫風，在滿是白領的環境裡顯得格格不入。她聞言後，頓時滿臉通紅，像是被人點破心事，眼中溢滿羞愧不安，不敢再回絕。

楚楚沉默地扯過毛毯，大步向外走去。旁人立刻閃到兩側，為老闆開路，生怕讓她覺得礙眼。有人見她走遠，喃喃道：「楚總沒拿衣服，這是要去哪裡……」

王青打量望著楚總背影出神的夏笑笑一眼，見她還穿著沾滿咖啡的上衣，提醒道：「好了，妳先去換一件乾淨的衣服吧。」

雖然大家不知道楚總為什麼沒有追究責任，但夏笑笑顯然撿回一條小命。

夏笑笑聞言，這才恍然醒悟，她抱著西裝外套，聞到衣物上淡淡的清冷香氣，不由有點出神。她手中的西裝外套材質特殊，摸上去極有質感。因為家政會在衣櫃內噴上楚總喜歡的香水，所以外套還沾染著屢屢香氛。

這件訂製西裝和那盒蔓越莓餅乾，讓夏笑笑越發覺得楚總神祕且獨特。她看起來不好接近、面帶寒霜，實際上卻是很溫柔的人？

〔您的「惡毒女配角」光環即將消失，請盡快完成對決任務。〕

〔對決任務：讓夏笑笑顏面盡失，狼狽地離開公司。〕

「閉嘴。」

楚楚裹緊毛毯，她臉色發青，忍受著劇烈的疼痛，艱難地踏入大廈天臺。她剛才擠不出好臉色的原因很簡單，因為她快痛死了。

通往天臺的小門不知為何沒鎖，給予楚楚出來透氣的機會。

空蕩蕩的天臺上沒有圍欄，楚楚站在邊緣處，低頭向下看，便能感到一陣眩暈。

她抬頭望天，注視著虛空，一字一句道：「我平生最討厭被威脅。」

她認定的道理，就算是死也不會輕易改變。

「不管你是什麼，別想左右我的人生。」

楚楚說完，義無反顧地跳下大樓。

人從高空中墜落的感覺並不好受，颯颯的風聲在她耳畔呼嘯而過。

楚楚覺得自己像是沉入水中的重石，朝看不到邊界的底部而去。她本以為瞬間就能結束，不料身體感知的時間流逝卻驟然變慢，整個世界像是電影一般放慢動作。

空中飛翔而過的大雁停止扇動羽翼，大廈兩旁的旗幟不再擺動。人行道上的路人暫停腳步，本該在操場上彈跳的籃球懸在半空中。這個世界的時間突然停滯，緊接著周圍的一切景象，像是倒放的鏡頭，時間忽然逆流。

書中的世界按照既定的規則運行，不允許任何崩壞出現。每個人物都有自己的定位，在書中世界發揮著不可或缺的作用。

楚楚茫然地站在天臺上，又回到跳樓的前一秒。她放眼望去，世間靜好，沒人察覺到光陰回溯的異常。

﹝主世界讀檔成功。﹞

﹝您的「惡毒女配角」光環即將消失，請盡快完成對決任務。﹞

楚楚冷笑一聲，果斷再跳一次，居然又回到了天臺邊。

﹝主世界讀檔成功。﹞

楚楚想要逃脫「惡毒女配角」的光環，光用自殺的手段，顯然無法成功。她見此計不成功，突然靈光乍現，既然她沒辦法自己選擇結束，那就無恥地干擾主世界，讓它不斷讀檔，什麼都進行不下去。

﹝主世界讀檔成功。﹞

﹝主世界讀檔成功。﹞

﹝主世界讀檔成功。﹞

楚楚鍥而不捨地騷擾主世界，重複跳樓無數次，終於聽到新的話語。奇怪的聲音像是不堪重負，無奈地給出新內容。

﹝正在根據您過往的行為，重新進行光環判定，請稍等……﹞

﹝請透過任務加強「霸道總裁」光環，光環消失將被主世界抹殺。﹞

﹝周圍檢測到「女主角」光環擁有者，跟您產生相合反應，強行進入進階任務。若光環

進階失敗，將自動回歸原始「惡毒女配角」光環。〕

〔進階任務：對夏笑笑說出經典臺詞，「女人，妳成功引起了我的注意」。〕

楚楚面對龐大資訊量的炮轟，看著進階任務，陷入久久的無語：「……」

這莫非是個「不說羞恥臺詞就必須死」的世界？

她千方百計想擺脫「惡毒女配角狂作死」的橋段，又搖身一變陷入「霸道總裁愛上我」的情節？

最不可思議的是，她居然不是傻白甜的女主角，反倒變成霸道總裁本尊。

楚楚開始自我反思，難道是她對女主角的關懷，讓主世界誤會了什麼？她明明是想打破惡毒女配角刻板的反派形象，怎麼畫風一轉，直接變成百合文？她的過往行為跟霸道總裁有什麼關係？

光環屬性發生改變，楚楚身上的疼痛感也完全消失。目前來看，她和奇怪的聲音繼續僵持，不斷重新讀檔也沒意義，現在只能走一步算一步。她覺得夏笑笑不過是個小女生，到時候不要臉地甩句臺詞蒙混過關，也不是不行。

楚楚想通這一點後，不由豁然開朗。

會議室門口，笑影文化CEO韓東已經抵達會場，他客氣地跟張嘉年握手，問候道：

「楚總今天會來嗎？」

「您稍坐片刻，楚總馬上就到。」張嘉年找人安排韓東入座，同時看了時間一眼，眉宇間略有一絲憂慮。

會議馬上就要開始，楚總卻不見蹤影。如果楚楚沒說要來，張嘉年便可按時展開談判會議，但她在車上已經許諾，他們自然就要等她出席，不敢逾越。

祕書長王青步履匆匆地走來，無奈地搖搖頭：「我們都找不到楚總。」

張嘉年極度無語，有些不解：「怎麼會找不到？休息室也沒人嗎？」

照理來說，楚總的衣服被弄髒，肯定會去休息室更換才對。

「全公司上下都找遍了，沒有看到人。」王青同樣頭大，絕望道，「而且楚總也不接我電話。」

張嘉年發現最近大老闆古怪異常，不但行蹤成謎，而且習慣性失聯。他突發奇想，詢問道：「那人是不是叫夏笑笑？她在哪裡？」

自從楚總遇到這個實習生，簡直就像中邪一樣。

王青遲疑道：「夏笑笑在辦公室，她不可能知道吧……」

張嘉年果決道：「排除所有不可能，即便剩下的再怎麼不可思議，那也是事實真相。」

總裁辦內，夏笑笑穿著西裝外套，獨自坐在工作崗位上出神。其他祕書全都出動尋找楚總，只有剛剛惹怒老闆的夏笑笑被留守，以防她又闖禍。

夏笑笑撫摸著衣料，她從來沒有穿過如此合身的西裝，跟那些廉價便宜貨的版型完全不一樣。她曾經本能地排斥正裝，因為讓她穿上，只會像個房屋仲介，現在想想，不過是沒碰到合身的衣物罷了。

楚總的衣服全都是一絲不苟的訂製品，像她本人一樣完美得不差分毫。她不怒自威，氣勢強大，用無形的控制力左右著身邊的人。

「夏笑笑。」

清冷的女聲突然響起，夏笑笑嚇了一跳，回頭就看見眾人遍尋不見的楚總，她怯怯道：「楚總，總助和王青姐在找您……」

「我知道了。」楚楚點點頭，她猶豫片刻，艱難地揮揮手，「妳過來，我有句話想跟妳說。」

「好的。」夏笑笑忙不迭地小跑過來，發現楚總不知在哪裡換了身衣服，明明大家都沒在休息室找到她。

〔請透過任務加強「霸道總裁」光環，光環消失將被主世界抹殺。〕

〔進階任務：對夏笑笑說出經典臺詞，「女人，妳成功引起了我的注意」。〕

楚楚望著女主角天真爛漫的神情，想到自己的任務，一時難以啟齒。

「女人，妳成功引起了我的注意……」楚楚的視線飄到一邊，她用幾乎聽不見的聲音，以饒舌般的語速一股腦地說完，等待任務完成的提示。

奇怪的聲音並沒有出現，倒是夏笑笑臉上浮現出歉意，小聲道：「對不起，您剛剛說什麼？我沒有聽清楚。」

楚總的聲音太小，夏笑笑努力捕捉資訊，卻一無所獲。

〔進階任務：對夏笑笑說出經典臺詞，「女人，妳成功引起了我的注意」。〕

楚楚硬著頭皮，佯裝風輕雲淡地問道：「妳喜歡看小說嗎？」

夏笑笑不知話題跳躍為何如此之快，但還是老實地點點頭：「喜歡。」

楚楚努力鎮定神色，強撐著不要讓表情崩壞，淡淡道：「有一種小說中常有一句臺詞，『女人，妳成功引起了我的注意』。」

夏笑笑茫然道：「嗯……應該是有？」

〔進階任務：對夏笑笑說出經典臺詞，「女人，妳成功引起了我的注意」。〕

楚楚說完，仍然沒有獲得任務完成的提示，不免開始焦躁。這是什麼破任務，想打擦邊球都不行？

夏笑笑著實不懂楚總的思維邏輯，她試探性地問道：「您是需要我準備這方面的資料？

還是說……」

公司專案處於研發階段時，祕書們會協助進行一些調查和研究，難道老闆想開拓小說市場？

楚楚看著夏笑笑懵懂的樣子，她糾結再三，最後直接豁出去了。

「我是說……」楚楚單手壁咚夏笑笑，將她逼退一步。她眉如遠黛，秋瞳剪水，居高臨下地問道：「妳是不是在故意引起我的注意？」

楚楚才剛說完就後悔不已，她在關鍵時刻居然念錯臺詞，功虧一簣！

楚總身材高挑，輕輕鬆鬆堵住了略顯嬌小的實習生。夏笑笑被大老闆的美貌近距離暴擊，瞬間滿臉通紅，不知所措了起來。她語無倫次道：「沒、沒有，今天的事情真的很對不起！請您原諒我吧，我以後會小心的！」

〔恭喜您完成任務，「霸道總裁」光環已進階。〕

「楚總，跟笑影文化的會議馬上就要開始……」張嘉年一看到楚總的身影，便帶著王青大步趕來，兩人一走進辦公室，就親眼目睹眼前這一幕，聲音戛然而止。

當王青看到年輕女總裁公開壁咚實習生的景象，第一反應居然是將門關上。

楚楚順利完成任務，轉身看到張嘉年和王青的舉動，奇怪道：「你們為什麼要關門？」

張嘉年和王青：「……」

張嘉年平時高速運轉的大腦，頓時一片混亂，想直接反問：您為什麼覺得這種情況不應該關門？

強大的求生本能壓抑住張嘉年的滿腹疑惑，他詞窮片刻，最後提醒道：「會議馬上就要開始……」

「好，我這就過去。」楚楚完成進階任務，保住「霸道總裁」光環，順利甩脫女配角身分，不由心情愉悅。她泰然自若地理了理衣領，邁步往外走，並沒有發覺眾人的微妙神色。

張嘉年在前為楚楚引路，留下愣在原地的王青和夏笑笑。王青覺得自己的職業生涯遭遇挑戰，她已經完全沒辦法悟出老闆的想法，這對祕書長來說簡直是致命打擊。

王青看向身邊的人，嚴肅道：「楚總究竟跟妳說了什麼？」

夏笑笑磕磕絆絆道：「她、她問我是不是故意引起她的注意……」

王青：「？」

第二章　三年之約

今天會議的主要內容，是銀達投資和笑影文化的 Pre-A 輪融資洽談。

楚楚姍姍來遲，踏入會議室。笑影文化ＣＥＯ韓東趕忙起身，堆上熱情的笑容，他伸出手來，開口道：「楚總，好久不見。」

楚楚掃了對方一眼，發現韓東連個人物光環都沒有，這代表他在小說中都沒被提及過。她禮貌地跟他握手，心道書中世界太真實了，連女配角的身分日常都弄得像模像樣，還要天天開會。

張嘉年小聲詢問道：「楚總，那我們現在開始？」

楚楚點點頭，假裝鎮定地坐在桌邊，聆聽張嘉年和韓東寒暄後的談判。她努力投入地聽了兩分鐘，便澈底陷入呆滯狀態，像是高中上數學課的感覺。這些陌生的專業詞彙讓談判桌前的她頭昏腦漲，上下眼皮快要打架。

我是誰，我在哪裡，你們在說什麼？

楚楚在穿書前是影視內容創作者，對金融投資一竅不通，完全不理解各位的談笑風生。她曾做過影視策劃、製作人，雖然也會對專案進行管理，但從沒接觸過投資和公司管理。

說實話，有哪個讀者會關心惡毒女配角的上班內容，大家對她的唯一印象，恐怕就是「男女主角情感道路的絆腳石」。同理可證，讀者也不關心霸道總裁是怎麼當上總裁的，霸總只要有錢又霸道就好了啊。

楚楚想通這一點，精神立刻變得渙散。她全程面癱，一本正經地翻資料，實際上早就神遊太空。

雙方談判完一輪，韓東忍不住摸了摸額角的汗。張嘉年施加給笑影文化的壓力很大，楚總卻完全不說話，讓韓東心裡沒底兒。

最初，銀達投資內部對於是否投資笑影文化，其實是存在分歧的。楚總力排眾議，主導此事。張嘉年當時就是反對派，惹得楚總大怒，他差點因此被開除。

張嘉年的職位是總裁助理，雖名為助理，實際上是副總級別，銀達的投資專案都要張嘉年經手。除此之外，他是被楚彥印欽點來協助楚楚的人，雖然楚總很不爽張嘉年的存在，但也沒辦法直接把他踢走。

笑影文化之所以會進行 Pre-A 輪融資，正是因為不上不下的尷尬位置，雖然具備商業模式，但還沒有實現自主盈利，這是楚總和張嘉年的主要爭議點。

韓東面對今天的談判不敢托大，將希望都寄託在楚總身上，沒想到她突然不說話了。

雙方中場休息片刻，韓東主動噓寒問暖：「楚總是不是有點累？我看您都不說話。」

楚楚有種上課恍神被點名的錯覺，立刻精神一振，故作鎮定道：「嗯，我看你和張嘉年聊得挺好的。」

韓東：「……」

張嘉年本來正在喝水潤喉，聽到這話差點沒嗆死，內心同樣無語。一個月前，他和楚總在笑影文化的投資上意見相左，暴怒的楚總放話要將自己換掉。往事仍歷歷在目，如今楚總是在反諷？

韓東不安地搓了搓手，主動提議道：「不如我再向您介紹一下我們公司的重點企劃《歡樂笑開懷》，這是一檔真人秀節目，目前還在策劃中。」

楚楚聞言後眼睛一亮，韓東看她頗感興趣，立刻吩咐道：「將預告片段放出來給楚總看看。」

楚楚帶著滿腔熱情而來，看完預告片卻敗興而歸。《歡樂笑開懷》是一檔中規中矩的喜劇節目，雖然披著真人秀的光鮮外皮，卻毫無驚喜可言。說實話，穿書而來的楚楚看過太多優秀的節目，這實在不算什麼。

楚楚剛才聽不懂公司估值和股權商議，但光評判內容是沒問題的。她索性翻開手邊的資料，認真查看笑影文化做過的幾檔節目，越看眉頭皺得越緊。笑影文化是一家節目內容製作公司，也是喜劇團隊出身，製作的節目風格幽默風趣，只是形式有些老舊。

楚楚把張嘉年叫來，避開韓東的視線，小聲詢問：「這公司的節目做得不怎麼樣，我們為什麼要投資？」

張嘉年盯著她的眼睛，直言不諱地提醒：「是您當時堅持要投資的。」

「……」楚楚遲疑片刻，恍然大悟地眨眨眼，「哦，我忘了。」

她怎麼知道原身做過這樣的決策，她穿書過來的時候，也沒人做幫她做職前培訓啊！

楚楚摸摸頭，不太想花冤枉錢，又問道：「那我現在可以反悔嗎？」

張嘉年點點頭：「當然可以，只是要等韓東走後再做商議。」

笑影文化一行人還坐在公司，楚總立刻翻臉不投，這就有點過分了。

楚楚覺得這像拿人尋開心，畢竟韓東是抱著期望過來的。她猶豫片刻，繼續提問：「我們要投多少？」

張嘉年報出數字：「八千萬。」

楚楚不懂這筆錢和對應股權比重的概念，乾脆地問道：「我們公司的資金有多少？就是用來做投資的。」

張嘉年坦白道：「首期規模四十億，這是楚董當時給您的……」

張嘉年本來想提醒楚總，這是楚董給她的學費，一味揮霍是不行的。楚楚聽到這個數字，當即一拍桌子，豁達道：「我還以為是多大的事，那就投吧！」

八千萬放在四十億面前算什麼？不就是錢嘛！

張嘉年艱難地開口：「可是您剛才不是說，他們的節目做得很普通？」

楚楚深深地望他一眼，大言不慚道：「但他們有夢想，夢想是無價的。」

張嘉年聽到這句話後，倒吸了一口涼氣，努力為自己做好心理建設：別生氣，別生氣，她是老闆她說了算。

中場休息結束，韓東驚訝地發現楚總轉變態度後，突然活躍起來。

她坐直身子，乾脆地做出許諾，拍板道：「我覺得沒問題。」

「……」一旁的張嘉年表情很難看，彷彿吞下一隻蒼蠅，麻木地看著這一幕。

張嘉年：嗯，沒有心，就不會受傷。

韓東喜形於色，激動道：「謝謝楚總的信任和眼光，笑影文化一定不會辜負您的期望，會在未來給您不錯的回報……」

「客氣，不過既然確定要投資，我能提一些內容方面的意見嗎？」楚楚翻了翻笑影文化公司的資料，禮貌地說道。

韓東已經達成此行的目的，現在可謂有求必應、百依百順，他連忙道：「當然當然，我們早就想聽聽您的高見。」

楚楚在瀏覽笑影文化的待播節目後，直接道：「這裡面只有《我是毒舌王》還算不錯，至於其他的節目類型，市場上早就飽和了。」

說實話，要不是不想讓韓東白跑一趟，加上有約在先，楚楚是不想投資入股的。笑影文化的節目模式都太老派了，就連最新研發的脫口秀節目也只能說是擠上末班車，畢竟近兩年脫口秀也紅過一輪。

韓東順勢誇讚起楚楚：「楚總真是有眼光，很多人都不理解《我是毒舌王》的概念。脫口秀其實在國外非常紅，但國內的綜藝節目才剛邁入真人秀階段，我保證未來國內會迎來脫口秀節目的熱潮……」

楚楚略感驚訝，突然出聲：「等等，你說國內節目才剛邁進真人秀階段？」

韓東愣了一下，吶吶開口：「是啊……」

楚楚驟然醒悟，《巨星的惹火嬌妻》已經完結多年，書中的時間和她穿書前的時間是不同的。她在現實中看過的影視作品和綜藝節目，可能都沒有出現在書中，怪不得笑影文化研發中的節目模式看起來老舊，因為兩個世界的時間不同！

如果是在這個時間點，女配角原身能拍板投資笑影文化，確實可以說是具備前瞻性，擁有可怕的商業頭腦。但楚楚可以比原身做得更棒，她是見證過未來的人，這簡直是把無數商機擺在眼前。

楚楚頓時興致勃勃起來，追問道：「你能再跟我說說《我是毒舌王》的節目模式嗎？」

她剛才只是覺得這檔節目還算優秀，但現在市面上完全沒有同類競品，很可能憑藉其獨特性，成為新一代熱門款。

「我們選擇年輕人感興趣的『毒舌』元素作為切入點，尋找有爭議性且善於表達自己的嘉賓參加節目。大家同臺互相毒舌、吐槽，甚至是自嘲，用一種幽默風趣的方式來表達，節目調性非常年輕化，每期的嘉賓同樣可以有很多看點，本身就帶有爭議性和噱頭。」

楚楚不禁問道：「哪些嘉賓爭議性強，可以舉個例子嗎？」

韓東此行是帶著團隊前來，他還來不及回話，身邊的男生就忍不住嘀咕了一句。韓東聽到後臉色大變，直接瞪了旁邊的男生一眼。

楚楚面露茫然，疑惑道：「他剛才說什麼？我沒聽清楚。」

韓東身邊的男生年紀不大，看起來不像高管，穿得相當休閒。楚楚依靠自己敏銳的嗅覺，聞到同類的味道，對方很可能也是內容創作者，不是節目編劇，就是節目編導。

笑影文化的主要團隊是內容製作人員，高管下來做節目也很正常。

韓東不確定楚總有沒有聽到，打起哈哈：「小孩子不懂事，他就是開個玩笑，逗逗大家……」

楚楚挑眉：「說說看，也讓我笑一下吧。」

韓東的笑意凝結在臉上，不知道楚總是真沒聽見，還是冷嘲熱諷。那男生卻鼓起勇氣，提高音量道：「我說您當嘉賓就挺有爭議性的，畢竟已經霸占搜尋排行榜好幾天了。」

張嘉年聞言，跟韓東一樣臉色大變。這男生實在膽大包天，楚總因為李泰河解約一事，上了搜尋排行榜好幾次，張嘉年和王青為此事忙碌許久，卻被他當眾戳穿。

「我上搜尋排行榜了？」楚楚下意識看向張嘉年，詢問道，「怎麼回事？」

眾人本以為楚總早就知道，但看她現在的表情不似作假，才發現當事人對於網路上的腥風血雨一無所知。張嘉年硬著頭皮道：「我等等跟您解釋。」

散會後，韓東帶隊離開普新大廈，恨不得打爆某人的頭，憤怒地斥責：「你是不是腦子進水？真是什麼話都敢往外說，差點把事情搞砸！」

他從沒見過誰敢在投資人面前大放厥詞，更別說是楚彥印的女兒。

那個男生有些委屈地說道：「但我真心覺得楚總有爭議性又有噱頭，很適合當嘉賓啊……」

韓東不客氣道：「你早點睡吧，夢裡什麼都有。」

居然想讓楚總上節目，真是春秋大夢！

辦公室內，楚楚饒有興致地瀏覽著搜尋排行榜，前三名分別是「李泰河解約」、「辰星影視壓榨」、「請公正對待李泰河」。她隨手點進一個關鍵字，沒翻幾篇貼文就看到網友們對自己的實名辱罵，顯然粉絲們對女配角原身也是積怨已久。

原著中，李泰河的成功既有自身的天賦和努力，也離不開女配角前期給他的資源加持，否則他怎麼可能成為混亂娛樂圈中的清流？女配角確實對男主角別有用心，但給的影視資源都是實打實的，辰星影視恨不得只捧李泰河一人。

討論八卦的群眾也不是傻子，早就看出端倪，經常流傳李泰河和楚總的風言風語。這是李泰河的粉絲無法容忍的地方，他們一聽到潛規則論就要炸毛。現在李泰河公開要求解約，粉絲們自然敲鑼打鼓地支持，只求自己的偶像馬上跟楚楚撇清關係。

楚楚看著網路上的惡毒言論，好奇道：「辰星影視真的這麼壓榨人？」

張嘉年覺得要輔佐楚楚，真不是一般人能幹的事。他看著楚總喜怒難辨的樣子，不得已解釋道：「楚總，那不過是網友們的無端猜測，您不用放在心上。」

楚楚點點頭，她確實不在乎，反正是女配角原身有問題，又不是罵她。

張嘉年見楚總沒有狂怒發飆，反而臉色平靜，立刻打鐵趁熱，小心翼翼地問道：「那您覺得該怎麼處理李泰河的經紀合約？」

辰星影視這兩天頻頻詢問此事，想要跟楚總統一口徑，準備好後續做公關的事宜。李泰河單方面提出解約，楚總卻沒有回應。大家都揣摩不出楚總的心思，自然不敢對李泰河做什麼。

楚楚思考片刻，問道：「李泰河的合約還沒到期？」

張嘉年答道：「是的，他說他願意支付違約金……」

楚楚風輕雲淡道：「那就讓他付吧。」

張嘉年努力解讀楚總的表情，不知道她是真要狠心決裂，還是在賭氣，只得硬著頭皮問道：「那您希望他賠償多少違約金？一億？」

楚楚詫異道：「李泰河才值一億？好歹要讓他拿出四億。」

李泰河可是《巨星的惹火嬌妻》男主角，是未來會成為影帝的男人，怎麼只值這點小錢！張嘉年簡直是在侮辱李泰河的男主角光環，作為男主角怎麼會被區區一億難倒？

張嘉年這下確定楚總是在賭氣，李泰河怎麼可能付得起天價的違約金，簡直強人所難。楚總是在用這種方式挽留李泰河，不想讓他離開辰星影視。

張嘉年為難道：「楚總，違約金從來都沒有這麼高的先例，我們想要勝訴很困難……」

楚楚心平氣和道：「哦，他和他的粉絲還誹謗我，把精神賠償和名譽賠償都算上，夠嗎？」

張嘉年頭大，覺得楚總任性異常，冒死說道：「假如您確定是誹謗，當然沒問題……」潛臺詞是，如果楚楚確實潛規則過李泰河，後面被人找出證據，那就打臉了。

張嘉年其實不想詢問大老闆的私生活，只是事關重大，跟法務部後面的行動息息相關。

楚楚斷然道：「當然是誹謗！我又沒睡過他！」

張嘉年：「……」

楚楚對這點很有信心，言情小說的男主角怎麼可能跟女配角發生關係，這是會被讀者罵死的。她記憶清晰，小說原著刻畫過好幾次李泰河和夏笑笑的珍貴感情，兩人都是第一次。

張嘉年被楚總的驚人發言嚇了一跳，仍有些猶豫：「如果您執意如此……」

楚楚受不了他一直拖拖拉拉，直接道：「要是法務部辦不好這件事，基本上就可以裁掉了。我可沒聽說過哪個藝人單方面解約，公司還打不贏官司的。」

她現在可是坐擁四十億的人，難道還請不到一個好的律師團隊？

張嘉年見楚總面露不悅，立刻將準備好的規勸之言吞回肚子。他只期盼楚總的情緒別再反覆無常，過兩天又跟李泰河和解，倒讓他們這些做事的人兩面為難。

既然老闆已經發話，張嘉年當即通知辰星影視，著手李泰河的經紀合約。

對方聽清楚要求後，同樣難以置信：「您確定這是楚總的意思？那可是李泰河啊？」

張嘉年原話轉告，淡淡道：「楚總說如果打不贏官司，就裁掉法務部。」

對方：「……」

這蠻橫不講理的語氣，倒是很符合大老闆。

楚楚躺在辦公室的豪華轉椅上，百無聊賴地轉來轉去，欣賞著落地窗外的高樓大廈，品嘗站在權力頂端的感覺。她已經開始在心中計畫出遊，決定去環遊世界。

她現在拿到「霸道總裁」光環，又過著有錢人的生活，當然不願每天待在辦公大樓裡虛度光陰。男女主角跟她有什麼關係，有錢才有快樂，她要去過揮金如土的生活！

楚楚把王青叫進屋裡，吩咐道：「妳能不能幫我訂一張機票？」

祕書長王青立刻恭敬道：「好的，您的具體行程是……」

楚楚摸摸頭，坦然道：「沒什麼行程，我只是想去環遊世界，妳先幫我訂一張飛去美國的機票吧。」

王青滿臉疑惑道：「您大概要去多久呢？」

楚楚也沒主意，不確定道：「一兩年？兩三年？環遊世界要多久？」

王青：「……」

祕書長王青進入大腦當機的狀態，她走投無路，只得把張嘉年搬來做救兵。張嘉年在得知楚楚的要求後，頓時有種「老闆又犯病了，但我沒辦法打醒她」的焦慮感，想起楚總那天要去警察局自首的事情。

張嘉年比王青鎮定許多，好脾氣道：「您出遊期間是不回公司了嗎？」

楚楚理所當然地點點頭：「是啊，旅行不辦公，辦公不旅行。」

張嘉年耐著性子道：「楚董約您今晚回去用餐，不如您當面跟董事長說一下此事，我們實在沒辦法拿定主意。」

雖然楚楚是銀達投資的董事長，但公司裡的人還是稱她為楚總，便是為了跟楚彥印做區分。

楚彥印是女配角的生父，同樣是她在原著中最大的靠山。楚彥印白手起家，一手建立齊盛集團，集團旗下涵蓋多個領域，如房地產、礦業、醫藥、餐飲等等。楚彥印是國內首富榜上的傑出人物，擁有約三百一十三億美元的財產，世界排名第二十三名。

楚總當初建立銀達投資，楚彥印直接給她四十億，全當學費任她花。外人可以指責楚總是惡毒富二代，但無法否認楚彥印的商業手腕。

楚楚想了想，她作為穿書空降的富二代，跟掏錢的人打聲招呼也是應該的。張嘉年見她同意此事，當即鬆了一口氣，他們管不了楚總，只能請楚總的父親出面。

下班後，張嘉年就幫楚楚安排車輛，陪同她回到大宅。說是大宅，其實只是楚彥印名下一處較大的房產，位在距離市區不遠的別墅區。豪宅占地兩畝，放眼望去氣勢磅礴，不比偶像劇中的豪門遜色。

楚楚經歷塞車，現在頭昏腦漲，實在沒心情欣賞豪宅。她強壓下噁心的暈車感，吐槽道：「我爸每天是怎麼上班的？未免也太塞了。」

有錢也不是萬能的，同樣躲不開大城市塞車的毛病，總不能連這點路也開私人飛機跨過去。

張嘉年發現楚總最近記憶力變差，對很多事情都沒印象了，他盡責地解答道：「楚董平時不住在這裡，目前定居在齊盛大廈附近。」

楚彥印和楚楚一樣，平日上班都住在市區內，只是偶爾會回來大宅聚會。

楚楚看著車窗外的車潮，不禁抱怨道：「我們在市區內找個地方見面不就好了？為什麼非要去那麼遠的大宅？」

見面十分鐘，塞車三小時，人生都耗在路上。

張嘉年喏喏道：「但林夫人基本上都住在大宅裡……」

楚楚茫然道：「林夫人是誰？」

張嘉年看她眉頭緊皺，似乎確實不解，小聲提醒道：「林明珠，楚董的現任妻子。」

楚楚恍然大悟：「哦，不就是我後媽嗎？聽你說話也太累了。」

張嘉年：「……」

張嘉年無言以對，以前他們要是這麼介紹林明珠，楚總必定會氣得炸毛，堅決要跟林明珠撇清關係。只要聽到林明珠的名字就會馬上翻臉，恨不得將她趕出家門才好。

楚楚依稀記得女配角有個後媽，關係好像不太好，但更多情況早就忘了。小說的主線是男女主角的愛情故事，原身本來就是配角，楚彥印和林明珠更是配角身邊的配角，簡直是細枝末節上長出的細枝末節，在小說裡無足輕重。

她現在只想趕緊彙報環遊世界的願望，然後帶著鈔票出去玩，沒空處理豪門家族的人際關係。

豪宅內，有人禮貌地敲了敲雕花大門，進屋彙報道：「夫人，大小姐的車已經開進院子了。」

梳妝臺前坐著一名妝容精緻的女子，她對著鏡子抿了抿嘴唇，檢查完口紅後，露出滿意的笑容。林明珠身著一襲端莊的旗袍，抱起椅子上的貴賓犬。她用纖纖玉指輕點小狗的鼻子，嫵媚笑道：「可憐啊，姐姐回來啦，高興嗎？」

「嗚——」貴賓犬聽到自己的名字，哼唧一聲。

貴賓犬名叫「可憐」，是林明珠的愛犬。女配角原身曾經也因為貴賓犬的名字，跟林明珠大吵一架。

她叫楚楚，林明珠的狗叫可憐，這是什麼意思？

林明珠盛裝打扮後，抱著貴賓犬在家門口等候。楚楚每次回大宅，林明珠都要故意噁心她，向她展現楚彥印對自己的寵愛。暴躁刁蠻的大小姐頓時就會撒潑大罵，不堪入耳地指責林明珠，讓楚彥印感到心煩。

林明珠遠遠看見楚楚過來，立刻故技重施，裝模作樣地倚靠在門邊，低頭對貴賓犬說話：「可憐啊，你看是誰回來……」

林明珠還沒說完，楚楚就帶著張嘉年，一陣旋風般地鑽進屋子，完全忽視她的存在。林明珠的臺詞還差最後一個「啦」字，說出來也不是，咽回去也難受，不上不下地卡住了。

最近的氣溫偏低，林明珠要風度不要溫度，她穿著單薄，站在寒風中瑟瑟發抖，卻仍要強撐著擺出姿勢。

一旁的人小聲道：「夫人，我們也進去吧？」

林明珠氣得咬牙，不滿道：「哎呦，長進了不少啊，現在不撒潑，直接無視人了！」

「夫人，其實我覺得大小姐……沒看見您。」

「妳什麼意思？我這麼大個人，難道她眼瞎嗎？」林明珠打扮得如此隆重，而且就站在門口，怎麼可能會看不見？

「但我看大小姐沒生氣，平靜地走過去了……」

〔恭喜您完成隱藏任務，「霸道總裁」光環已加強。〕

〔隱藏任務：忽視擁有「惡毒女配角」光環的人物一次。〕

楚楚：「？」

楚楚突然收到提示，感到莫名其妙，她什麼時候完成任務的？

張嘉年望向身後，無奈地規勸任性的老闆：「楚總，您老是這樣無視林夫人，董事長也很為難。」

楚楚無辜道：「我什麼時候無視她了？」

張嘉年點明：「您進門的時候對她視而不見。」

楚楚滿臉茫然，看著頭頂「路人甲」光環的張嘉年，頭一次感到委屈，痛心疾首道：「我怎麼會知道她比你還路人。」

張嘉年：「……」

楚楚最近養成一個習慣，看人先掃光環一眼，再掃名字一眼。小說中，重要的主角會擁有搶眼的光環，例如李泰河和夏笑笑。戲份很多的配角則有中等大小的光環，例如楚楚。邊緣人物的光環會再小一點，例如張嘉年。

林明珠的光環小到可以忽略，誰看得見啊！

楚楚只把她當作小說世界中的NPC，才會徑直從她身邊走過。

林明珠還沒來得及找楚楚理論，楚彥印的車便開進了院子裡。

一雙考究的商務皮鞋從車內邁出，西裝革履的中年男子一邊整理衣袖，一邊往屋裡走。門口的林明珠還沒反應過來，楚彥印就已經風馳電掣地踏入大門。

一旁的人再次小聲道：「夫人，我們也進去嗎？」

林明珠：「……」

林明珠：我今天是被父女倆澈底無視了嗎？一個個走路都帶風？

楚彥印比楚楚的觀察力要好一些，他走了幾步，突然發覺剛才的人有些眼熟，便折返回來詢問道：「妳站在這裡做什麼？」

林明珠立刻像綻放的花朵，攀上楚彥印的手臂，嬌聲道：「這不是在等你嗎？」

她一邊挽著楚彥印，一邊引領他往屋裡走，正好跟楚楚打了個照面。林明珠隱隱露出挑釁的眼神，頗有炫耀的神色。楚楚卻沒注意到她豐富的表情，視線全被楚彥印的光環吸引住了。

楚彥印擁有的是「財神」光環，不愧是廣大網友心目中的爸爸，光環也是如此清新脫俗！

楚彥印今年六十一歲，頭髮有些花白，但他神采奕奕，眼底暗藏著蒼鷹的敏銳。他看向張嘉年，提議道：「嘉年也留下來一起吃飯吧。」

張嘉年不卑不亢地應下，顯然對此舉習以為常。

林明珠見楚楚沒有異議，不禁笑裡藏刀：「楚楚跟嘉年的關係好轉啦？上次還說要把人家開除呢。」

如果不是楚彥印當時全力保人，張嘉年大概真的要捲鋪蓋離開。張嘉年是楚總手下的一名大將，是楚彥印從齊盛集團內部調去為楚楚打理事業的。

林明珠挑撥意味明顯，像是故意在激怒楚楚。

楚楚詫異地看向張嘉年，脫口而出：「有這件事？」

她對張嘉年的印象，就是女配角最忠實的跟班，沒想到居然有過紛爭？

林明珠掩嘴笑了起來：「楚楚，妳也真是的，多傷嘉年的心啊……」

張嘉年不想捲入這場家庭紛爭，不鹹不淡道：「不過都是玩笑之言，楚總每個月都說要把我開除，我還不是待在公司裡？」

林明珠見他四兩撥千斤，有點不甘心。楚彥印卻乾脆道：「生意場上偶有意見不合，這不算什麼大事。」

四人都到齊後，一同走向金碧輝煌的餐廳用餐。古木餐桌上擺滿光潔明亮的餐具和各色珍饈，香醇湯汁中的明火酸菜魚，裝滿時蔬的金湯杭三鮮，覆蓋蜜汁的糖醋里肌，清淡爽口的白灼菜心……

楚楚迅速淪陷在琳琅滿目的菜品當中，全神貫注地開始吃飯。

楚彥印本想跟楚楚說兩句家常，卻不忍打擾她優雅而不失速度地用餐。他轉頭看向張嘉年，詢問道：「銀達的食堂怎麼樣？」

楚彥印心想，是什麼原因能讓她餓成這樣？

張嘉年：「楚總今天事務繁忙……可能有點餓了。」

楚楚飽餐一頓後，小幅度地用紙巾擦擦嘴，似乎要休息片刻。林明珠見狀，立刻開始惹事生非，狀似好奇道：「楚楚，妳跟李泰河是怎麼回事啊？網路上鬧得沸沸揚揚的。」

楚彥印聞言後臉色一沉，他今天就是想鄭重地跟楚楚談論此事。他以前能任由女兒胡鬧，但現在事關名節和商人的名譽，確實有些不像話了。

楚楚沒察覺到風雨欲來，波瀾不驚道：「沒什麼大事，就是靠他賺了筆錢。」

林明珠陰陽怪氣道：「妳能靠他賺什麼錢？沒倒貼錢就算不錯了吧？」

楚楚平靜道：「我告他，拿了筆違約金，賺了幾億。」

「……」林明珠愣了一下，掩嘴笑道：「真是不念舊情啊。」

「商人跟商品談什麼舊情？」楚楚看著林明珠掩嘴的姿勢，關切問道，「妳是感冒怕傳染，所以老是捂著嘴？穿這麼少是不行的，著涼了吧？」

林明珠：「……」

林明珠明明是想展現風雅嫵媚的姿態，怎麼在楚楚嘴裡就成了病源？

張嘉年忍不住低頭，強行憋笑：「咳、咳……」

楚楚：「妳看，馬上就傳染給我的助理了。」

林明珠：「……」

楚楚得知林明珠擁有「惡毒女配角」光環後，就完全沒把她放在眼裡。她對楚楚玩惡毒女配角的手段，無異於是班門弄斧，小巫見大巫。說到底，《巨星的惹火嬌妻》就是本言情小說，惡毒女配角也是降低智商的存在，這是楚楚當時極度排斥「惡毒女配角」光環的原因之一。

不是我在吹噓自己，我做惡毒女配角的時候好歹是女二，妳只能算是個女路人。

楚彥印並未察覺楚楚和林明珠之間的暗流湧動，漫不經心地問道：「最近工作怎麼樣？」

「還可以。」楚楚牢記此行的目的，立刻順勢問道，「爸，我想跟你說一件事。」

楚彥印抬頭望她：「什麼事？」

楚楚坦然道：「我不想工作了，想去環遊世界。」

楚彥印舉筷的手停住，問道：「妳不是去過了嗎？」

楚楚：「我還想再環遊一次……」

楚彥印淡淡道：「也好，去吧。」

楚楚：「謝謝爸！」

楚楚大喜過望，沒料到楚彥印竟然輕鬆答應，下一秒就聽見奇怪的聲音響起。乾淨的牆面上浮現出提示文字，熟悉的疼痛也尾隨而來。

〔請透過任務加強「霸道總裁」光環，光環消失將被主世界抹殺。〕

〔任務：改變楚彥印想要嫁女兒的念頭。〕

〔您的「霸道總裁」光環即將消失，請盡快完成任務。〕

楚彥印放下筷子，沉聲道：「既然妳不想再經營公司，那就趁現在痛快地出去玩，回來正好能籌備婚事，女孩子本來就不用這麼累。」

楚楚一驚，趕忙制止道：「怎麼突然就說起婚事……」

楚彥印目光如鷹，一針見血道：「妳當初說過，如果銀達投資經營不善，就會老實地嫁人。妳現在想出去旅遊，哪裡有時間管理公司？」

楚楚萬分驚訝，她怎麼會知道原身和楚彥印有過這樣的約定，書裡也沒寫到。她當即後悔，出爾反爾道：「我不去旅遊了，你就當我沒說過這些話。」

要是她知道這份要求會威脅到「霸道總裁」光環，絕不會貿然張口。

楚彥印卻不答應，態度咄咄逼人，厲聲道：「嫁人收心也好，妳以前信誓旦旦跟我說要開創自己的事業，結果呢？現在網路上都是些風風雨雨，我看不見妳在工作上的半分努力，倒把心思耗在一個戲子身上！明天就跟我出去相親，有的是青年才俊，妳也到了該結婚的年齡！」

楚彥印大發雷霆，張嘉年本著「非禮勿視，非禮勿聽」的態度低下頭，林明珠則幸災樂禍地看著父女吵架。

楚楚硬氣道：「我不會結婚的。」

楚彥印果決道：「這事由不得妳！」

楚楚信口胡說：「我喜歡女生，那我要跟女生結婚！」

張嘉年：「噗——」

楚彥印臉色大變，咬牙道：「少在那邊胡說，難道李泰河是女扮男裝？妳真是長越大越糊塗，都敢口出狂言了！商人一諾千金，我從前教妳的道理，妳難道全忘光了嗎？」

楚彥印鐵了心要定下楚楚的婚事，他看到網路上的各類言論，只恨前段時間對她疏於管教，讓女兒被小白臉迷惑心智，成為笑話。

楚楚的光環瀕臨消失，又遭楚彥印一頓怒吼，叛逆的情緒瞬間湧上。她忍著疼痛冷聲道：「或許我過去真的做錯很多，但這不是逼我結婚的理由。」

楚彥印看她面色發白，心頭一軟，溫聲規勸：「結婚有什麼不好？女人本來就該回歸家庭，到時候妳想去哪裡玩都可以，自然有人替妳打拼，在家插花讀書很悠閒……」

楚楚猛地抬起眼，直視著楚彥印，眼底浸滿寒意。她指著林明珠，面無表情道：「妳覺得像她這樣的生活，就是幸福嗎？」

楚彥印眼神一暗，理所當然道：「難道不是嗎？她只要養尊處優地待在家裡，每天不用煩惱什麼，也能活得很好。楚楚，妳不要看我在外面光鮮亮麗，實際上連喘口氣的功夫都沒有，打拼不是那麼容易的。」

林明珠：我這是被人身攻擊了嗎？

林明珠露出彆扭的微笑：「親愛的，你說什麼呢……」

楚彥印卻對林明珠視若無睹，彷彿她只是擺在家中裝飾用的花瓶，身心都投入到跟楚楚的爭辯之中。楚楚看著豪宅內扭曲的人物關係，只覺得像一齣光怪陸離的諷刺劇，屋裡最惡毒的人居然不是林明珠，而是楚彥印。

他最惡毒的地方在於，他意識不到自己的惡毒，甚至自認為是為了你好。

楚楚突然冷靜下來，忍不住糾正道：「女人不是家裡的擺設，更沒有『女人就該回歸家庭』的胡話。都什麼年代了，我要不起你所謂的幸福。」

楚楚本來沒有把書中的一切放在心上，但楚彥印卻成功將她點燃了。她真的非常討厭「女人要回歸家庭」、「事業好不如嫁得好」之類的話，誰要是當面發表這類言論，她就會想打爆對方的頭。

楚彥印聽到她的反駁，不置可否：「或許妳在結婚後會改變想法。」

楚楚冷靜地討價還價：「既然當初是說銀達投資經營不善就嫁人，現在也還不到那時候。」

楚彥印面露不滿，教訓道：「再放妳出去瞎鬧嗎？妳還嫌這次不夠丟臉？」

楚楚迎上他的視線，膽大包天道：「商人怕什麼丟臉，不要臉才能賺到錢。」

楚彥印語塞，他活動了一下手指，沉默片刻後緩緩道：「我可以再給妳一次機會，但是有條件。」

楚楚見還有回旋的餘地，當即道：「你說。」

她現在的首要任務是保住「霸道總裁」光環，說什麼也不會嫁人。

「妳在建立銀達投資的時候，我給了妳四十億。假如妳能在三年後還我四百億，我就不再過問妳的人生。」楚彥印的手指在桌上敲了敲，他看向楚楚，歲月風霜為他的眼角添上皺紋。

張嘉年和林明珠聽聞這個條件都是一愣，張嘉年下意識觀察著楚總的神色。

雖然楚楚不懂金融和投資，但她也不是傻子，馬上感受到楚彥印的老奸巨猾，吐槽道：「你見過什麼投資報酬率這麼高？我是借高利貸了？」

三年翻十倍，有哪家公司做得到？楚彥印給她一筆創業基金，她就得十倍奉還？

「妳生來就比別人的起點還要高，難度自然不一樣。」楚彥印面色不改，從容不迫地說道，「我不會占妳便宜，如果三年後妳能做到，作為交換，我會把持有的一切財產轉讓給妳，澈底放妳自由。」

楚彥印可是齊盛集團的董事長，手中握有集團股權，名下更有許多價值不菲的不動產，更不用說私人飛機等資產。如果用早期霸總文的句子來描述，他可以說是掌握世界經濟命脈的男人，擁有的財富足以撼動一方。

林明珠聽到這話，臉色大變，她想要出言勸阻，卻被楚彥印伸手制止。楚彥印看向楚楚，補充道：「當然，妳還給我的四百億不能是公司估值，得是現金流。假如妳做不到，三年後就老老實實地結婚，不要再有別的心思。」

張嘉年在心中估算，公司在三年內的估值達到四百億很容易，但變現四百億則有難度，這是兩個概念。很多投資的收益雖然能在三年內見效，但楚總想要變現，同樣需要時間。

齊盛集團的年淨利率自然能破百億，但那是創立三十年的老牌企業，更是房產界巨頭，光是員工就有十二萬人。而銀達投資成立未滿兩年，規模遠不能及，兩者簡直是螞蟻和大象的差距。

這個三年之約並不容易，伴隨極高的風險，屬於高難度挑戰。

張嘉年偷偷打量楚總的臉色，她似乎也陷入沉思，不過看起來還算鎮定。林明珠不安地左右看看，似乎比楚楚還緊張。

楚彥印見楚楚不語，開口道：「四百億換我所有的資產，可不是人人都有這樣的機會。」

楚楚沒料到楚彥印玩這麼大，她抿抿唇，同意了楚彥印的提議：「好，我答應你。」

林明珠的臉色瞬間煞白，楚彥印點點頭，提醒道：「一諾千金。」

楚楚直視楚彥印，認真補充道：「不過我要先說清楚，我答應下來，不是為了你的資產，而是不認同你的說法。女人在家庭以外的地方，同樣能做得很好，甚至能比你更優秀。」

楚彥印還沒來得及露出嘲笑之色，楚楚又風輕雲淡地丟下一句話：「我現在確實還不具備說服你的資格，但三年後我會帶著證據回來的。」

楚彥印的鬢角已有斑白，他望著她良久，沉聲道：「拭目以待。」

〔恭喜您完成任務，「霸道總裁」光環已加強。〕

第三章　楚總的小祕書

夜晚的都市並沒有沉睡，馬路上匯聚著川流不息的點點星河，昏黃的路燈下是行人的影子。楚楚側頭望著車窗外逼真的書中世界，感慨這裡跟現實完全一樣，甚至連細節都惟妙惟肖。唯一的區別，大概就是現實中的人頭頂上沒有光環。

車內，張嘉年坐在副駕駛座的位置，察覺後座的楚總始終保持沉默。他遲疑片刻，忍不住好言規勸：「楚總，其實董事長也是好心，並沒有真的想安排您的婚事。」

「我知道。」楚楚懶洋洋地靠著車窗吹風，「他一說三年之約，我就明白了，就是想督促我上進而已。」

如果楚彥印鐵心嫁女兒，也沒必要賭上所有資產，跟楚楚進行三年之約。這簡直就是電影裡固有的劇情，父愛如山的富豪不忍心看到子女不求上進、揮霍家產，用這種方式來激勵自己而已。

好歹她以前是做影視的，看過太多類似的內容了。

張嘉年沒料到楚總如此客觀，完全沒有往日的暴躁脾氣，可說是心明如鏡。他疑惑道：「那您何必跟董事長唱反調？」

楚楚平靜道：「我們是在其他方面的觀點不合。」

她可以理解楚彥印的苦心，這些道理她都懂，但她卻不是書中人。

張嘉年微微一愣，總覺得楚總最近胡鬧的次數暴增，但還是有理性的時候。

正當他略感欣慰，內心有些感慨，便聽到身後人的下一句話。

「你覺得我幫林明珠打離婚官司，分割我爸的財產，可以分出四百億嗎？」楚楚摸了摸下巴，突然詢問道。

張嘉年：「……」

張嘉年：「楚總，董事長是您的親生父親。」

楚楚：「我知道，怎麼了？」

張嘉年：「您用這種方法，是不是有點勝之不武？」

張嘉年著實佩服楚總的腦迴路，她怎麼老是有這種意想不到的作法？

楚楚厚顏無恥道：「你先告訴我可行性。」

「很遺憾地告訴您，這是不可能的。即便林夫人跟董事長離婚，也沒辦法進行財產分割，他們是有協議的。」張嘉年給出官方回答，澈底打消楚楚的念頭。

有錢人比窮人更會管理資產，絕不會給宵小們可趁之機，更別說楚彥印是齊盛集團的實權者，他的婚姻還背負著董事會的壓力。

「果然，結婚也不是鐵飯碗。」楚楚早有預感，倒沒有太過失望。

張嘉年有些不解，好奇道：「您很討厭結婚嗎？」

楚楚立刻警惕地發問：「你該不會也是『女人回歸家庭論』的支持者吧？」

「……不是。」

汽車很快抵達燕晗居，張嘉年趕在下車前，向楚楚確認行程：「楚總，您明天大概幾點抵達公司？」

張嘉年這幾天被老闆搞怕了，要是她再次失聯，他和王青大概會被逼瘋。

楚楚斷然道：「我不想上班。」

張嘉年：「……」

楚楚：「逗你的，別繃著臉，上午九點，不見不散。」

張嘉年：「……」

張嘉年鬆了口氣，楚楚見他一本正經的樣子覺得好笑：「既然應下三年之約，總不能讓你們失望，一諾千金。」

張嘉年看楚總神色自若，臉上難得流露笑意，像是冰雪初融，美目流盼。他沉默片刻，不知道在思索什麼，最後禮貌道：「那您早點休息。」

第二天，普新大廈，繁忙的總裁辦門口。

王青看了時間一眼，已經十點了。她麻木地向張嘉年彙報：「總助，楚總還沒到公司，您看……」

張嘉年：「……」

張嘉年：說好的上午九點呢？說好的一諾千金呢？

張嘉年果斷打電話給楚楚，他在內心默默期盼，千萬不要再聽到令人窒息的關機聲。電話順利接通，他立刻換上禮貌又溫和的職業語氣，詢問道：「楚總，請問您到哪裡了？需要我們去接您嗎？」

王青對張總助的專業態度甘拜下風，即使對老闆有再多腹誹，都能拿出春天般的服務精神，不愧是被董事長欽點的精英！

張嘉年耐心地等待那頭的回覆，便聽到楚總充滿歉意的聲音：「對不起，可能需要你們來接我，順便幫我處理一下保險的事……」

「我還沒把車開出車庫，就撞到牆上了……」楚楚站在豪車前，身邊圍滿噓寒問暖的保全和社區鄰居，望著翻車現場頭大。

張嘉年驚訝不已，馬上問道：「您沒事吧？」

楚楚不好意思道：「應該沒事？為了安全起見，時速二十公里而已。」

張嘉年實在不想吐槽，妳當年是在馬路上飆車的人，如今時速才二十公里都能翻車？

張嘉年：「……好的，我馬上過來。」

楚楚：「實在抱歉，我又遲到了，你還好吧？」

張嘉年：「……沒事，請您稍等片刻。」

我還能怎樣，也只能像妳父親一樣原諒妳了。

總裁辦門口，張嘉年和王青動身營救翻車的老闆，而八卦群眾們則在小聲討論。所有祕書聚在一起，熱烈議論著今日的重磅消息，辰星影視終於對李泰河的解約給出回應，法務部將李泰河告上法庭，索賠四億的天價違約金。

此消息一出，李泰河的粉絲直接爆炸，在網路上怒斥辰星影視。

小河流水：『無恥公司天天在他身上吸血還不夠，這是澈底撕破臉了？』

Tai：『支持李泰河維護自身權益，搞垮垃圾公司，完全是不平等合約！』

球球翻滾：『辰星影視想錢想瘋了，你們公司年淨利率能有四億嗎？』

光明小可：『粉絲別洗版了，李泰河以前資源那麼好，現在卻直接解約，不被告到傾家蕩產，真以為商人是慈善家？』

蝴蝶機：『辰星影視在資源上絕對沒虧待過李泰河，粉絲應該高興啊，辰星手段如此強硬，證明你的偶像跟老闆確實只是捕風捉影、清清白白（doge.jpg）。』

嚕嚕嚕西：『不不不，粉絲們肯定會叫囂齊盛小公主對李泰河舊情難忘，故意打擊報復（doge.jpg），真以為自己的偶像魅力無邊呢。』

李泰河作為上升期男明星，具備戰鬥力可怕的粉絲群體，有關他的一舉一動都會被無限放大，輕鬆登上搜尋排行榜。現實世界中會用「當紅鮮肉」來形容這類演員，但書中世界還沒發展到這一步，路人們只覺得李泰河的粉絲很瘋狂。

夏笑笑看到網路上的紛爭後心情複雜，她沒想到李泰河會跟自己的公司站在對立面上。雖然她已經離開辰星影視，開始在銀達投資工作，但說到底，兩邊都是由楚總統一管理，屬於同一陣營。

夏笑笑想起李泰河在節目拍攝期間對自己的諸多照顧，又想到冷面丟給她西裝外套的楚總，一時不知該站在哪邊。

祕書們看到網友評論，同樣八卦不已：「居然真的告上法庭？楚總都不在乎嗎？」

「楚總當初可能只是想栽培他？」其他人也一臉茫然，雖然大家都聽過不少風言風語，但確實沒見過證據。

李泰河待在辰星影視的這幾年一帆風順，資源好到不行，實在引人懷疑。公司裡自然充斥著流言蜚語，但從未有人看到他和老闆公開逛街或出入酒店。

「笑笑，妳以前不是辰星的嗎？有沒有聽說過什麼事情？」有人看向坐在工作崗位上的夏笑笑，好奇地詢問道。

夏笑笑突然被點名，她嚇了一跳，連忙不安地擺擺手，心虛解釋道：「我只是實習生，怎麼會接觸到公司的明星……」

「這倒也是。」其他祕書聞言後不再多想，夏笑笑資歷尚淺又是新人，確實不容易見到李泰河。

夏笑笑在撒謊後有些羞愧，但她既不想說李泰河的不是，又不想說楚總的不好，只能以此來逃避話題。

眾人正議論著，王青突然推門進來，她掃視一圈，開口道：「妳們有誰了解綜藝影視？楚總要找人做一份報告……」

翻車事故已有專人處理，楚總來到公司後，第一件事就是叫王青幫忙蒐集綜藝影視產業的資料。

祕書們的日常工作各有分工，誰都算不上空閒，除了一個另類的存在。王青的視線掃過夏笑笑，突然想起她：「夏笑笑，妳以前不是辰星影視的嗎？妳跟我過來一下。」

夏笑笑趕緊起身，亦步亦趨地跟隨王青，向楚總的房間走去，沒聽見身後人的議論。

「完了完了，楚總的報告要求超高，實習生豈不是要被罵死？」

「王青姐也沒辦法，總不能老是讓她閒著，畢竟她又不懂公司業務，沒辦法讓她直接上手。」

夏笑笑就像是總裁辦的吉祥物，她以格格不入的清奇畫風，和死裡逃生的幸運體質，在眾人中脫穎而出。其他祕書皆為名牌學校畢業，個個履歷豐富，對待夏笑笑就像對待小朋友，只差天天揉她的頭了。

她們之間完全不存在辦公室競爭，因為夏笑笑的等級相比旁人都低了不少。雖然夏笑笑積極想融入工作，無奈對金融投資一竅不通，每天都只能打雜、買咖啡，同時羨慕著其他人的忙碌。

同事們對夏笑笑很好，分外照顧她，反倒讓她更加愧疚。她很想證明自己，能像其他姐姐一樣獨當一面，變成能幹的職場女性。

夏笑笑跟著王青抵達總裁辦門口，她看著那扇罪惡之門，有些心驚膽戰。她當時就是在這裡潑了老闆一身咖啡。祕書姐姐們偶爾還會拿此事打趣她，說她是撞到冰山卻死裡逃生的幸運兒，百年來難得一見。

王青小心地敲敲門，聽到楚總應聲，帶著夏笑笑進入辦公室，彙報道：「楚總，您不是說想了解一下綜藝影視的現況？您可以將具體要求告訴夏笑笑，讓她整理後把報告給您。」

夏笑笑站在王青的身後，偷偷打量楚總。楚總今日化上淡妝，衣著幹練，正低頭垂眸瀏覽文件，漂亮的側臉在認真時冷若冰霜，看起來不好接近。夏笑笑小心檢查自己的衣著，確認一切無誤，這才緩解稍許的緊張感。

楚楚抬起頭，看到進屋的兩人不由一愣。她確實是想了解一下書中世界的影視市場現況，但讓女主角幫她做報告……這是不是太奢侈了？

楚楚猶豫道：「……怎麼會讓她來做報告？」

楚楚倒不是懷疑女主角的工作能力，問題是只要她們兩個在一起，就會有奇怪的化學反應。「女主角」和「霸道總裁」光環聽起來簡直有無數可能性，楚楚很害怕再次觸發羞恥臺詞。

王青有些躊躇，試探性道：「因為夏笑笑原本在辰星影視工作，對這方面比較熟悉，或者您想指定誰來做？我等等就去安排。」

因為製作報告只是繁瑣卻不困難，王青便想藉此鍛鍊夏笑笑，不料楚總似乎並不願意。

夏笑笑見楚總一言不發，她不願放棄這個機會，努力爭取道：「您告訴我要求，讓我試試看好嗎？如果到時候您有哪裡不滿意，我一定好好改！」

夏笑笑看著辦公室內忙碌的姐姐們，深感自己像個廢人，不想錯過難得的工作機會。夏笑笑握緊拳頭，用期盼的眼神盯著楚楚，希望她能答應。

楚楚看夏笑笑神情真摯，充滿剛離開校園的熱情和純真，頓時理解她想在職場中證明自己的心態。初出茅廬的年輕人還是一張白紙，渴望得到他人的認可，迫不及待地想要爭取每個機會。

楚楚早就不是職場菜鳥，但她也曾有這種時期，便不忍心拒絕對方，無奈道：「我想了解娛樂傳媒類產業的相關情況，包括但不限於影視、綜藝、藝人經紀、短影片、直播、遊戲等等。」

「具體內容最好有各版塊產業狀況及代表作品、產業政策、產業重要事件、同類公司資料和專家對未來市場趨勢的預估。」楚楚一口氣說完，她聳聳肩，補充道，「妳可以當作我現在對這些毫無了解，需要最精準扼要的資訊，為下一步規劃建立體系。」

既然楚楚已經決心完成三年之約，就要先對書中世界進行宏觀了解，不能再像過去一樣偷懶。雖然她在現實中已經擁有豐富的實戰經驗，但面對陌生的市場卻不能貿然行動，需要建立對書中整個產業的認識。

現實世界和書中世界的發展進度是不一樣的，她要以最快的速度抓住即將到來的商機。

王青本以為是簡單的總結彙報，沒想到楚總的要求如此複雜。她頓時覺得夏笑笑難挑重責大任，提議道：「楚總，既然如此，不如我親自來做……」

楚楚不置可否，看向夏笑笑，開口道：「如果妳覺得自己沒辦法完成，那就讓王青來做吧。」

夏笑笑沉默片刻，鼓起勇氣道：「我做完後先請王青姐審核，再交給您可以嗎？」

楚楚點頭同意，王青見狀也不再多言。王青作為祕書長，事務繁雜，確實沒時間完成內容如此豐富的報告。

兩人回到辦公室，王青仍不放心，叮囑道：「我把過去幫楚總做過的報告傳給妳，妳作為範例參考，有什麼不會的地方就問我。妳可以先列提綱，讓我檢查過後再補充內容，避免有遺漏疏忽的部分。」

夏笑笑老實乖巧地應下，她第一次接到正經任務，暗自下定決心一定要做好。

楚楚憑藉記憶，整理出未來上升趨勢迅速的產業。她打算閱讀完夏笑笑的報告，先觀察一下書中和現實裡的差距，再決定銀達投資下一步的發展方向。如果她想要在三年內賺到四百億，只將目光放在傳統產業上，肯定是無法達成的。

齊盛集團的產業遍布各行各業，尤其在房地產、礦業、醫藥、餐飲等方面成就顯著，這全都是楚楚不了解的領域。她只能著眼自己最熟悉的影視娛樂，再用新興產業撼動楚彥印龐大的商業帝國，不能以卵擊石。

楚楚正刻苦地在辦公桌前做計畫，一旁的手機螢幕卻突然亮起，來電顯示是熟悉的名字。她瞄了一眼，又漫不經心地繼續工作，直接忽視震動的手機。

奇怪的聲音卻驟然出現，硬是要引起她的注意。

〔請透過任務加強「霸道總裁」光環，光環消失將被主世界抹殺。〕

〔任務：對李泰河說出經典臺詞，「夏笑笑是我的女人」。〕

……經典個屁！

桌上的手機像是燙手山芋，來電人正是李泰河。

楚楚實在不明白，為什麼她不管擁有哪個光環，都會捲入男女主角的愛情？

她硬著頭皮接起電話，李泰河滿含憤怒的語句便衝耳而來，他恨恨道：『妳到底想做什麼？』

自從發生泳池落水事件後，李泰河便澈底認清楚楚的真面目，她是一個歹毒而不擇手段的女人。他過去還曾感恩於對方的提攜，現在只剩下厭惡和反感。

楚楚坐在轉椅上，她一手握著手機，回身俯瞰遠處的高樓大廈，淡淡道：「我不知道你在說什麼，如果是違約金的事情，請你直接聯絡相關法務。我很忙，實在沒空聽你咆哮。」

『該付的違約金，我一毛都不會少給，但妳別想對笑笑下手！』李泰河面色陰沉，咬牙切齒道，『妳將她調到銀達，到底在打什麼主意？』

李泰河得知消息後萬分驚訝，夏笑笑居然離開辰星影視，到銀達投資任職，這無異於是羊入虎口。楚楚有推人入水的前科，想要再次對夏笑笑下手，可是輕而易舉的事情。

楚楚本來懶得理他，現在反被他怒火沖天的態度惹毛了，她慢悠悠地反問：「你覺得我能對她做什麼？」

「李泰河，你又不是夏笑笑的男朋友，有什麼資格在這裡大吼大叫？」楚楚覺得男主角著實不講理，她不由瞇起眼，毒辣反擊，「你根本就不了解她，真把自己當成情聖，然後自我感動式付出？」

李泰河勃然大怒地反駁：『妳懂什麼！我當然了解笑笑……』

「單靠你們童年時的緣分，能了解多少？」楚楚不客氣地打斷他，出言嘲諷，「你和她分別十幾年，到現在都不敢告訴她自己的身分，還敢說你了解她？」

《巨星的惹火嬌妻》中，李泰河和夏笑笑在童年相遇，兩小無猜，然後分別十幾年。多年後，明星李泰河一眼就認出實習生夏笑笑是童年的小女孩，逐漸展開漫長的追妻之路，期間會有若干配角進行阻礙。

楚楚當初讀這本小說，就覺得女主角好慘，老是莫名其妙被惡毒女配角陷害。男主角就像電影中愛遲到的員警，每次都等女主角被欺負完才出現。小說的主線就是「男主角追女主角，女主角受到欺負，男主角替她出頭，女主角又受到欺負，男主角再次替她出頭」，這種老套的劇情居然能堆出幾百章，讓楚楚佩服不已。

楚楚當時就覺得男主角是個害人精，他就不能提前保護好女主角嗎？

李泰河聽聞楚楚戳穿兩人的淵源，內心震驚不已：『妳怎麼會知道……妳調查我們？』

楚楚不耐煩地挑眉：「這還需要調查嗎？你還不如去查查夏笑笑在辰星影視的日子，因為你的優待照顧，她私下是怎麼遭人排擠的？你的感情根本幫不上她，被你喜歡真是倒楣。」

小說中，夏笑笑在辰星影視裡處處遭人刁難，很大程度是源於男主角的偏袒照顧，當然也有女配角原身忌妒之下的授意。現在，夏笑笑在總裁辦如魚得水，一躍成為團寵，日子過得非常滋潤。

李泰河沉默良久，啞聲道：『夠了，妳不過是在假仁假義地狡辯，故意留下笑笑！』

「夏笑笑是我的人，她在職期間只要不犯錯，我沒道理開除她。」楚楚懶洋洋地靠在椅背上，提議道，「既然你不想讓她待在銀達，為什麼不自己去跟她說清楚，看她願不願意離開？」

「你該不會在害怕吧？」楚楚嗤笑一聲，語氣宛如魔鬼，「怕自己在她心中無足輕重。」

夏笑笑現在還沒對李泰河產生感情，心中懵懂的幼芽尚未破土而出。她甚至沒發現李泰河的心意，完全不會想到別的地方。

李泰河被戳中心事，當即變了臉色，一時竟無言以對。楚楚說得沒錯，他還沒資格插手夏笑笑的事，因為他不是她的誰。

〔恭喜您完成任務，「霸道總裁」光環已加強。〕

〔恭喜您完成隱藏任務，「霸道總裁」光環已加強。〕

〔隱藏任務：打擊擁有「男主角」光環的人物一次。〕

楚楚沒料到這次打擦邊球成功，而且形成暴擊傷害，她明明沒有依照原句念臺詞。她察覺任務成功與否，不是靠臺詞完整度判定，而是靠人物情感累積。如果人物的心情波動符合任務臺詞，就會判定為成功。

楚楚完成任務，立刻拋棄被利用的男主角，果斷道：「好了，電話費挺貴的，沒事的話就掛了吧。」

李泰河滿腹不甘，堅持道：『她會離開銀達的，妳也得意不了多久。』

楚楚滿不在乎：「隨便，記得賠償我四億就好。」

蚊子再小也是肉，她的百億目標就差男主角雷鋒般地添磚加瓦。

李泰河憤憤掛斷電話，楚楚望著螢幕上的號碼，隨手封鎖刪除。

門口有人輕輕敲門，楚楚將手機丟到一旁，應聲道：「請進。」

張嘉年推門進屋，他的眉宇間全是憂慮，詢問道：「楚總，我聽韓東說，您同意參加《我是毒舌王》？」

銀達投資跟笑影文化順利敲定合作，關係也變得密切。雖然韓東昨天怒斥編導的小男生，但他也發現楚總很適合當嘉賓，畢竟她快承包下最近的搜尋排行榜了。

外界對楚楚褒貶不一，各類傳聞甚囂塵上。有人說她瘋狂潛規則公司藝人，數次騷擾李泰河；有人說她學歷出眾，繼承楚彥印的毒辣眼光，極富經商手腕；有人說她就是紈褲富二代，不及其父萬分之一，銀達不過是她賠錢玩票的道具。

不管大眾喜歡她，或者討厭她，都會不由自主地關注她，對這位齊盛小公主產生好奇。如果《我是毒舌王》真的邀請到楚總，第一集的收視率肯定很驚人。

韓東最終冒死聯絡楚總，詢問她是否願意成為首期節目的嘉賓，沒想到楚總居然真的答應了。

張嘉年在得知消息時，內心是崩潰的。他明明昨天全程陪伴楚總回家吃飯，她究竟是什麼時候背著他做出決定的？

張嘉年回憶自己最近跌宕起伏的經歷，覺得連電影都不敢這麼拍。楚總先是突然鬧上警局，緊接著是失蹤不上班，上班後跟公司女實習生不清不楚，昨天還跟董事長公然唱反調，今早刮到一輛豪車，現在又說要去上綜藝節目。

雖然老闆的脾氣變好了，但胡鬧次數直線上升。

楚楚沒察覺到他的憂色，泰然自若地點點頭，回答道：「是啊，我跟韓東打過招呼了。」

張嘉年不禁皺眉，頗為遲疑地提醒：「您有提前跟董事長商量過嗎？他昨天還對網路上的評論表示不滿，您今天就答應上這種節目……」

《我是毒舌王》的尺度很大，許多言論尖銳直接。楚總現在爭議在身，要是真的去錄製節目，肯定會被抨擊。張嘉年覺得楚總最近叛逆得像個青春期的少女，老是喜歡在太歲頭上動土。董事長不讓她做什麼，她就要立刻大張旗鼓地去做。

楚楚聽到張嘉年嘮叨的語氣，挑眉反問：「其實我很早以前就想問你一個問題，你究竟是我爸的人，還是我的人？你是站哪邊的？」

楚楚對原著中的張嘉年印象不深，只記得他是女配角身旁的人，偶爾會在隻言片語中被提及。因為他不是重要人物，小說甚至都沒有交代他的結局，整個人像是在後期劇情中直接消失。

楚楚的發問純屬好奇，並沒有故意責怪的意思，但張嘉年聽來卻不是如此。

張嘉年不卑不亢道：「我站中間，哪邊有道理就站在哪邊。」

張嘉年對楚總的這類不滿早就習以為常，他很清楚自己位置尷尬。雖然他每天陪同楚總辦公，卻也要時刻向董事長彙報，經常無法討到任何一方的歡心，被楚總認為是董事長派來的監視器。

他本以為她會像往日一樣，因為他不痛不癢的敷衍回答而發火，沒想到她這次卻轉變畫風。

楚楚理所當然道：「哦，那你就是站在我這邊的，我是最講道理的。」

張嘉年震驚於她的厚顏無恥，想直接吐槽：要是您講道理，我們就是聖人了。

張嘉年無奈發問：「您參加節目的理由是什麼？」

「你越怕別人議論你，就越管不住嘰嘰喳喳的嘴。」楚楚百無聊賴地轉著手中的筆，看金屬外殼在陽光下閃閃發亮，「我索性到節目上，讓他們議論個夠。」

張嘉年出言規勸：「您大可不必如此，等這陣風波過去……」

「這不過是對問題視而不見，難道你們以後遇到類似的情況，還要再做一次公關？」楚楚抬眼看向張嘉年，平靜道：「人類的本質是人云亦云，你不想被別人一窩蜂地詆毀，不如直接成為發聲者。」

她隨手將筆放回桌上，淡淡解釋：「我上節目不是為了洗白自證，而是為後續的規劃布局。未來ＫＯＬ行銷是流行趨勢，甚至超越電視和紙媒，與其讓我如今的熱度自然蒸發，還不如藉此機會經營起來。」

楚彥印仍是保守的思維，他厭惡一切負面評論，想盡辦法堵住網友的嘴，反而讓事情愈演愈烈。楚楚不在乎名聲和議論，在她看來，粉絲、熱門度和話題度都可以變現為真金白銀。書中的世界還沒迎來網紅經濟，更不知道網友的關注甚至能扶持起一個產業。

外人現在覺得楚楚的做法離經叛道，等過了幾年，他們就會發現，這世界上什麼樣的人都有。

張嘉年覺得楚總真是個精神分裂的存在，她有時候讓你頗為認同，有時候又讓你覺得不講道理。他快要被她的言論說服，趕緊詢問道：「如果他們說得不堪入耳，很難聽呢？」

楚楚誠心發問：「還有人能說得過我？」

張嘉年：「……」

他或許不用太擔心楚總，應該擔憂節目組的其他人？

總裁辦內，夏笑笑下定決心做好工作，得到楚總的認可。她挑燈夜戰，整理綜藝節目板塊的資料來匯總成報告。夏笑笑將成品遞給王青，王青在看過後相當驚訝，真心誠意道：「比我想像得還要好。」

王青一開始其實很不放心，夏笑笑性格軟弱，沒什麼突出的地方，沒人知道她的實際水準。這份報告內容詳實、圖文並茂，排版也有經過設計，顯然製作者搜集大量資料，消化琢磨後下功夫了。

王青針對內容提了點意見，又囑咐一些細節，便鬆口道：「妳拿去給楚總過目吧。」

夏笑笑一愣，頗為遲疑：「王青姐，不然您幫我交給楚總……」

王青看她滿臉稚嫩，語重心長道：「讓上司看見妳的努力，才算真有成效。」

王青在職場混跡多年，自然有些處世哲學，對實習生也不藏私。

夏笑笑不料祕書長王青會吐露肺腑之言，她內心有些感動，覺得銀達的姐姐們非常照顧自己。辰星影視內，其他人才不會搭理夏笑笑，不讓她背黑鍋就算好了，更別說指點。

王青指導夏笑笑裝訂整理好檔案，便鼓勵她去敲楚總的門。夏笑笑抿了抿唇，輕輕敲門，便聽到門內傳來熟悉清冷的聲音：「請進。」

夏笑笑推門進來，發現楚總正在換上大衣，仍舊老實地彙報道：「楚總，這是綜藝節目板塊的報告，請您過目。」

楚楚正準備出門，她接過報告後粗略翻了翻，稱讚道：「做得不錯，我會好好消化的。」

夏笑笑的報告製作認真，確實能幫上忙。楚楚要參加《我是毒舌王》，正好需要綜藝板塊的資料，這算是場及時雨。

夏笑笑頭一次得到楚總的稱讚，緊張而羞澀地低下頭，按捺住內心小小的興奮和滿足。

張嘉年敲門進屋，提醒道：「楚總，您的車到了。」

他看到屋內的夏笑笑有點詫異，轉瞬又恢復平靜，開口詢問：「需要請人陪您去笑影文化嗎？」

「誰有空誰就跟著吧，沒空的話我自己去也可以。」楚楚頭也不抬地收拾東西，準備去跟《我是毒舌王》的編導們交流節目，馬上就要出發。

張嘉年思及楚總撞車一事，深感不能放她獨自出門。然而，公司內眾人各司其職，楚總身邊確實沒配備私人助理，畢竟她很討厭被人貼身照顧，又對細節要求苛刻。

以前無論哪個祕書，只要跟完楚總的行程，回來後都會猶如被狂風暴雨凌虐，足足要緩好幾天。

張嘉年思來想去，突然福至心靈，對夏笑笑道：「妳跟我出來一下。」

「好的。」夏笑笑茫然地跟著張嘉年走出去，她還是頭一次跟張總助直接對話。

張總助是公司第二把手，他今年二十八歲，相貌端莊斯文，為人穩重儒雅。雖然他在面對楚總的時候脾氣很好，但在下屬心中卻頗具威嚴。畢竟，他能憑藉老練的投資眼光，在齊盛集團的一堆老鳥中脫穎而出，絕不是省油的燈。

夏笑笑在面對張總助時有些怯懦，他向來不過問總裁辦的事務，有事只吩咐祕書長王青。

張嘉年打量青澀稚氣的夏笑笑一眼，開口道：「妳今天跟著楚總行動，如果她有什麼需要，妳提前安排好，不要耽誤楚總的事情。」

夏笑笑大吃一驚，連忙擺手婉拒：「總助，我才剛來沒幾天，沒辦法擔下這重責大任的……」

張嘉年不置可否，臉色沉靜：「不是什麼重要的任務，妳只要讓楚總接受妳的存在，別被趕走就好。」

夏笑笑內心茫然，這聽起來難度更高啊？

「我今天沒時間跟著，她對妳的容忍力似乎很高，妳先隨行吧。」張嘉年也是沒辦法，他還有很多投資案要處理，總不能天天當楚總的私人助理。

夏笑笑怒潑老闆咖啡沒被開除，絕對是銀達投資里程碑式的重大事件。雖然張嘉年不知道兩人的淵源，但他覺得楚總對夏笑笑不一般，或許能撐一撐。

張嘉年想到老闆最近的怪異舉動，不由微微凝眉，忍不住提醒道：「如果楚總說出奇怪的話，或者要做奇怪的事，妳拿不定主意就聯絡我，不要隨意聲張。」

夏笑笑：「……好的。」

夏笑笑察覺張總助語氣謹慎，頗為疑惑，楚總能做出什麼奇怪的事？

張嘉年事先提醒完，又帶著夏笑笑前往總裁辦，找到王青：「今天讓她去跟楚總的行程，妳馬上培訓一下，楚總就要出發了。」

張嘉年說完，便繼續去處理公司其他事務，留下還在狀況外的夏笑笑。

祕書長王青同樣一愣，一時不知夏笑笑是要飛黃騰達，還是站在死亡邊緣。她看了手錶一眼，發現時間所剩無幾，火急火燎地念叨起來：「妳下去之後坐到副駕駛座，上下車的時候記得幫楚總開門，咖啡要求就按照我上次說的，點菜時避開蔥、薑、蒜和香菜，不要辣，也不要海鮮，中途記得偷偷結帳，不要到結束用餐的時候讓老闆等妳付錢。」

「隨身攜帶面紙、濕紙巾、行動電源、充電線、雨傘、螢光筆、釘書機、口香糖，妳要是沒有，我先借給妳！」王青一口氣說完後，又問道，「妳們下午是不是要去笑影文化？我把資料傳給妳，妳在車上把公司高層人士的名字和臉記住，千萬別搞混了！」

夏笑笑面對龐大資訊量的轟炸，不由暈頭轉向，她下意識寫起筆記，害怕自己出現疏漏。

總裁辦其他祕書聽到王青的耳提面令，詫異道：「笑笑是要去跟楚總的行程嗎？」

夏笑笑乖乖點頭。

祕書們望著小白兔般的夏笑笑，不約而同地露出同情的目光，安慰道：「笑笑，每個人都有第一次，妳要是被罵了也別哭，忍忍就過去了。」

夏笑笑遲疑道：「還好吧，楚總又不嚇人……」

「嘖嘖，果然是幸運兒才敢說這種話。」

夏笑笑：「……」

王青在龐大的壓力下，情緒極為敏感暴躁，抓狂道：「好啦，妳們別插科打諢！趕緊幫我想想，有沒有漏掉什麼東西？楚總快要出發了！」

祕書長驟然發威，其他祕書立刻展開助攻，不敢再閒聊。

「笑笑，妳把我的筆電帶上，到時候可能會用到。」

「這是司機的電話，記得在準備離開時提前聯絡他。」

「橡皮筋？ＯＫ繃？都帶上吧，誰知道會不會突然需要。」

夏笑笑在眾祕書的幫助下，背負著全辦公室的希望，陪同楚總出現在公司樓下。司機早就將車停在門口，只等兩人下來。

楚楚看著夏笑笑沉甸甸的背包，奇怪道：「妳的包包是裝了石頭嗎？看起來好重。」

夏笑笑總不能說包包裡都是姐姐們的愛，她雙肩被勒得生疼，彆扭地替楚總開門，老實道：「楚總，請小心腳步。」

楚楚見小說女主角如此客氣，感到慚愧且不適應，原本不想帶上夏笑笑的心思也打消了。楚楚向她道謝，然後走下樓梯，想要上車。

〔請透過任務加強「霸道總裁」光環，光環消失將被主世界抹殺。〕

〔周圍檢測到「女主角」光環擁有者，跟您產生相合反應，強行進入任務。〕

夏笑笑摸著良心發誓，自己沒有半點疏忽。她明明全神貫注地看著楚總上車，卻突然左腳絆右腳，控制不住地向對方倒去。沉重的背包將夏笑笑徹底壓垮，她伴隨慣性跌向楚總，猛地將楚總撲倒在車內的後座上。

楚楚正彎腰上車，她剛要坐好，卻猝不及防遭受襲擊，差點沒被身上的龐然大物壓到吐血。夏笑笑的體重加上死沉的背包，像是高速落地的隕石，直接撞在楚楚的身上。

前座的司機惶恐地看著這一幕，他從未見過這種做法，脫口而出：「楚總，您沒事吧！」

〔任務：對夏笑笑說出經典臺詞，「女人，妳引起的火，妳自己滅」。〕

楚楚：我他媽的都快被女主角壓滅生命的火焰，你還跟我玩這套？

兩人姿勢曖昧，夏笑笑差點貼到楚總的臉上，她近距離細看老闆，越發覺得對方皮膚光潔如瓷，抬眼時顧盼生輝。夏笑笑甚至能聽見她輕輕的吐息聲，感受到手下溫暖的觸感。

楚楚被壓得倒吸一口涼氣，面無表情道：「……我的肋骨要斷了。」

楚楚快要對「霸道總裁」光環感到絕望了，它居然還能玩如此老套的言情橋段！女主角從高空摔下，跌到霸總身上引起肢體接觸，這都什麼年代了？她是不是還要感謝跌倒時沒有嘴碰嘴？

夏笑笑聞言，頓時驚慌不已，趕忙笨手笨腳地起身，偷偷打量老闆的冷臉，大聲道歉：「楚、楚總對不起！我真的不是故意的，我也不知道怎麼了……」

夏笑笑後悔不迭，她好不容易做出讓楚總滿意的報告，為何又像中邪般出現這種事。

「道歉有用的話，還要警察幹嘛？」楚楚居然開始對這種情況習以為常，她在「霸道總裁」光環的磨練下，對羞恥的感知度日益降低，逐漸解放天性。她破罐破摔地說道：「女人，妳引起的火，妳自己滅。」

「……」夏笑笑遭到強烈土味臺詞的暴擊，傻傻地呆立在原地。

夏笑笑聽到楚總的話，只覺得腦容量瞬間炸裂，陷入當機狀態。她難以同時承受羞愧不安和滿臉疑惑這兩種截然不同的情感，大腦澈底報廢，完全不知道該說什麼。

兩人沉默而尷尬地注視著對方，世界彷彿靜止了。

楚楚沒聽到任務完成的提示音，知道因為太過尷尬而導致任務失敗，只希望女主角能當作什麼事情都沒發生過。她率先打破沉默，輕咳兩聲，假裝隨意道：「妳上車吧。」

夏笑笑看著彆扭側頭的楚總，不知道為何突然領悟到一種冷幽默？她控制不住地開始亂想，或許楚總是怕她尷尬，故意說些奇怪的話，想要緩解自己的緊張？畢竟楚總平日都是冷言冷語，也不常安慰人，沒道理會突然搭話。

沒錯，一定是因為楚總不善於表達，所以乍聽之下感覺古怪，但她的本意還是好的！

她是想講冷笑話，緩解自己的緊張！

天真善良的夏笑笑帶著超強的粉絲濾鏡，完美解讀楚楚的行為，在內心給出合理解釋。她真誠地注視著楚楚，感激道：「謝謝楚總！我下次一定會小心的！」

夏笑笑心想，楚總果然是人美心善的好老闆！

楚楚：「？」

楚楚覺得夏笑笑肯定誤會了什麼，但她著實不想再提此事，應付地點點頭，看著對方坐上副駕駛座。汽車緩緩啟動，朝著目的地駛去。

車內，坐在副駕駛座上的夏笑笑背完資料，又偷偷在小本子上記錄下楚總的愛好——

『喜歡看霸道總裁類的小說。』

夏笑笑覺得楚總可能熱衷某種小說，所以才會用獨特的幽默來安慰人。她想到大老闆平日冷若冰霜、讓人膽寒，背地裡卻愛背小說的臺詞，似乎還蠻萌的？

楚楚和夏笑笑抵達笑影文化時，享受的是貴賓級待遇，由CEO韓東親自帶人迎接。夏笑笑佯裝鎮定，模仿著王青和其他祕書姐姐往日專業的職場態度，安靜地站在楚總身後。

楚楚像往常一樣淡定，這種平靜淡然，常被曲解為高冷而難以接近。而銀達投資上下同樣對她有此類誤解，只有張嘉年和王青看得出老闆以前是真高冷，現在只是不在乎一切罷了。

韓東跟楚楚握手，寒暄過後便替她引路：「楚總，我們先聊聊稿子的事情吧？」

楚楚點頭，跟隨韓東進入會議室，夏笑笑背著沉重的背包緊跟在後。韓東身邊的編導小楊見狀，仗義出手相助，開口道：「我幫妳拿包包吧。」

韓東立刻道：「對，小楊幫妳背，小女孩太辛苦了！」

楚楚打量編導小楊一眼，發現他正是那天在融資會議上口無遮攔的小男生。

夏笑笑搖搖頭：「謝謝，不用了。」

王青教導夏笑笑在跟行程時，要拿出專業的態度，展現公司的精神面貌，她牢記在心。編導小楊遭到婉拒，悻悻地摸摸鼻子，沒再多言。

《我是毒舌王》作為一檔脫口秀節目，需要編導和編劇們提前採訪嘉賓，來撰寫對應稿件。那些妙趣橫生、金句頻頻的脫口秀表演，每個笑點都是人為設置的，需要經過多次排練，才能完美地呈現出來。

雖然韓東邀請到楚總參加節目，但編劇們卻開始犯難，他們要如何為這樣的人寫稿？如果寫得太犀利，會惹老闆不開心；寫得太平淡的話，節目效果又不好，實在左右為難。

眾人昨夜絞盡腦汁撰寫出一篇，韓東小心翼翼將其地遞給桌邊的楚楚，示意道：「楚總，您看看？」

會議桌旁，楚楚低頭讀稿，夏笑笑乖乖地守在一邊。編導們表面上正襟危坐，私底下卻開始在群組裡瘋狂交流。

『楚總的手錶跟我的車同價位！你們敢想像嗎？她的左手上有輛車！』

『看來楚總今日是走親民路線，左手上只是車不是房。』

『真是一群舔狗，舔到最後一無所有！為什麼在群組裡還稱呼楚總，難道她是you know who，不能說出真名？』

『叫真名感覺有點奇怪，跟形象不符，莫名曖昧。』

『我現在有種在等待國文老師批改作文的感覺，她看完應該不會勃然大怒，讓我們公司破產吧？』

「我看完了。」楚楚平靜地將稿件放回桌上，她的聲音瞬間驚醒所有編導。

眾人立刻認真地盯著她，等待大老闆的評價。他們本來還抱有些許期待，下一秒便聽到輕飄飄的一句：「我覺得不行。」

楚總面無表情地盯著稿件，手指在桌上輕輕敲了敲，似乎陷入了思考。

韓東緊張地擦擦汗，詢問道：「您是覺得尺度太大？還是不想提到什麼事？我們可以改……」

韓東認為當務之急是把楚總留下，絕不能讓她反悔退出節目，即便刪掉勁爆的話題也沒關係！

楚楚微微凝眉，看起來很不滿意，直言不諱道：「這稿子不痛不癢，算得上毒舌嗎？」

所有編導：「……」

她摸了摸下巴，提議道：「不然你們隨便找個李泰河的粉絲來寫，大概都能罵得比這個好。」

所有編導：「……」

楚楚望著眾人，遲疑地發問：「你們是專業的脫口秀編劇吧？」

雖然她看過笑影文化的資料，但沒見過成片效果。《我是毒舌王》又還沒播出，脫口秀確實是未來流行趨勢，可萬一書中和現實不一樣呢？誰能保證節目製作的品質？

眾人讀出楚總臉上透露出的隱藏資訊：別誤會，我沒有針對誰，我是說在座的各位都是垃圾。

這一刻，楚楚成功拉起整個節目組的仇恨，激起眾人熊熊燃燒的毒舌之魂，誰能接受被當眾挑釁自己的專業？即便妳有錢也不行！

夏笑笑憑藉小動物的直覺，察覺到氣氛不太對，有種如坐針氈之感。

韓東強顏歡笑，努力解釋道：「因為還沒採訪您，又不知道您能接受的尺度，寫出來的內容就有些平淡……」

編導小楊不是拖拖拉拉的類型，他當即跳出來打抱不平，展開靈魂拷問：「那我們就開門見山地採訪您，請問您和李泰河是什麼關係？」

韓東怒瞪小楊一眼，怎麼剛開始就是送命題，真是不想活了？

「打官司的老闆和前任員工而已。」楚楚早就猜到這個問題，幾乎脫口而出。

「既然如此，為什麼要撤掉關鍵字？是有什麼見不得人的隱情嗎？」小楊不依不饒。

「沒錢的人鼓動粉絲洗關鍵字，有錢人能夠不耗人力直接撤下，隱情是我爸看不下去。」楚楚思緒清晰，對答如流，「老頭子的情緒容易波動，看不得鬧心事，換做是我，才不花這種冤枉錢。」

張嘉年曾說過，楚彥印找人做過公關，儘管楚楚覺得鍵盤俠不足為懼，但誰能拒絕董事長的要求？

小楊看楚楚的回答無懈可擊，不甘心地冒死開口：「有人說妳性騷擾李泰河。」

眾人倒吸一口涼氣，楚楚抬頭看了小楊一眼，她沉默片刻，突然有些邪氣地瞇起眼，似笑非笑道：「你讓我性騷擾兩年，接下來笑影文化傾盡全力捧你，你願意嗎？」

她玩味地勾起唇角，眼波流轉，像是蠱惑人心的魔鬼。

在座的編導們都傻住了，一時分不清楚總是戲謔調侃，還是真有此意。夏笑笑同樣嚇了一跳，猶豫著要不要打電話給張總助，難道這就是傳說中的奇怪舉動？

「威武不能屈，貧賤不能移，我怎麼會如此隨便，用清白換公司的資源……」編導小楊愣了一下，他義正辭嚴地拍桌，斷然道，「……要是您直接給我錢，我就願意！」

楚楚淡淡道：「哦，我不願意。」

小楊：「……」

眾人：「哈哈哈哈哈！」

小楊悵然若失地搓搓手，總覺得自己錯失好幾億，討價還價道：「楚總，其實價格好商量，不然我只要公司的資源也可以，請妳把我捧成脫口秀明星？」

楚楚安慰小楊，語重心長地開解：「你不要太失落，李泰河當年跟你是同樣的心情。」

潛臺詞是，你和李泰河不要做白日夢，老娘怎麼會看上你們？難道沒有點自知之明嗎？

「哈哈哈哈！」眾人目睹小楊被楚總玩弄於股掌之間，毫不留情地爆發嘲笑，也接受楚楚的潛臺詞暗示。她完全看不上李泰河，怎麼可能潛規則他？

楚總擅長一本正經地舖陳話語來引出笑點，她看起來是千年寒冰，不好接近，實際上藏著一顆火熱的心，眾人平日都被她的巨額財富和面無表情矇騙了！

夏笑笑覺得，如果總裁辦的姐姐們看到這樣的老闆，肯定會驚掉下巴！

其他編劇見狀，躍躍欲試起來，紛紛想在楚總身上挖掘素材。有人犀利發問：「有人覺得您不學無術，全靠父親，您是怎麼看的？」

楚楚泰然應聲：「嗯，我承認，不然怎麼會淪落到你們的節目？畢竟我爸都是上財經新聞，從來不會上綜藝節目。」

編導們：「……」

有人不死心：「網友常說跟您有奪父之仇，您怎麼看？」

楚楚手一揮，大方道：「投胎是本事，雖然大家不能成為楚彥印的子女，但可以認我做爸爸。常言道隔代更親，以後見面都是楚家的不肖子孫！」

編導小楊對楚總的清奇思緒甘拜下風，他果斷地江湖式抱拳，轉身欲走：「來來來，筆在這裡，這期勞煩您自己寫！」

楚總絕對會打破過往的刻板印象，讓眾人眼睛為之一亮。編劇們簡直文思泉湧，在她身上找到無數新奇的點子，立刻摩拳擦掌地重新改稿子。

韓東原本還怕楚總不接受節目的尺度，他現在恍然大悟，楚總的尺度就是沒有尺度。

夏笑笑對楚總也有全新的認識，在夏笑笑的印象中，老闆嚴肅寡言，讓祕書姐姐們聞風喪膽。她總是穿著西裝，面無表情地背對著落地窗看文件。所有人對楚總都是恭敬客氣，沒有任何逾距，更不敢在她面前放肆大笑。

如今，楚總面前的編劇們像是尖叫雞，或者一群怪叫的鵝，然而她臉上也並無不悅，半分眉頭都沒皺。

採訪環節結束，韓東提議跟楚楚和夏笑笑共進晚餐，楚楚婉拒道：「等節目錄製後，大家再一起舉辦慶功宴吧。」

「好好好，沒問題！需要幫您叫車嗎？」韓東其實也沒那麼想聚餐，便順勢接下去。畢竟節目還在籌備期，正是眾人忙得暈頭轉向的時候。

「不用麻煩，我的助理已經安排好了。」楚楚擺擺手，解釋道。

夏笑笑突然被點名，聽到楚總的稱呼，不知為何有些羞赧。她按照王青的指示，早在會議快結束時提前聯絡司機，同時抽空去買回咖啡。夏笑笑跟隨楚總往外走，小聲問道：「楚總，您要喝咖啡嗎？」

「好啊。」楚楚剛才還沒察覺，現在才感到口乾舌燥。她在道謝後接過咖啡，毫無防備地喝下一口，頓時面色古怪，詢問道：「這是中藥嗎？」

夏笑笑聞言，有些慌張道：「是您平時的口味，雙倍濃縮美式，去冰不加糖。」

楚楚覺得這跟中藥沒什麼差別，她見夏笑笑有些不知所措，並未多加責怪，說道：「還是改成拿鐵加糖吧。」

她如果不補充糖分，是沒辦法長時間工作的，女配角原身的口味太苦了。

「好的。」夏笑笑應聲，手忙腳亂地在小本子上記下，她今天更新了不少老闆的資訊。

第四章　意外爆紅

普新大廈內。

夏笑笑安然無恙地跟隨楚總回公司覆命，讓祕書姐姐們跌破眼鏡。辦公室內，她們圍著夏笑笑轉了一圈，感慨道：「嗯，手腳都還在……」

夏笑笑忍不住辯駁，小聲道：「楚總沒有那麼恐怖……」

旁人連連搖頭：「果然還是應屆生好騙，笑笑已經被洗腦了，遭壓迫而不自知。」

夏笑笑：「……」

夏笑笑見姐姐們不信，剛想說出今天的事情，卻又咽下了。她突然想到張總助的話，覺得有些事不能跟其他人分享，尤其是楚總的另一面。她將發票整理好，交到王青那裡報帳，突然被路過的張嘉年叫住。

張嘉年冷不丁看到夏笑笑，馬上想起楚總今日的行程，攔住她問道：「楚總今天順利嗎？」

夏笑笑趕緊打開小本子，老實地彙報起來，簡單描述《我是毒舌王》的節目進度。張嘉年看到她手中密密麻麻的小本子，不由面露疑惑，出言詢問道：「這是什麼？方便讓我看看嗎？」

夏笑笑猶豫地遞出小本子，小聲道：「總助，我的字跡比較潦草……」

張嘉年取過她的小本子，他眼眸如墨，面色沉靜，一目十行地看完內容，視線卻在「喜歡看霸道總裁類小說」上停留許久。張嘉年取出自己的鋼筆，提筆劃掉幾行字，糾正道：「楚總可以吃辣和海鮮，很喜歡吃香菜。」

張嘉年在楚家大宅的家宴上觀察過，雖然不知道為什麼，但楚總的飲食習慣已經改變了。

「好的。」夏笑笑等張嘉年批改完，忙不迭地收回自己的小本子。

張嘉年上下打量夏笑笑一眼，說實話，他看不出這女孩的特別之處，既無姿色，也無謀略，似乎只剩下踏實和善良，完全不知為何能博得老闆青睞。他開口問道：「妳覺得楚總怎麼樣？」

夏笑笑驟然被問，磕磕絆絆道：「楚、楚總人很好……」

「那妳就跟完這次的節目錄製吧。」張嘉年想了想，又提醒道，「不要跟別人亂說楚總的事情。」

夏笑笑趕緊點點頭，慶幸剛才沒在辦公室多嘴，保護老闆的隱私很重要。

《我是毒舌王》排練當天，忙碌的編導們在臺上穿梭，所有人熱火朝天地籌備著。楚楚是單獨排練，沒有和其他藝人一起上場。她最近跟編劇們相處得不錯，大家發現楚總其實沒什麼架子，也不像傳聞中那樣可怕，就連助理都只帶了一個。

「楚總，麻煩您上臺彩排一下。」導演在小休息室門口輕輕敲門，提醒楚楚過去，又瞟到夏笑笑，「您的助理可以在這裡休息一下，流程很快。」

楚楚此行沒帶其他人，她要登臺彩排，夏笑笑正好可以留下來顧包包。

《我是毒舌王》每期都有多位嘉賓，只要有人的地方，都免不了地位的較量。後臺裡，藝人們帶著團隊鑽入房間，大休息室內人聲鼎沸。梁靈在經過走廊的時候，頗不適應喧鬧的環境，她的助理在前開道，提醒道：「梁姐，裡面請。」

梁靈被眾人簇擁，她帶的團隊人數眾多，助理、化妝師和服裝師一應俱全，瞬間把走廊塞得滿滿當當，引來路人側目。因為梁靈算是電視上的熟面孔，旁人看到她的排場，一時也不敢抱怨。

梁靈邁著小步進入大休息室，她環顧一圈，發現化妝鏡前堆滿雜物，不由微微皺眉，詢問道：「沒有其他的休息室嗎？」

助理有些為難：「他們安排的位置是這邊，我問過了，沒有別的……」

「你再去找找，不然這麼多人要怎麼化妝？」屋內人來人往，梁靈看得心煩，不滿道：「我們的人根本擠不進去啊。」

大休息室裡已經有不少人了，梁靈的團隊體積龐大，是真的塞不下了。

梁靈早年是以偶像歌手的身分出道，多年的媳婦熬成婆，曾經唱甜歌的新人歌手在樂壇上也有了地位。然而，音樂唱片大環境的頹勢，讓她處於走下坡的狀態，這才會上脫口秀節目露臉賺錢。

梁靈堅定地認為，她是本期節目中地位最高的藝人，理所當然擁有更好的休息室。

助理對梁靈的龜毛習以為常，任勞任怨地出門尋找休息室。照理來說，休息室門口會貼上藝人的名字，提醒其他人不要貿然進入。夏笑笑所在的小休息室卻是個意外，節目組特意在較安靜的地方劃出一個小房間給楚總，又覺得她和其他藝人不會一起排練，便沒有貼上名字。

以編導們的話來說，貼上「楚楚」總覺得哪裡不對，不符合楚總的形象，貼上「楚總」又顯得大家像群舔狗，索性不要貼。因為小休息室的位置偏僻，楚總彩排流程又短，工作人員並沒有想到會有人盯上。

梁靈的助理在走廊找了好久，終於發現一扇沒貼名字的門。他敲了敲門，探頭問道：「你好，請問這間休息室有人用嗎？」

助理也具備一定的經驗，他率先掃視一圈屋內，發現只有一人，推測對方應該不是什麼大咖。

房間門口沒貼姓名，而且助理很少，嗯，肯定搶得贏。

夏笑笑驟然聽到門外的聲音，愣了一下，急忙答道：「這間休息室有人用，他們馬上就回來了……」

夏笑笑本以為對方會轉身就走，沒想到梁靈的助理卻停在門口，沒有挪動腳步。他嬉皮笑臉道：「妹妹就通融一下吧？我是梁靈的助理，大休息室的人實在太多，借我們用一下吧？我們就當結個善緣，妳跟的是哪個藝人？」

「我跟的不是藝人……」夏笑笑剛要說出楚總的名字，梁靈卻突然出現在門口，身後還跟著一大群人。

梁靈自顧自地踏入小休息室，她左右看看，露出滿意的神色：「這不是有空的休息室嗎？你們進來吧。」

梁靈話音剛落，她的團隊就立刻進屋，服裝師推著衣架，瞬間將小休息室擠滿。

「對不起，這間休息室有人用了，請您讓他們出去。」夏笑笑向來沒什麼脾氣，此時也微微皺眉。

梁靈唇色嫣紅，她沒有正面回應夏笑笑，反倒對助理輕輕揚眉。助理立刻會意，上前大聲規勸：「不會占用太久的，說不定妳家的藝人還是梁姐的粉絲呢，別那麼古板嘛！」

助理早就打聽好了，今天彩排的藝人裡，梁靈是最大咖的。他一看到夏笑笑，就知道她是不熟悉演藝圈潛規則的菜鳥。

「不可能，請你們離開！」夏笑笑的臉上隱隱浮現一絲怒意，她不是傻子，聽完對方軟硬兼施的一番話，便明白他們根本不講理。

如果是以前在辰星影視，夏笑笑可能會選擇讓步，畢竟明星耍大牌很正常，但現在早已不同以往，要是她輸了，就等同於忘記姐姐們平常的教導，是她嚴重失職。

助理見夏笑笑死腦筋的樣子，同樣變得不耐煩，他凶神惡煞道：「用一下怎麼了？妳算哪根蔥？」

梁靈的助理虎背熊腰，他前一秒還好聲好氣，此刻卻瞬間變臉，看起來非常嚇人。

門外，熟悉的清冷女聲突然響起：「她算是小白蔥吧……」

眾人循聲望去，便看到面無表情的楚總和驚疑不定的導演，兩人正站在門口。梁靈同樣一愣，總覺得眼前身著西裝的高挑女子極為眼熟，像極最近搜尋排行榜上的某人，她心底浮現出不祥的預感。

楚總手握臺本倚在門邊，掃視屋內的一群人，調侃道：「你們這是跑到我家來偷蔥？」

她旁若無人地進屋，走到夏笑笑身邊，輕鬆的語氣中透著戲謔：「妳撞我的時候挺厲害的，怎麼面對外人就不行了？」

楚楚真的不明白，難道夏笑笑的「女主角」光環就是專剋自己的？看她潑咖啡和撲人的時候都很猛啊？

門外，蹲守戰況的編導立刻在聊天群組內放出重磅消息，進行實況轉播。

『前線急報，梁靈要完蛋！』

說實話，楚楚完全沒把這滿屋子的人放在眼裡，她掃視一圈，就只有夏笑笑擁有「女主角」光環，其他人連路人甲都不是，屬於在原著中連名字都不配擁有的。這種路人刁難女主角的老土情節屢見不鮮，楚楚頭一次親眼目睹，頗感新鮮，反倒沒有被冒犯的感覺。

畢竟現實中根本沒有這種降低智商的打擊，只有小說中才會有這種打臉情節！

楚楚的興奮點在於可以現場看女主角打臉，其他人的興奮點則跟她不同。

眾人心想：我們是不是可以現場看楚總打臉？

楚總閃亮登場，跟梁靈等人正面槓上，八卦群眾自然萬分激動，恨不得替楚總幹掉對手，衝冠一怒為紅顏！

蹲守門口的編導燃起滿腔熱血，充滿期待地盯著屋內的情況，心中是源源不斷的臆測：楚總是不是要撕破臉了？接著梁靈被冷凍封殺，逐出演藝圈？經紀公司倒閉消失？百萬粉絲說散就散？

梁靈極有眼色，她剛剛還不願和夏笑笑搭話，如今卻瞬間換上溫婉有禮的笑容，變臉神速。她自知踢到鐵板，深感事態棘手，硬著頭皮強行補救，尷尬地笑道：「楚總，這其實是個誤……」

「別，千萬別說是誤會！」楚楚剛聽到話頭，立刻伸手喝止，「妳如果現在服軟，人設就崩塌了！」

梁靈愣了一下，詫異道：「我……」

楚楚看她還要多言，當即嚴肅起來，厲聲道：「妳要找清楚自己的定位！要是不夠刁鑽甩大牌，我們後面的劇情要怎麼進行？」

惡毒女配角還沒遭到打臉就跪地求饒，就像看色情片一樣，才剛脫下褲子就被潑冷水，太掃興了！

楚楚絕不能讓這種事發生！

梁靈：「……」

這一刻，梁靈竟然被楚總一本正經的冷臉震懾，不知道該說什麼。她的大腦一片混亂，現在究竟是要馬上道歉，還是該聽話地繼續耍大牌？

楚楚滿意地看梁靈住嘴，隨即滿懷期待地注視著夏笑笑，只差為她加油打氣，鼓勵道：「妳快反擊啊！」

楚楚現在只想親眼看女主角打臉逆襲，和路人甲們翻臉！

夏笑笑一臉茫然：「……好、好的？」

夏笑笑看著眼神發亮的楚總，覺得老闆臉上透著一股莫名其妙的躍躍欲試，竟然有點可愛？

眾人面色古怪地看著這一幕，總覺得跟想像中的劇情不太一樣。他們明明是想看楚總出手，為什麼實際情況卻是這樣？楚總居然還饒有興致地當起八卦群眾，興致勃勃地旁觀戰況。眾人只差向楚總眼神示意：您可是主角，快點上場啊！

楚總沒發現周圍人微妙的神色，反倒向夏笑笑眼神示意，無聲助威：快上啊，加油啊！

夏笑笑握緊拳頭，鼓起勇氣向梁靈及其助理小聲地吼道：「請、請你們離開，你們算哪根蔥……」

梁靈和她的助理忙不迭地道歉，轉身就想走：「好的好的，對不起，打擾了！」

門外的工作人員：這是什麼幼稚園等級的對決？

楚總的出現完全打亂屋內原本緊張的節奏，就連夏笑笑和梁靈的助理剛開始的對峙感都徹底減弱。

楚總看梁靈一行人想溜，她皺緊眉頭，不滿道：「等等。」

門口的編導瞬間打起精神，難道終於等到他期盼的環節了？

楚總摸了摸下巴，她神情凝重，陷入深思，失望地批評道：「你們這個橋段的戲劇張力太差了，完全沒有我想像中那種熱血沸騰的感覺。」

楚楚回到原本的位置倚靠著門，進行導演的場面調度，她拍拍手，指揮道：「我們再走一遍吧，就從『妳算哪根蔥』那邊開始，這次大家都要記住自己的人設！」

梁靈的臉色一陣青一陣白，她覺得楚總的折辱遠比發怒更讓自己難堪，不由真心示弱道：「楚總，我們這次真是大水沖倒龍王廟，您看在星蘭唱片和齊盛多有合作的份上，就原諒我吧……我改日一定登門道歉。」

梁靈的經紀公司是星蘭唱片，跟齊盛集團有密切合作。她還為齊盛旗下的品牌代言，所以得知楚總身分時才會立刻低頭認錯。梁靈本來盼著楚總顧忌齊盛產業，可以放自己一馬，沒想到這位老闆卻不買單。

楚總冷言教育道：「都說了別崩壞人設，妳不要浪費大家的時間，能不能趕快踱起來？我們重來最後一次。我只不過是想看個打臉現場，有這麼難嗎？」

梁靈覺得楚總在反諷，她被這番話刺得不是滋味，咬牙道：「……請您不要再折辱人了。」

楚楚詫異道：「我哪有折辱妳？」

天地良心，楚楚只是想重現小說中的經典橋段，沒有要侮辱誰的意思，畢竟她都不知道梁靈是哪位。她根本不在乎休息室有沒有被搶，她要看的是女主角打臉耍大牌女配角的情節啊。

梁靈內心憤憤：誰敢在妳面前踱起來？如果我爸是楚彥印，我現在就踱到飛起來！

楚楚瞟到梁靈憤恨的眼神，立刻道：「這個表情就對啦，入戲了，趕快趕快！」

梁靈：「……」

梁靈極度崩潰，又不敢違背楚總的意思，只得僵硬地站在原地。接下來，夏笑笑和梁靈等人在導演楚總的指導下，陷入無限輪迴的劇本。

「請你們出去，否則我就要叫人了……」

「我們這就走，告辭！」

「停！妳見過哪個反派如此隨便？重來一次。」

「請你們出去，這間休息室有人用了，不然我就要叫人了！」

「妳叫破喉嚨也不會有人來救妳的？」

「停！注意人物的語氣，這是什麼臺詞？重來！」

「……」

梁靈被反覆折磨，後來她每次坐在休息室裡，都會想起這銘記於心的痛苦回憶，想起被人精神荼毒的殘忍日子。她不知道當初配合楚總排練了多少次，才達到對方心目中的惡毒女配角形象。梁靈以後大概可以不用唱歌，直接出演偶像劇的女二，絕對惟妙惟肖。

梁靈：給我一次機會，我想做個好人。

這場休息室鬧劇過後，編劇們簡直在群組裡笑出豬叫聲，展開瘋狂的吐槽。

『哈哈哈，他媽的人設崩壞，我猜梁靈這輩子都不敢再搶休息室！』

『完全是我國中老師的套路，「你不是最愛講嗎？來臺上讓你說個夠」。梁靈不是愛耍大牌？楚總就讓她耍一整個下午，直到沒牌可耍。』

『楚總是當代偶像劇教母，絕不容許惡毒女配角中途退場，必須要走完所有劇情。』

『太失望了，我更想看楚總和她撕破臉！』

『（快翻臉啊，我幫你加油.jpg）』

『（快翻臉啊，我幫你加油.jpg）』

『（都說了別崩壞人設.jpg）』

『（快翻臉啊，我幫你加油.jpg）』

『破壞隊形的人請自重！』

梁靈等人配合排演了一整個下午，終於得到楚總首肯，趕緊一溜煙地離開，他們再也不想觸這位富二代的霉頭。夏笑笑若有所思地看著這一幕，覺得楚總的腦迴路清奇，老是能找到解決問題的奇怪方法，又不會傷人感官，實在太厲害了！

夏笑笑儼然成為楚總的無腦粉絲，她帶著強烈的粉絲濾鏡，不管老闆做出什麼舉動，永遠都能為其找出合理解釋。楚總既讓梁靈等人記取教訓，又沒有使用太過分的手段，果然是有智慧的人，遠非常人能及。

車裡，坐在副駕駛座上的夏笑笑深感激勵，欽佩道：「謝謝楚總，我今天學到了很多。」

楚楚百無聊賴地望著車窗外，冷不丁聽到這一句，疑惑道：「……妳學到了什麼？」

夏笑笑認真道：「為人處世的道理。」

楚楚：「……」

楚楚：完了，女主角瘋了。

楚楚百思不得其解，難道夏笑笑真的只能做被保護的小白兔，沒辦法硬拗成爽文的女主角？古早的言情文跟不上現在的爽文流行趨勢？

楚楚思來想去，覺得這個鍋要讓梁靈背，都是她沒立好人設，跪地求饒的速度太快！

公司內，張嘉年從夏笑笑那裡得知此事後，立刻聯絡韓東，要求《我是毒舌王》換掉梁靈。張嘉年覺得梁靈是站在作死邊緣，竟然敢摸老虎的尾巴，他甚至興起聯絡齊盛集團撤下梁靈代言的念頭。

張嘉年的思緒跟夏笑笑不一樣，他認為這種事絕不能讓楚總親力親為，下屬們應該在無聲中為老闆解決一切隱形的問題，替老闆排憂解難。

電視劇中，重要人物身邊都環繞著部下和打手，哪有讓老大自己衝上去幹架的？

韓東接到張嘉年的電話，無奈地咳嗽兩聲，解釋道：「您慢了一步，梁靈已經主動請辭，似乎對楚總聞風喪膽。」

畢竟肉體打擊是一時的，精神打擊卻可以綿延一生。

張嘉年覺得梁靈還算識相，但他仍向楚總請示一番，彙報道：「楚總，梁靈已經主動請辭節目，您覺得還有必要聯絡齊盛那邊嗎？」

潛臺詞是，梁靈主動離開節目，那我們還要不要追著她打？

楚楚聞言後，錯愕地抬頭詢問道：「為什麼請辭？她挺有意思的，不能把她找回來嗎？」

楚楚覺得降低智商的女配角千載難逢，萬一下一次還能跟女主角擦出火花呢？

張嘉年：「……」

梁靈當然是不可能回來的，但楚總參加首期《我是毒舌王》的消息在網路上掀起熱烈討論，所有人震驚不已，沒料到風口浪尖上的人物，居然會上脫口秀節目。辰星影視和李泰河的官司還處在僵持階段，八卦群眾們自然會密切關注辰星影視背後的大人物。

當然，有一部分的人並不想看到楚楚出現在節目上，例如李泰河的粉絲。

河水洛川：『小河們別給某某熱度了，天天捆綁消耗前員工有意思嗎？想進娛樂圈想瘋了，上節目還要蹭我家偶像的熱度。』

松松：『粉絲們真可怕，她要想進軍娛樂圈需要李泰河嗎？直接讓自家公司安排一下就可以了。』

龍五：『沒人想看愚蠢又做作的女人上節目，這節目會傳遞扭曲的價值觀。』

天地玲瓏：『先不評價人品和性格，如果常春藤的碩士都算蠢，妳家偶像大概算是智力障礙？』

雲漂：『李泰河的粉絲別罵節目了，怎麼會沒人想看？我想看！從今天起我就是楚總的假粉，齊盛旗下的產品能打個九折嗎？想讓我當真粉就打八折。』

條慢慢：『小楚和老楚的畫風完全不同，楚董看楚總會不會氣死？』

網友們猜想得沒錯，楚彥印得知楚楚要上脫口秀節目時，確實既震驚又憤怒，直接告訴張嘉年：「嘉年，你明明白白地告訴她，我不會同意的！大家閨秀跑去上綜藝節目，真是越混越回去，趕快讓她退出！」

張嘉年早就知道楚董會大發雷霆，小心翼翼地解釋：「楚董，楚總說這跟她後面的公司規劃有關……」

楚彥印暴怒道：「胡說八道！她就是嫌臉丟得還不夠多，變法兒地丟人現眼！」

楚彥印經商多年，他重視的是口碑信譽、一諾千金，對這種胡言亂語前所未聞，上節目跟公司規劃有什麼關係？

張嘉年不好再勸，只得硬著頭皮道：「董事長，楚總已經出發去錄製了，現在可能聯絡不上。」

楚總一大早就去攝影棚裡錄製節目，看時間應該早就開始，她肯定沒空看手機，而且他並不覺得楚總會在意董事長的想法。張嘉年逐漸摸透規律，凡是董事長反對的事情，楚總都會更加積極地去做，完全是叛逆期的心理。

另一邊，《我是毒舌王》正在進行錄製，排練時空蕩蕩的現場觀眾席，此時座無虛席。舞臺一側放置嘉賓席，正中間的位置則是發言臺。每位嘉賓會依次走上發言臺，按照臺本完成個人脫口秀環節，再對其他嘉賓和現場觀眾的毒舌做出回應。

在絢麗的燈光和激烈的開場樂中，嘉賓們依序登場。楚楚著一身小香風套裝，打扮得簡潔而優雅，泰然自若地走向嘉賓位首座。她出現時呼聲最高，遠超越在座其他藝人，其中當然還是夾雜著噓聲。

「下去吧！」觀眾席有人撕心裂肺地朝著楚楚吼道，幾乎驚動全場，編導也立刻上前查看情況。雖然節目組在選擇觀眾時有嚴格把關過，但仍有討厭楚楚的人混進來，想當面表達對她的不滿。

站在後臺的夏笑笑看到此景頗為擔憂，生怕影響到楚總接下來的發揮。

「怎麼回事？把那人帶出去！」旁邊的工作人員焦急地用對講機說道。

臺上的楚楚倒是鎮定，她瞟了對方一眼：「我不要，妳上來啊。」

楚楚沒有被嚇到，舞臺上下隔著那麼多工作人員，要是對方能衝破阻礙到自己面前，那才是真的厲害，光是在觀眾席瞎吼，能威脅到誰啊？

因為節目才剛開始，又不是楚總的發言環節，她的麥克風還沒有被推高音量，僅有小部分觀眾聽見她的回應，看到她欠揍的表情。另一側的觀眾則茫然四望，只遠遠看見楚總說了什麼，卻沒聽到內容。

「歡迎大家收看《我是毒舌王》，用最犀利的聲音剖析自己，用最幽默的方式笑看人生，我是主持人小毒！」主持人趕緊救場，立刻吸引了眾人的注意力，「今天是首期節目，現場來了許多重量級嘉賓，現在就讓我為大家隆重介紹……」

主持人先將嘉賓介紹一遍後，講解了節目的流程和規則，嘉賓們便陸續上場完成脫口秀。因為楚總的毒性較大，編劇們特意把她安排在最後，確保觀眾不會流失。

每位嘉賓的脫口秀稿子都結合自身經歷，凝聚編劇們苦思冥想後的笑點，逗得現場觀眾哈哈大笑。然而，楚楚的畫風卻不一樣，由於她完全不了解書中的娛樂圈明星和現場嘉賓，很多笑點都 get 不到，只能面無表情地聆聽，完全不毒舌任何人。

很快，大家都發現楚總異於常人的面癱姿態，恨不得在臉上寫著「歡笑是你們的，而我什麼都沒有」。

主持人小毒終於看不下去，主動 cue 她：「我看楚總一直都很安靜啊，原來您是與世無爭派，完全不毒舌！」

楚楚突然被點名，還沒跟上節奏，坦然道：「抱歉，主要是我不認識大家。」毒舌也是要做功課的，她都記不清在座嘉賓誰是歌手、誰是演員，自然無話可說。

眾人愣睜片刻，隨即一片譁然，楚總是要靠一句話拉起全場仇恨值啊！

果不其然，下一位嘉賓站在發言臺上，立刻對楚楚展開攻擊：「我很好奇，楚總最近是不是資金困難，不然怎麼一直追著李泰河，要求他賠償四億，您是缺錢花了？想方設法地大撈一筆？」

此言一出，觀眾們立刻看熱鬧不嫌事大，發出陣陣起鬨聲，翹首盼望楚總的回應。李泰河的天價違約金如今成為了網路段子，帶動最近的「四億」梗熱潮。如此高昂的違約金前所未聞，不少人都認為楚楚壓榨李泰河多年，手段惡劣。

楚楚遲疑片刻，輕聲反問：「四億很多嗎？」

楚楚：對不起，我現在對錢真的沒概念，畢竟我爸上來就要求先賺四百億。

眾人皆倒吸一口涼氣，被她風輕雲淡的賣弄言論震驚，恨不得立刻衝上臺打爆她的頭，好讓她清醒一點。

在楚楚看來，書中世界的金錢宛如遊戲幣，完全沒辦法給人實際的感覺，全都以億為單位。在旁人看來，楚總是在無形中炫耀，有錢人就敢睜眼說瞎話！

嘉賓語噎片刻，不甘心地提醒：「楚總，這是《我是毒舌王》，不是《我是炫富王》，請您不要迴避問題。」

「如果李泰河認為自己只值四十塊，我也可以接受，我們自主定價，還能商量。」楚楚隨和地擺手，一副好商量的樣子，「原價四億，現在只要四十元，清倉銷售，童叟無欺。要是我這麼說，李泰河的粉絲肯定又會追著我罵吧？」

她認真地總結道：「所以我很委屈，其實李泰河的粉絲應該要感謝我，我索賠天價違約金，不是為了我自己，是為了給予李泰河足夠的尊重。如果是像你這種不紅的藝人，我斷然不會開太高的違約金，絕對客觀公正。你直接離開也可以，我不要你的錢。」

嘉賓：「……」

眾人：「哈哈哈哈哈！」

楚總的臉上寫滿真誠，有種令人信服的魔力，完全看不出她在一本正經地胡說八道。她如此風輕雲淡的態度，簡直要把發言臺上的嘉賓氣到暈厥，甚至顧不上查看提詞機的內容進行反擊。

臺下的觀眾正好相反，被她的平靜闡述逗得哈哈大笑。《我是毒舌王》本就是放肆的節目，大家想看的正是嘉賓們彼此攻訐，以此達到綜藝效果。

節目過半，楚楚總算明白為什麼要分批彩排，不單是她身分特別，更因為在其他嘉賓的毒舌內容中，會頻頻提及自己。這些脫口秀稿件都是由編劇提前撰寫，現場還有提詞機，避免嘉賓忘詞。

編劇們不想讓楚總提前得知內容，要的就是自然反應。既然楚總沒有尺度，嫌棄過去的稿件不夠犀利，他們就要玩一把大的！

接下來，楚楚直接成為全場的重點攻擊對象，任何人上臺都要cue她。

「楚總，您好歹是辰星影視的大老闆，也算半隻腳踏在娛樂圈內，上來就說誰都不認識，是不是有點假？這難道是很引以為傲的事情？」嘉賓A看不慣楚楚賣弄言論，針鋒相對道。

楚楚總不能解釋她是穿書者，語重心長道：「主要是你們的粉絲不夠努力，我知道這話很傷自尊，但凡事要從自身找原因，你該反思自己為什麼不紅，沒辦法鼓動粉絲對我實名辱罵。你看，我不就記住李泰河的名字了？」

對方沒想到看起來高冷的楚總，給出的回答卻如此清奇，不由當場愣住。

眾所周知，李泰河的粉絲對楚楚實名辱罵良久，如今當事人不但一笑而過，還進行自嘲，著實讓人意料不到。

楚楚平和地擺擺手，真切提議道：「你回去後抓緊時間，發動粉絲連罵我兩週，不但能讓我記住你的名字，你們偉大的偶像楚彥印，同樣能記住你的名字！」

嘉賓A：「……」

觀眾：「哈哈哈！」

嘉賓B看別人受挫，立刻跳出來發問：「楚總，坊間流傳您潛規則自己公司的藝人，李泰河因此解約離開，您怎麼看？」

「我能怎麼看？我選擇不看。」楚楚面無表情地吐槽，「如果李泰河確實被強迫發生關係，他應該打電話報警，讓員警以猥褻罪為由逮捕我，而不是解約離開。」

嘉賓B：「……您的大膽發言可能會讓節目下架。」

楚楚：「為什麼？我只是在和妳講解法律規範。」

嘉賓B：「……」

觀眾們在下面拍案叫絕。

嘉賓C滿臉嚴肅：「我說句實話，您別不高興，您能在節目上如此囂張，不過是靠您的好爸爸。」

楚楚搖搖頭：「我靠的不是我爸。」

嘉賓C不置可否，挑眉道：「您沒辦法否認家境和財富帶給您的自信。」

楚楚不慌不忙，有條有理道：「你錯了，打個比方來說，老楚同學比我更有錢，但他沒辦法在節目上囂張，你知道是為什麼嗎？」

楚彥印的財富是楚楚的好幾倍，但楚董永遠端莊有禮，沒有半分失態。嘉賓C確實被問傻了，好奇地問道：「為什麼？」

「因為楚彥印要臉，但我不要啊。」楚楚眨眨眼，淺淺地笑了笑，輕拍一下自己的臉，「因此我的囂張，靠的不是我爸，而是自己的厚臉皮。」

嘉賓C：「……」

觀眾：「哈哈哈！」

主持人小毒簡直甘拜下風，恨不得拍手讚嘆：「那麼接下來，就有請我們最後一位嘉賓，瘋狂自嘲的霸道總裁——楚總！」

登場音樂響起，楚楚終於在熱烈的歡呼聲中站上發言臺。

如果說現場觀眾剛開始還對楚總心存反感，現在都已經被她的幽默感和金句所驚豔，非常期待她的脫口秀表演。畢竟她舌戰群儒，完全不用看提詞機，可以直接Freestyle。

楚楚把麥克風擺正，環顧萬頭攢動的觀眾席，開口道：「開播前，有人問我為什麼要上綜藝節目；開播後，肯定還會有人問我為什麼綜藝感那麼好，現場的大家知道原因嗎？」

臺下的觀眾滿臉茫然，有人老實地搖搖頭。

楚楚坦白道：「原因很簡單，如果不是銀達剛跟笑影達成合作，你以為我會這麼賣力？在此，我要鄭重地提醒韓東，要是你們的編劇再寫這種不痛不癢的無聊稿件，戳不到痛點，

《我是毒舌王》首期節目播出後很可能會收掉，或者改名成《我是尷尬王》。」

後臺被點名的韓東：「……」

韓東：等等！這是節目錄製啊，您居然直接實名diss節目？

觀眾：「哈哈哈哈哈！」

「大家應該都知道笑影最近完成Pre-A輪融資，就是我投的。公司高管那時候苦口婆心地勸我，讓我三思而行，千萬不要衝動。那時我據理力爭、引經據典地說服對方，費了好多口舌……」楚楚停頓片刻，嘆息一聲，搖了搖頭，「現在我站在節目現場，發現我過去是白費心力，他們完全給不出笑點啊！」

後臺的編劇們恍然大悟，原來楚總毒舌的對象不是其他嘉賓，而是無辜的他們！

臺下的觀眾情不自禁地獻上掌聲，鬨然大笑。

「剛才不是還有嘉賓憤怒地問我，為什麼記不住他們的名字？」楚楚看向嘉賓席，認真地教育道，「你現在應該要慶幸我沒記住你，要是我真的記住了，我以後再也不找你上脫口秀，你除了talk，完全不夠秀！」

嘉賓A佩服地江湖式抱拳，恨不得向楚總跪下。

楚楚擺擺手，隨意道：「好了，現在肯定又有人要問，為什麼妳只會說英文單字talk？因為我的學歷是花錢買的，你們可以去找李泰河的粉絲們了解一下，她們對我的了解，比我自己還多。蘇格拉底曾經說過『認識你自己』，我都沒辦法認識我自己，李泰河的粉絲卻可以！」

「我現在很想打個廣告，承接明星宣傳行銷工作。如果有哪位藝人想紅，請私下聯絡我，我們對罵一波，基本上可以預定兩週的搜尋排行榜第一名。效果比任何宣傳公司還要好，價格還會更便宜，先付款後執行。」楚楚泰然自若地說道，「走過路過，不要錯過，非誠勿擾，已有成功宣傳案例——號稱自己要當影帝，卻天天上綜藝的男明星李某。」

臺下的觀眾們已經笑到肚子痛。

「許多人認為有錢人的生活很快樂，但我想告訴大家的是……確實挺快樂的，快樂得不想上班！」楚楚深表贊同地點點頭，無奈道，「但老楚同學不允許我在家混吃等死，他大手一揮，先幫我定了小目標，賺個四百億。我一聽這話就愣了，心想當初怎麼不索賠四百億的違約金呢？我要這四億有屁用！」

爆笑中，有觀眾喊道：「四百億是真的嗎？」

楚楚應聲答道：「是真的，而且還有附加條件，如果我在三年內沒有完成目標，老楚就要安排我嫁人生子，過上大門不出、二門不邁的日子，用他的話來說就是『避免我在外丟人現眼』，以後大概也不會讓我上這種節目。」

「不行！我們想看妳上節目！我們幫妳籌四百億！」

「哎呀，那怎麼好意思？」楚楚欲就還推道，「我到時候請助理把帳戶放到社群帳號上，大家記得轉帳給我。」

觀眾：「哈哈哈！好！」

楚楚：「開個玩笑，我才是有錢人，怎麼好意思要你們的錢？」

觀眾：妳這是突然炫富？

楚楚逗完觀眾，又重回話題：「大家不要緊張，我相信四百億的目標很容易達成。我藉由這個平臺，善意規勸各位商業大神，一定要多多跟銀達合作，否則你們的兒子就要遭殃了。假如我培養出一個青年才俊，最後被我這樣的人糟蹋了，我都不忍心啊！」

「老楚到時候挨家挨戶地敲門，張口就問『你家有兒子嗎』，你們要怎麼回答？這種情況就很尷尬，雖然老楚的事業做很大，但也不能出賣孩子來換取利益啊！」楚楚幽默風趣地自嘲道，「已達適婚年齡的後起之秀、青年才俊們也請奮力自救。我向你們保證，只要你們跟銀達合作，我就放你一馬，絕對不嫁給妳！」

「楚總，讓我進地獄吧！求妳娶我！」臺下有人尖聲叫道，眾人哈哈大笑。

觀眾：妳還真把自己當成節目主持人了？

「大家聽完剛才的段子，基本上就能明白，我生命中最重要的兩個男人是誰，提及最多的其中一位是老楚，另一位就是李泰河。」楚楚神情自然地倚在發言臺上，娓娓道來，「老楚，你們熟悉的大神，在生意場上可謂呼風喚雨，絕對不是個普通的男人，他可以一個頂兩個，至於李泰河嘛……嗯……」

楚楚面露遲疑，用支支吾吾的語氣挑動著觀眾的好奇心，她為難道：「總之，這是個數學題，老楚加李泰河是兩個男人，老楚一人頂兩個，剩下的你們自己算吧，不說了，不然我回家又要挨罵。」

觀眾聽到題目後瘋狂計算，楚彥印加李泰河等於兩個男人，楚彥印算兩個，那李泰河算幾個？

有人叫道：「李泰河不算男人！」

楚楚：「哦，這可是你說的，跟我沒關係啊。冤有頭債有主，李泰河的粉絲們，快記住這個人的臉！」

觀眾：「哈哈哈哈哈！」

「大家小時候應該都寫過作文，知道作文的套路，到結尾都要提煉昇華一下，脫口秀也是如此。我剛才已經把段子全講完了，因為不太擅長說些心靈雞湯，接下來就直接念編劇們幫我準備的主題……」楚楚站在發言臺上，她拿起手卡低聲朗讀，「我知道最近網路上有很多惡意傳聞，但我想告訴大家，我既沒有大家想得那麼好，也沒有你們說得那麼差。古斯塔夫．勒龐在《烏合之眾》中說過……」

「等等，這稿子誰寫的？未免也太不客觀。」楚楚突然話題一轉，舉起手卡晃了晃，她望向後臺，振振有辭道，「我絕對比大家想得還要好，我是完美的！」

後臺的寫稿編劇：「……」

編劇們：楚總，求求您稍微謙遜一點，妳還要洗白呢！

觀眾們卻開始習慣楚總的厚臉皮，笑著起鬨道：「好好好，妳是完美的！」

「這個可以丟到一邊了，根本不勵志。我今天站在這裡，就是想告訴大家，無論生活再難，困難再多，旁人再怎麼罵你不要臉，你都要堅信自己是完美的。」楚楚雙手撐著發言臺，擲地有聲地說道，「人要勇於表達自己，假如你不主動表達，別人就會來表達你。」

「很多人都問我，為什麼我要上脫口秀節目？這是不是很掉身價？我從來都不覺得表達自己很可恥，執著於外在的刻板印象，對我來說反而是束縛。我就是我，活不成他人心目中的樣子。不要跟我說什麼偶像包袱，你都沒把我當偶像，還敢跟我提包袱？」楚楚恨鐵不成鋼道。

「哈哈哈！從今天開始，妳就是我的偶像！」臺下有人附和。

楚楚微笑道：「當然，有時候你的表達同樣會遭到非議，甚至影響他人對你的印象，比如老楚就覺得我讓他很頭痛。有錢人之間也會互相議論，四處八卦的，你看楚彥印的女兒多丟人，跑到綜藝節目上胡說八道，搞得老楚臉上無光……對於這種人我只想說，你的話怎麼這麼多，一天到晚講不停！」

觀眾們簡直要為楚總的一番言論鼓掌到手痛。

「所有人都希望有錢暴富，但作為還算富有的那群人，我真心想要告訴大家，千萬不要假裝活成有錢人的樣子。」楚楚認真地望著臺下觀眾，「真正的富裕不是你的帳戶裡有多少錢，而是你能自由地去做在法律允許範圍內的任何事，最重要的不是財富自由，是精神自由。」

「你有錢卻無法自由表達，或者有錢後還要看人臉色，那你要這百億身家又有何用？活得還沒有窮人自在！有的人覺得我讓上流圈子丟臉，但我和那些人正好相反，他們看重的上流圈子，在我眼裡什麼都不是……」楚楚輕笑一聲，調侃道，「你越在乎什麼，你越會被什麼束縛。」

「所以當老楚看到網路上的風言風語，他只能偷偷摸摸地做公關，顧忌自己的面子和形象，花了錢心裡也不痛快。而我就不一樣，我會直接罵回去，罵到他再也不敢找碴，不但沒有花任何一毛錢，心裡還很痛快。」楚楚直視鏡頭，一本正經道，「沒錯，李泰河，我就是在說你，別一天到晚召集粉絲們罵我，弄得別人這麼辛苦。你已經是個成熟的藝人了，要學會自己下場操控輿論，多跟我學習，自己跑到節目上澄清！」

觀眾：「哈哈哈哈哈！」

楚楚站在臺上環顧觀眾，最終進行總結：「人生就是一個起起落落落落落……的過程，所以一定要在有限的時間裡自由表達，千萬不要用自己的不開心造就他人的開心，到頭來後悔莫及、捶胸頓足。人生就是要走自己的路，讓別人無路可走。」

「如果路上有人說你不夠完美，對你指指點點，我們就淡然一笑、大手一揮，響亮地回他一句——去你的！」

「謝謝大家，我是楚楚。」楚楚抬起頭，眼裡充滿淺淺的笑意，輕輕鞠躬後下臺。

臺下，觀眾們扯著嗓子吶喊，喊聲一浪高過一浪，齊聲叫道：「安可！安可！」

楚楚擺擺手：「好了好了，這個節目都沒給我酬勞，我還趕著回家賺四百億呢。」

觀眾們：「哈哈哈哈哈！讓韓東直接給妳四百億啦！」

後臺中，韓東躺著也中槍，心想：大哥大姐們行行好，我們這間小公司哪有那麼多錢……

夏笑笑在舞臺後看著熱鬧的場面，舞臺上的楚總就像發亮的火焰，她以幽默的談吐和張揚肆意的思想點燃全場，像是天生的發光體。原本還對楚總心懷隔閡的觀眾們，如今一面倒地為她歡呼。

夏笑笑只覺得自己心中有一小簇火苗被點燃，隨著臺上那人的言語而擺動。如果她有楚總一半的水準，她就滿足了。夏笑笑想到自己在辦公室內墊底的業務能力，又面對著絢麗燈光下大放異彩的楚總，不由心生小小的沮喪。

她真的離所有人好遠好遠。

楚楚在眾人的簇擁中下臺，她將手卡隨手遞給工作人員，朝夏笑笑道：「我們走吧。」

「好、好的！」夏笑笑立刻回神，盡責地引導楚總向外走。她最近已經對助理的工作得心應手，基本上沒出過差錯。

上車後，夏笑笑聽到後座傳來輕輕的嘆息，她立刻反應過來，楚總也累了。雖然楚總在臺上表現得很好，但經歷如此漫長的錄製，大概也筋疲力盡。夏笑笑小心翼翼地問道：「楚總，您還要去泉竹軒用餐嗎？如果您很累，我們可以直接回燕晗居。」

楚楚確實渾身疲憊，但肚子也餓得咕咕叫，她揉了揉太陽穴：「先去吃飯吧，好不容易了結了這件事，慶祝一下。」

第五章　相親一次二十億？

泉竹軒是一家市內有名的創意菜餐廳，環境清靜雅致、別有洞天，角落是布滿荷葉的小池塘，周圍升起嫋嫋白煙，頗有仙境意味。夏笑笑早就提前預訂好了，態度親和的服務生引領兩人向包廂走去。

「泰河，你在看什麼？」新經紀人詢問道。

李泰河坐在桌前，注意力早不在談話中，正痴痴地看向一邊。經紀人扭頭查看一圈，沒發現任何異狀，提醒道：「我們接著聊違約金的事？」

「稍等，我離開一下。」李泰河不確定自己是否看錯，他好像看到夏笑笑和楚楚的背影，連忙起身過去，想要一探究竟。

「等等，我們還沒聊完呢……」經紀人看李泰河魂不守舍地拔腿就走，不由滿臉茫然，不知道他到底看到了誰。

楚楚和夏笑笑跟隨服務生穿過走廊，進入餐廳內部的雅座。雅座是半開放設計，可以看到內部頗有意境的裝潢設計，然而私密性卻很好，因為有青翠竹葉和淡色蘭花的遮掩，外面的人不太能看到雅座內的情況。

楚楚覺得穿書暴富後最大的好處，就是可以品嘗各式各樣的美食。點餐完畢，雅座內就只剩下楚楚和夏笑笑兩人，楚楚主動開口道：「這幾天辛苦妳了。」

夏笑笑跟隨楚楚錄製節目，跑進跑出了好幾天。如果楚楚真的忙起來，很多事情都顧不上，全是夏笑笑在旁打點，從用餐到叫車，她將時間規劃做得非常細緻，背包中的各類用品一應俱全。

楚楚在最近與她的相處中，逐漸了解原書女主角其實不像小說寫的那樣冒失。夏笑笑是一個溫柔體貼、細心照顧旁人的女孩，雖然有時候過於單純，但正是這種人畜無害的氣質，讓人難以拒絕，才會在辦公室中得到其他姐姐的照顧。

雖然楚楚只帶了夏笑笑一個助理，但效率絕不遜色於其他藝人的團隊。節目內的編劇們甚至戲稱夏笑笑是電影《穿著Prada的惡魔》中的女主角，楚總就是女魔頭本尊，是有趣的二人組。

總而言之，夏笑笑拋去「女主角」光環，同樣是有能力的女孩。

夏笑笑趕忙擺擺手，羞赧道：「沒有沒有，我只是做些簡單的事情，沒什麼難度……」

夏笑笑沒料到自己的工作會落入楚總眼中，她以為自己只是此次行程的隱形人，頓時有種受寵若驚之感。

「簡單的事情想要做到極致，同樣很困難。」楚楚望著旁邊閃閃發亮的水晶杯，打了個比方，「就算是一個杯子，普通做工和細心雕琢也完全不同，前者只能擺在夜市，後者卻能成為奢侈品。」

夏笑笑似懂非懂地點點頭，她望著面容安靜而隱含疲憊的楚總，不禁脫口而出：「您現在跟錄製節目的時候不太一樣呢……」

「當然，我不是說您不好的意思！」夏笑笑說完覺得不對，生怕楚總誤會，又趕緊補充一句。

她只是覺得楚總性格多變，在公司裡讓人聞風喪膽，在舞臺上張揚肆意，在生活中卻隨和淡定，幾乎每一面都不同。

夏笑笑跟楚楚接觸得越多，越覺得她神祕而獨特。

楚楚淡淡道：「畢竟是脫口秀表演，說到底只是『秀』和『表演』，要煽動現場的氣氛。」

楚楚在生活中肯定不會表現得太誇張，她今天錄製完節目後，就像電腦的電量告竭，現在渾身軟綿綿的，大腦猶如漿糊。

夏笑笑遲疑片刻，終於提起熊心豹子膽，怯生生地發問：「……那真實的您是什麼樣的呢？」

夏笑笑按捺自己心中的衝動，她想要更了解和靠近自己的老闆。

楚楚沉默片刻，將筷子放到一邊，坦白道，「我也不知道。」

楚楚現在感受不到真實，更無從談論真實的自己，莊生曉夢迷蝴蝶，她有時候都不知道自己是在夢中，還是在現實。她究竟是書中的人物，還是游離故事外的旁觀者。

「別提那麼哲學的問題啦，我今天已經很累了。」楚楚隨意地擺擺手，詢問道，「妳接下來有什麼計畫？最近的工作如何？」

夏笑笑老實道：「我接下來還是跟姐姐們多學習吧，畢竟我和大家的落差太大，對金融一竅不通……」

楚楚安慰道：「正常，我也是看著數字就頭大，都是讓張嘉年去做。」

楚楚可不會傻到從頭開始學金融，術業有專攻，自己不會的事就直接安排給會做的人，反正張嘉年是楚彥印選拔出來的人，能力肯定沒有問題。

「既然妳不擅長金融，那就轉戰綜藝圈或影視圈吧，我們馬上就會涉及這方面的內容。我跟王青提一下，為妳安排這類工作。」楚楚和夏笑笑相熟後，便不再把她當作書中的紙片人，而是個初出茅廬的小新人，下意識出言指點。

夏笑笑聞言，眼神有些發亮，又有點猶豫：「楚總，可是我的資歷還很淺……」

楚楚大手一揮，豪言道：「經驗都是練出來的，不要害怕，就是做！」

「咚咚咚——」

門外響起的敲門聲突然打斷兩人的閒聊，夏笑笑起身解釋道：「應該是上菜了。」

楚楚點點頭，卻突然看到牆壁上浮現出熟悉的文字，耳畔聽到令人絕望的聲音。

「周圍檢測到「男主角」、「女主角」光環擁有者，跟您產生排異相合反應，強行進入

對決任務。〕

〔對決任務：擊退李泰河，破壞夏笑笑對其好感。〕

為什麼到這裡都能碰上？只不過是隨便吃頓飯而已啊？

楚楚看著任務要求更是頭大，難道她的存在必然會阻礙男女主角的感情？不是跟女主角幹架，就是跟男主角幹架？

李泰河掃視周圍一圈，終於找到兩人所在的那間包廂。他看到面露驚訝的夏笑笑，又瞟到坐在桌邊的楚楚，不禁皺起眉頭，直接走進去。夏笑笑詫異不已：「您怎麼會在這裡？」

夏笑笑以前跟李泰河在節目中共處過一段時間，最終以她落水為結局，後來兩人就沒有再見過面。原因有兩個，一是夏笑笑進入銀達投資，二是李泰河忙於解約官司。

李泰河沒有回答夏笑笑，而是將她一把拉到自己身後護住，並對楚楚厲聲道：「我早就跟妳說過，不要對笑笑下手！」

楚楚不怒反笑，她淡淡地挑眉，輕嘲道：「我怎麼對她下手了？」

「像妳這種卑劣的女人，不配接近笑笑！」李泰河想到楚楚曾經的狠毒手段，毫不客氣地痛斥。

夏笑笑聽到這句話，心裡卻有點不舒服，不知為何無法容忍別人對楚總如此冒犯。她被李泰河握住手腕，一時無法掙脫，努力心平氣和道：「泰河哥，您可能誤會了，楚總不是那樣的人……」

「笑笑，妳太天真了，妳被她矇騙了！」李泰河斷然道。

「像你這樣強行拉扯女生，打著為對方好的名義，對別人的上司大吼大叫，難道就不算卑劣？」楚楚看向咆哮的男主角，語氣頗為挑釁，「李泰河，這裡是公眾場合，能請你安靜一點嗎？」

楚楚話音剛落，門外就有服務生探頭。他望著屋內的對峙，小聲詢問道：「您好，請問是有什麼情況嗎？」

李泰河過高的音量引人注意，便有服務生前來查看。楚楚絲毫不給男主角面子，面無表情道：「這位先生突然闖進我的包廂，你們餐廳就是這麼服務客人的？」

儘管楚楚平時隨和沒架子，但她真要冷下臉，依然有原身挑剔冰冷的氣勢，瞬間震住服務生。

泉竹軒的雅座客人基本非富即貴，服務生不敢怠慢，他剛想要將李泰河請出，定睛一看卻發現對方竟是明星李泰河。服務生正略感猶豫，又發現桌邊面容姣好的女子，正是大名鼎鼎的齊盛太子，兩邊都是大咖！

神仙打架，小鬼遭殃，我現在該怎麼做？

夏笑笑深受張嘉年耳濡目染，居然變成最鎮定的人，第一反應是維護楚總，畢竟老闆大過天。她委婉地向服務生開口：「麻煩您將門關上吧，也請您不要把這件事情傳出去。」

搜尋排行榜上沸沸揚揚的兩名當事人，如今突然碰頭，要是傳出去那還得了！

「好好好，您有事隨時吩咐。」服務生忙不迭地答應，離開時將門帶上，遠離是非之地。

「李泰河，你有錢來泉竹軒，沒錢賠我違約金？現在站在這裡，是在等我請你吃飯？」

李泰河聞言後眉頭緊皺，越發厭惡楚楚：「妳除了談錢，還會做什麼？」

夏笑笑察覺到李泰河的敵意，終於奮力掙脫他握著自己的手。她忍不住替楚總出頭，惱怒道：「夠了，請您出去！」

李泰河沒想到自己會被她甩開，望著難得高聲說話的夏笑笑，大為震驚：「笑笑……」

「請您不要這麼稱呼我！」夏笑笑略顯稚氣的臉龐染上薄怒，由於李泰河對楚總無禮，她氣得滿臉通紅，「李泰河先生，這裡是楚總的包廂，請您馬上離開，否則我會聯絡餐廳人員過來處理此事。您是明星，應該注意自己的影響力。」

李泰河驚愕而受傷地看著突然發火的夏笑笑，頭一次對她感到十分陌生。他看著夏笑笑走回楚楚身邊，不由聲音沙啞：「妳知不知道她對妳做過什麼，居然還幫她說話？」

楚楚可是親手將夏笑笑從二樓推下，想要殺死她的女人！

夏笑笑擋在楚總面前，她抿了抿唇，跟李泰河直視對峙，一字一句道：「我是楚總的助理，處理這些事是我的工作。」

〔恭喜您完成任務，「霸道總裁」光環已加強。〕
〔恭喜您完成隱藏任務，「霸道總裁」光環已加強。〕
〔隱藏任務：獲得擁有「女主角」光環人物的維護。〕
〔恭喜您啟動新稱號「邪魅狂狷」。〕
〔邪魅狂狷：不管你在他人眼中如何邪惡張狂，女主角永遠認為你魅力十足。〕

楚楚：「？」

李泰河英俊的臉上浮現出脆弱而悲傷的神色，他難以置信地看著這一幕。他能對楚楚暴怒大叫，卻無法如此對待夏笑笑。然而，他想要保護和珍惜的人，如今卻跟他走上對立面。

李泰河失魂落魄道：「要是我擋了她的路，妳也要處置我？」

夏笑笑有些不忍，但想到楚總平白無故被吼，仍然硬氣道：「是的，這是我該做的。」

李泰河的嘴唇動了動，卻說不出任何話。夏笑笑的五官原本跟他童年時遇見的小女孩重合，現在似乎又分開了。

李泰河難得沉默片刻，他望向夏笑笑身後的楚楚，意味深長地嘲諷道：「楚總，您真可怕。」

李泰河無法想像，楚楚居然能擁有如此可怕的心計，將夏笑笑洗腦成這樣，幾乎唯命是從。

楚楚看到他眼中跳躍的仇恨火焰，平靜回道：「彼此彼此。」

你們兩個一上來就在我腦袋上扣個邪魅狂狷，我找誰訴苦？

李泰河看著眼前的兩人，突然明白自己此時在夏笑笑心中還無足輕重。即便他指責楚楚的不是，也會被夏笑笑誤解為偏見。他不敢放任夏笑笑留在楚楚身邊，但現下只能從長計議，貿然行事只會引來更大的反感。

李泰河面色鐵青地離開房間，才剛走幾步，正好撞上新經紀人。對方詫異道：「你到哪裡去了？我們趕緊聊正事啊？」

「回去吧。」李泰河心情不佳，直接道。

「那你的解約官司呢？我們還沒聊到跟辰星和解的事……」新經紀人滿臉疑惑，覺得自己跟不上藝人的節奏。

「不和解！」李泰河像是被踩中痛處，怒火沖天地斷然道，「我絕不跟她和解！」

李泰河大步離開，只留下眉頭緊皺的經紀人。新經紀人不知道李泰河哪來的火氣，簡直一觸即燃，像是火藥桶。經紀人不由陷入苦思，如果李泰河不願意和解，卯足全力的辰星影視肯定不會放過他，說不定他們真得掏出天價違約金，還會影響後續很多商業合作。

辰星法務部最近像是瘋了一樣，恨不得追著李泰河痛打落水狗。如果李泰河願意稍微低頭和解，解約賠償了事，說不定還能藉由現有的影響力和熱度建立工作室，前途明朗。若官司僵持下去，他們想要抵擋辰星的勢力，就只能投向更大的影視公司，否則誰來為四億違約金買單？

新經紀人覺得李泰河還沒有明確的自我認知，現在的他早就不是辰星影視呼風喚雨的一哥，失去資源和資本的加持，又面臨迅猛的更新換代，李泰河並不容易保住先發優勢。

另一邊，喜獲「邪魅狂狷」新稱號的楚總卻不開心，反而憂心忡忡。張嘉年敲了敲門，隨即進屋詢問：「楚總，您找我？」

楚楚猶豫良久，一時不好開口，問道：「夏笑笑當時是怎麼進銀達的？」

張嘉年默然，心想難道不是託您的特別關照，您難道忘記了嗎？

張嘉年迂迴婉轉地說道：「那時候王青覺得她很適合處理一些工作，就將她帶到銀達重點培養。」

楚楚恍然大悟，誤以為夏笑笑確實博得王青等人青睞，不料卻是個美妙的誤會。她思考片刻，開口道：「你安排夏笑笑回辰星處理專案吧，她不懂金融。」

張嘉年一愣，疑惑道：「楚總，她是哪裡做得讓您不滿意嗎？」

張嘉年相信自己的判斷，夏笑笑對待楚總必然是上心的，恨不得記下老闆所有的喜好。最可怕的是，別人是為了生活拍馬屁，夏笑笑卻是發自內心地崇拜楚總才拍馬屁，水準完全不同。

楚楚有些頭痛，用手支著腦袋，手指不安地在辦公桌上敲動。楚楚硬著頭皮道：「我怎麼老是覺得她喜歡我……」

楚楚拿到「邪魅狂狷」的稱號後嚇了一跳，她覺得女主角對自己的感情，正往不可控制的方向發展，應該適當阻止，拉開兩人的距離。

張嘉年更為不解，脫口而出：「這不是正合您心意？」

楚總對夏笑笑各種包容和撩撥，要的不就是這個效果？

楚楚猛地抬頭，露出見鬼的表情：「什麼？」

張嘉年立刻意識到自己說錯話，義正辭嚴地改口：「公司的員工尊敬且喜愛您，這是值得高興的事情，您何必感到煩惱？」

楚楚略被他說服，卻仍有些不敢相信：「我有這麼強的人格魅力嗎？你們難道不是天天在心裡罵我，還會有尊敬和喜愛？」

楚楚以前上班的時候，恨不得天天在心裡咒罵老闆一萬遍，難道銀達的各位都如此優秀，完全不會對老闆產生厭惡？

張嘉年一邊覺得楚總很有自知之明，一邊溫和地否認：「當然不是。」

楚楚：「我總覺得你現在就在偷偷罵我。」

張嘉年：「您多慮了。」

楚楚：「那你說說看，我哪裡值得你們尊敬和喜愛？」

張嘉年：「……」

張嘉年逐漸對楚總突發的離奇言論習以為常，順勢岔開話題，說起另一件事：「辰星影視已經開始搜集評估適合的ＩＰ內容，我幫您整理出幾家版權公司的資料，但規模都不算大。」

張嘉年為了逃避尷尬的吹捧環節，強行轉移話題。他都不知道楚總是怎麼想的，別人都是暗暗地拍自己老闆的馬屁，他的老闆卻會主動湊上來讓你拍！

在職場拍馬屁也要講基本法則，老闆未免太獨特？

楚楚佩服地鼓掌：「你真是神轉折啊？」

張嘉年佯裝不聞，將資料放到楚楚的桌上，禮貌地溫聲道：「請您過目。」

楚楚索性不再折磨他，老實地看起資料，關注自己下一步的計畫。

楚楚前不久突然要求關注影視ＩＰ市場，讓張嘉年安排人尋找適合的小說、漫畫和遊戲ＩＰ，進行內容的戰略儲備。同時，她還想跟各大管道取得合作，透過參加投資的方式，優先取得優質內容的影視改編權，甚至整合幾家版權管道的資源。

張嘉年雖然不知道楚總為何對這個領域感興趣，卻還是認真地做了資料。現有的網路文學、網路漫畫市場呈現零散分布，各大網路平臺割據一方，每日活躍用戶和總用戶數量都只算剛具有規模。雖然曾有集團想對這些內容平臺進行整合，但最後以ＩＰＯ失敗告終。

張嘉年將目前的頂尖ＩＰ報價列成名單，一目了然地呈現出來。

楚楚看著資料上的報價，驚訝道：「價格很便宜啊？」

張嘉年開口道：「如果有您感興趣的內容，可以告訴我，我安排他們跟版權方進行談判。」

楚楚點點頭，隨意地將資料放在桌上，風輕雲淡道：「我都感興趣，你派人去談吧。」

張嘉年艱難地確認道：「您的意思是……都要買？」

楚楚泰然自若地應聲：「是啊。」

張嘉年看她淡然的樣子，只想瘋狂搖醒她，就算每個版權價格都很便宜，一筆筆錢攢起來也是龐然大物，這簡直是在燒錢！妳甚至都沒認真看過資料，居然就隨便拍板決定了！

張嘉年覺得自己再度面臨職業生涯挑戰，基本上他每個月都會跟楚總唱反調，現在還能待在銀達真是奇蹟。

張嘉年面露隱憂，直言進諫：「雖然網路文學市場具備發展前景，但您一次性採買這麼多小說及漫畫ＩＰ，遠超過辰星影視目前的開發能力。這是一筆不小的支出，公司囤積過多的ＩＰ內容，卻沒辦法及時消耗，會承擔較高的風險。」

楚楚有條有理地解釋道：「我不會留下全部，你讓他們將ＩＰ按照等級分類，等級較低的，到時候直接轉賣脫手，剩下優質的用於辰星自主開發。」

楚楚知道書中世界還沒興起ＩＰ熱潮，就算她現在沒時間自主開發，到時候轉賣掉，收益也是很可觀的。現實中就有類似的ＩＰ版權營運公司，收益都相當可觀。

張嘉年提醒道：「楚總，目前市面上ＩＰ改編的影視作品很少，您確定市場可以消化如此大量的內容？」

楚楚信誓旦旦：「絕對可以，等風潮一來，不買的肯定不是人。」

張嘉年：「？」

楚楚可是親身經歷過這個階段，簡直是把原創編劇逼上絕路，那幾年要是影視公司的手裡沒有ＩＰ，都不好意思出門談合作。當初，版權部非要採買《巨星的惹火嬌妻》，給出的理由就是「雖然內容一般，但ＣＰ值高」。

這句話聽起來很離奇，評估小說居然不看內容，而是看重ＣＰ值。然而，這就是那些年常見的產業亂象。

楚楚只要在ＩＰ浪潮衰退前，將所有不適合的ＩＰ倒賣乾淨，留下優質ＩＰ，便能在完成內容儲備的同時大賺一筆。她覺得ＩＰ潮的勢頭已經快要出現，尤其是頂尖ＩＰ很難貶值，再不買就來不及了。

張嘉年想到當初笑影文化的事情便深感無力，不知道還該不該就ＩＰ一事跟楚總據理力爭。楚總上次跟他鬧得天翻地覆，如今事情已經過去了，他再貿然進諫的話，新仇舊恨似乎都得算上。

楚楚察覺到張嘉年的臉色，詢問道：「你是有什麼想法嗎？」

張嘉年耐著性子問道：「我可以說說我的想法嗎？」

楚楚大方答應：「可以啊，反正我不一定會聽進去。」

張嘉年：「……」

他竟然已對楚總的胡攪蠻纏感到習慣。

雖然張嘉年獲得了發言機會，卻也不知該從何說起，最終只能語重心長地詢問：「您是認真想要完成跟董事長的百億約定嗎？」

張嘉年有時候覺得楚總行為離奇，有時候又覺得她很有邏輯，不由陷入糾結。他其實可以不去管楚總的決策，以前就有人規勸他不要過於耿直，跟老闆唱反調，但他卻放不下心。

楚楚眨眨眼，果斷道：「是的，我很認真地在完成。」

要是她沒有求勝之心，哪還需要費功夫折騰，整天躺著睡覺不好嗎？

張嘉年嘆口氣：「好吧，我相信您的決定。」

楚楚見他鬆口，露出滿意的神色，她也不想搞一言堂，只是很多事實在不好解釋。

張嘉年不是相信網路文學發展，也不是相信ＩＰ興起，只是相信楚總的做法有道理。他覺得自己如此不理智的投資方式，實在有辱職業操守，憑藉情感的信賴決定是否參與投資，絕對是最愚蠢的想法之一。

張嘉年看老闆高興起來，破罐破摔地想：湊合著過吧，還能怎麼辦。

《我是毒舌王》錄製結束後，廣大網友都好奇地等待成片上線，現場觀眾還生怕事情鬧得不夠大，陸續放出一些劇透，四處鼓吹楚總的霸氣不凡。楚楚在錄製當天直接圈了一堆粉絲，網路上到處都在討論她。

嘎嘎叫嚣：『本年度最剛硬的素人嘉賓，現場給楚總的尖叫聲居然比明星還高。』

沒開放功能變數名稱：『楚總真人好看到發光，我不在乎她的才華，只在乎她的臉！』

貂絨：『齊盛終於開始幫太子買網軍了？』

大風車：『你們看完節目會愛上楚總的！李泰河對不起，雖然我喜歡你演的戲，但我這次無腦站楚總。』

河水洛川：『小河們別給節目熱度，不要理網軍言論！讓他們靜靜地消失，千萬別回覆！』

玻璃花：『李泰河的粉絲們別煩啦，有時間在節目下跳腳，不如趕快賠違約金。』

畫畫好難：『綜藝節目行銷好可怕，不知道上了多少次搜尋排行榜，我都看膩李楚之爭了，兩個人都快點消失吧，別整天洗版。』

某天，在網友的熱議中，有人驚訝地發現當事人之一的楚楚，突然註冊了社群帳號。

楚總的社群帳號頭貼是一隻貓，頁面還空蕩蕩的，什麼內容都沒有，但粉絲數量已經開始飛速上漲，瞬間累積幾十萬粉絲。

咖啡糖：『楚總有那麼多粉絲嗎？漲粉速度也太嚇人？』

熱烤麵包：『是不是你買的@齊盛集團。』

爆米花：『我是楚總的第一千三百一十四個粉絲，圓滿。』

楚楚早就請人幫她註冊社群帳號，她才不會錯失這波熱度。她滿意地看著漲粉速度，才剛放下手機，便聽到敲門聲，應聲道：「請進。」

「楚總，打擾了，我有事想跟您說……」夏笑笑的眉宇間有些失落，她小步挪進辦公室內。

楚楚預感到她想說的事情，安撫道：「好，妳說吧。」

「您為什麼要把我調回辰星影視？是我哪裡做得不夠好嗎？」夏笑笑在得知消息時，猶如晴天霹靂。她將這幾天的工作反思一遍，著實不知道自己哪裡做錯了。她本以為自己可以靠努力來彌補跟姐姐們的差距，沒想到現在連嘗試的機會都沒有了。

楚楚否認道：「怎麼會，妳可是升官了啊……」

要是夏笑笑真的做錯事，就不會升職加薪。

夏笑笑垂眸，小聲道：「可是我不想走。」

雖然辰星影視的職位在名義上是升遷，但夏笑笑卻捨不得離開銀達投資。

楚楚難得放緩語調，開解道：「妳的專業跟金融無關，在銀達投資內很難有上升空間。辰星影視的崗位比較適合妳，正好能給妳大展身手的機會，我以為年輕人都會想拚一拚？」

楚楚沒說假話，她覺得把女主角扣在銀達太過屈才，總不能讓夏笑笑打雜一輩子吧？

夏笑笑見老闆並非討厭自己，又說出肺腑之言，不由有些動容，卻仍怯生生地說道：「那我過去以後，豈不是見不到王青姐她們……還有您了。」

楚楚挑眉道：「畢業的時候都會跟同學分別，更何況是來公司上班，又不是交朋友，大家不可能永遠在一起。夏笑笑，社會上的人都是很現實的，無法創造出獨特價值的人，隨時都有可能被取代，妳難道要等著被替代？」

「我知道，妳回到辰星後肯定會跟舊同事有摩擦，想起過去不愉快的事，但妳不能永遠活在辦公室其他人的羽翼下，總要獨當一面。」楚楚循循善誘。

夏笑笑抿抿唇，她沒有說話，似乎還有些不情願。

楚楚鼓勵道，「我現在沒時間直接管理辰星影視，但娛樂影視肯定是我不會放下的板塊，甚至至關重要。我希望等我想重點推動影視時，妳已經在辰星站穩腳跟，能夠幫上忙。」

夏笑笑聞言一愣，心底又升起期待，詢問道：「那您以後會經常出現在辰星嗎？」

楚楚坦誠地點點頭：「肯定的，應該很多時候都會在吧。」

楚楚又不懂金融，自然要多處理擅長的事情，不可能天天跟數字打交道。

夏笑笑想到以後還能見到楚總，原本悲傷的心情頓感治癒，尤其楚總還讓她趕緊站穩腳跟，這是派她去拓土開疆了。夏笑笑握拳保證道：「我一定不會辜負您的期待，會在辰星好好努力的！」

「加油？」楚楚對她的態度轉變有些茫然，雖然不知道夏笑笑為何一秒變臉，但看起來似乎是件好事？

夏笑笑解開心結，便乖乖地接受工作調動，準備回到辰星影視。臨走前，她還跟辦公室的姐姐們進行聚餐。眾人跟夏笑笑感情不錯，一時有些不捨。祕書長王青寬慰道：「沒關係，妳還是可以經常回銀達看看，年會大家又能碰面。」

「笑笑，要是妳在辰星被人欺負了，就在群組裡說，我們一定會幫妳幹掉他們！」某個豪爽的祕書姐姐放下酒杯，擲地有聲地說道。

雖然她們常常被楚總罵成狗，卻是距離老闆最近的一批人，只要走出銀達的大門，每個人都有用不完的人脈和資源。

楚彥印怎麼可能讓一群佞臣圍著太子，所以楚總身邊都是一群精英，品質保證，不但顏值高，而且業務能力強。

「沒錯，妳看誰不爽就幹掉誰！妳可是從總裁辦出去的人，千萬別看輕自己！」其他人附和道。

夏笑笑難以婉拒眾人的好意，喏喏道：「好的……謝謝姐姐。」

她總覺得，要是真的告狀，祕書姐姐們肯定會把辰星影視鏟平。

《我是毒舌王》首期節目終於強勢上線，播出當天直接霸占搜尋排行榜，澈底引來各大新媒體平臺的討論。「為楚總眾募資百億」、「李泰河不算男人」和「毒舌王楚總」成為搜尋排行榜前三名，網友們對楚楚在節目上的驚豔表現感到佩服，展開瘋狂討論。

TOAST：『楚總以一人之力帶起整個節目，其他嘉賓都沒什麼知名度啊。』

小黃蜂：『天啊，她好可愛，口條真好，我陷入了新戀情！』

洪雅：『楚總，一個被錢埋沒的脫口秀諧星，才華都被財富掩蓋了。』

豆瓣醬：『笑死了，齊盛集團的官方轉發《我是毒舌王》的相關貼文後又立刻刪除，是董事長不高興了嗎？轉發的小編你還活著吧，有沒有失業？@銀達投資。』

吹風機：『你不要裝死了，快起來幫老闆宣傳！@銀達投資。』

花花：『楚總的社群帳號粉絲破百萬啦，她怎麼還不發文！』

小菊：『李泰河，對不起，我愛上她了，只能對你脫粉。』

棒棒糖：『樓上的，你可以雙擔啊，有什麼關係？』

夏糧：『名媛千金上這種節目，真是有夠低俗，一股暴發戶的味道。』

藍藍路：『某河的人終於來控場了，上來就開罵啊（doge.jpg）。』

何河：『垃圾節目一天到晚買關鍵字，醜人多作怪，真是愛鬧事。』

大燈太亮：『粉絲有病吧，我這個路人只是單純分享節目相關的貼文，有必要私訊我，追著我罵嗎？我看李泰河確實不算男人，真是玩不起。』

雲淡：『居然有人敢雙擔，李泰河的粉絲已經放話，誰要是看節目就是假粉，是要被剔除粉絲資格的（doge.jpg）。還真像什麼奇怪的組織，嚴格控制思想的統一性。』

格子君：『有本事就別在節目上提到我家的偶像啊！一天到晚蹭熱度，噁不噁心？祝齊盛早日破產！』

紅果：『難道不是你們先在網路上罵人嗎？人家起碼在上節目的時候，一個髒字都沒說。』

小小：『偶像學歷低，粉絲素質也不高，不就是個綜藝節目，看過笑一笑不就好了，值得無限上綱？』

李泰河的粉絲們看著網路上的搜尋排行榜，簡直要被《我是毒舌王》噁心死，原本網路上對於解約官司還是眾說紛紜、各執一詞。楚楚在節目上的精彩表現卻讓輿論瞬間逆轉，博取八卦群眾們的第一印象，消滅過去留在大眾眼中的負面形象。

說到底，大家都是局外人，根本不在乎李泰河為何解約，最初只是抱著看熱鬧的心態。當人們發現楚總幽默有趣的內心，關注點就不一樣了，他們不會覺得「李泰河不算男人」是人身攻擊，只覺得是個搞笑的梗。畢竟《我是毒舌王》的節目風格就是這樣，何必開不起玩笑？

然而，李泰河的粉絲們卻堅信楚楚是打擊報復，四處強壓節目輿論，反倒引發路人們的反感。觀眾們覺得粉絲是小題大做、無限上綱，楚總都能在節目上自嘲，粉絲卻要為一個段子搞文字獄？

冰紅茶：『#李泰河不算男人，我就喜歡洗版，你能拿我怎麼樣？』

玫瑰：『#李泰河不算男人，我就好奇真的會被檢舉嗎？（doge.jpg）。』

軟綿綿：『#李泰河不算男人，粉絲別玩不起，你家的偶像也可以上節目毒舌反擊啊！』

看節目的網友被粉絲們弄得群情激憤，李泰河竟淪為兩方交戰的炮灰，成為被所有人嘲笑的對象，熱度一度要超越「為楚總募資百億」。

《我是毒舌王》在輿論推動下更受歡迎，點擊率在三天內成功破億，在同行內屬實罕見。而笑影文化也在同一時間傳來好消息，節目不僅拿下了高達兩億的贊助商資金，還接連收到廣告置入邀約，獲得不菲的收益，前途一片坦蕩。

銀達投資曾依靠參與投資拿到笑影文化的股份，也是此次節目爆紅的直接受益方。

張嘉年當初對笑影文化的判斷沒錯，這家公司的各個節目其實並不突出。《我是毒舌王》一開始甚至沒有贊助商，網路上說節目憑楚總一人之力爆紅，實際上並非過譽。節目最初的稿件不痛不癢，嘉賓也平平淡淡，要不是蹭到楚總的熱度，絕不可能拿下如此好的成績。

然而，這種事就是時也、運也，笑影文化只要首期節目爆紅，後面的商業合作和廣告便會源源不絕地飛來。資金投入隨之而來的，就是要提高節目水準，楚總在第一期的表演已經為《我是毒舌王》立下基礎，只要編導們能延續水準，不怕後面沒有點擊率。

《我是毒舌王》要是能維持好勢頭，等到第一季結束，笑影文化基本就能開展A輪融資，估值直接翻倍。張嘉年當時在Pre-A輪時提出的條件相當苛刻，綜合下來銀達投資穩賺不賠。

張嘉年沒想到楚總隨心地投入，居然真的取得不錯的成果。他將這種現象命名為「楚學投資」，其原理就是不顧正常投資流程和常識，一切行為唯楚總意識是從，最終還能取得優異成績的離奇怪象，靠得不是玄學，而是楚總的心情。

張嘉年心想：我們天天鑽研市場，居然比不過老闆隨口戲言，簡直傷透了心。

張嘉年本以為節目播出後，此事就算了結，沒想到卻突然接到韓東的電話。

『張總，楚總最近有空嗎？』電話那頭的韓東異常的客氣，語氣中透著諂媚之意，讓張嘉年心生狐疑。

眾所周知，張嘉年跟韓東關係一般，他當初大力反對投資笑影文化，兩人也就面子上過得去。韓東從不會稱呼張嘉年為「張總」，如今無事獻殷勤，肯定有問題。

張嘉年不卑不亢道：「韓總以前不都是直接聯絡楚總，這次怎麼突然問我？」

韓東剛開始是直接聯絡楚總投資，後來是私下聯絡楚總上節目，每次都暗度陳倉，張嘉年可都記在小本子上呢。

韓東讀出張嘉年話裡的深意，打哈哈道：『哎呀，張總，往事何必斤斤計較……』

張嘉年不想跟他浪費口舌，禮貌道：「您找楚總有什麼事？」

韓東順勢說出心中的想法：『楚總在節目上表現得那麼好，我想問問她有沒有興趣再來……』

「……」張嘉年心想韓東真不厚道，這是要賴上自家老闆。他忍不住提醒道，「您可能不知道，雖然楚總在節目上表現很好，但楚董在看完節目後的表現卻不好。」

楚彥印在看完《我是毒舌王》後大發脾氣，又因為楚楚將他的電話號碼封鎖，便瘋狂打電話給張嘉年，讓張嘉年阻止楚楚再上任何綜藝節目。楚彥印甚至想將節目下架，要不是張嘉年出言勸阻，《我是毒舌王》大概已經收了。

因為不想進一步激化父女矛盾，張嘉年並沒有將這些事告訴楚總，但他對於妄圖再次誘拐老闆的韓東，實在給不出好臉色。他們每次惹出一堆事情，到頭來卻是張嘉年在承擔董事長的怒火，他是招誰惹誰了？

韓東聞言，抓住的卻是另一個重點，不要臉道：『楚董也看了《我是毒舌王》？太好了，他有沒有興趣上節目？』

張嘉年：「……」

雖然他對韓東略有不滿，卻還是盡職地向楚總彙報：「楚總，韓東詢問您還有沒有意願再上節目？」

楚楚頭也沒抬，斷然拒絕：「你何必理他？我都把他封鎖了。快把ＩＰ方案給我。」

韓東整天騷擾楚楚，希望她再上一次節目。楚楚被他的來電擾得心煩，乾脆直接封鎖，反正她連楚彥印都敢封鎖，還差一個韓東嗎？

張嘉年：「……」

張嘉年：怪不得韓東會打給自己，原來是已經碰過壁了。

「這是您要的資料。」張嘉年見楚總無心再上節目，頓時放下心來，將小說ＩＰ的談判報價方案放到桌上。

楚楚粗略翻了翻，她提筆在上面圈圈畫畫，便伸手將冊子推還給張嘉年，開口道：「畫圈的書內容不錯，留著讓辰星開發，打叉的不用買了，其他的看情況，價格合理就買。」

張嘉年詫異道：「您該不會親自看了吧？」

辰星影視的版權評估部門都還沒做出總體意見報告，楚總難道是親自評估？書單上的內容可不少，光是看完都很費勁！

「是啊，昨天晚上看的。」楚楚揉了揉眼睛，她點點頭，解釋道，「你不是說怕全買下來會有壓力嗎？我就先篩選看看。」

張嘉年得知楚總昨晚熬夜看書，心裡很不是滋味，無奈規勸：「這些事您讓我們去做就好，何必熬夜累壞自己？」

楚楚：「不累，因為我還要讓你們做更有難度的事，所以小說就留給我讀吧。」

張嘉年：「……」

張嘉年：這邏輯好像也沒什麼問題？

張嘉年收好資料，跟楚總核對接下來的工作，他有條有理道：「明天上午有投資管理部例會，請問您要出席嗎？」

楚楚想到會議上的投資術語就頭大，直接道：「你替我去吧。」

張嘉年：「好的，那下午跟光界娛樂的會議，請問您要出席嗎？」

楚楚：「你替我去吧。」

張嘉年：「那有關公司接下來基金業務的商討，請問您……」

楚楚：「你替我去吧。」

張嘉年：「楚董邀您今晚一起用餐，您看幾點出發比較合適？」

楚楚：「你替我去吧。」

張嘉年：「……」

張嘉年露出有禮而溫和的笑容，好脾氣地提醒道：「楚總，這個我真的沒辦法替您去。」

楚楚崩潰地抱頭：「他不是很忙嗎？為什麼一天到晚找我吃飯？」

楚楚光是接手原身的公司，就快被活活累死。如今能勉強活下來，是因為把很多複雜的事情推給張嘉年。正因如此，銀達投資才能正常運轉下去，否則讓金融新手楚楚管理公司，分分鐘就要停擺垮臺！

楚彥印作為商業界大神，應該比她更忙才對，怎麼會天天揪著她不放？

張嘉年耐心規勸：「董事長是關心您，所以才會頻頻……」

楚楚面無表情道：「你能不能別老說假話？」

張嘉年瞬間改口，他不敢再隱瞞，小心翼翼道：「董事長幫您安排了相親。」

張嘉年本想蒙混過關，閉口不提此事，又怕楚總被騙去後當場炸毛，決定還是提前打好預防針。

楚楚：「……」

楚楚摸了摸額頭，再次確認道：「等等，我該不會還沒睡醒吧，你說他安排什麼？」

張嘉年硬著頭皮道：「董事長對您上節目的事情很生氣，幫您安排了相親。」

楚楚斷然道：「那我更不能去了！」

張嘉年斟酌著措辭：「董事長說，如果您拒絕前往，他會重新考慮銀達的未來規劃。」

潛臺詞是，要是楚總不聽話，楚董就拿銀達開刀。

楚楚咬牙道：「他這是威脅！三年之約還沒到呢！」

張嘉年怯生生道：「董事長還說，如果您願意參加相親，他會追加二十億資金給您……」

楚楚勃然大怒：「我的尊嚴和理想就值二十億？他難道覺得我會見錢眼開？」

張嘉年轉達完楚董的話，見楚總暴怒，聰明地閉上嘴，打算把自己融入背景。

楚楚豪氣沖天地拍桌道：「說吧，地點在哪裡？是不是相親一次就有二十億？那你趕快叫他安排二十場，湊足四百億。」

張嘉年：「……我這就幫您安排車子。」

這打臉的速度也太快了。

夜幕下繁華的都市燈火通明，一輛昂貴而低調的高級轎車行駛在馬路上。張嘉年不安地坐在副駕駛座上，忍不住再次婉言相拒：「楚總，我真的覺得這樣不合適，而且公司還有許多工作要處理。我將您送到那裡，就回去處理事務，不出席今晚的用餐了……」

張嘉年是吃了熊心豹子膽，才敢蹚這種渾水，他要是真的去了，大概就完了。

楚楚冷漠道：「閉嘴，一天到晚『董事長說』，換作是我來說，就不管用了？」

張嘉年頭痛不已，為難地申辯：「楚總，我只是傳話人而已……」

楚楚淡淡道：「那你今晚一樣當傳話人，我跟你說什麼，你就對著他說『楚總說』，就用你白天對我講話的語氣！」

楚楚覺得有必要讓他搞清楚，自己到底該站在哪一邊。

張嘉年：「……」

你們父女相爭，然而我又做錯了什麼呢？

相親地點是一家雅致的餐廳，楚彥印早就提前訂好包廂，率先抵達。楚彥印見楚楚和張嘉年進屋，若無其事地挑眉：「嘉年還說妳會發脾氣，這不是乖乖來了嗎？」

楚彥印正在等楚楚回話，卻見她朝張嘉年招招手。張嘉年有些不情願，最終還是猶豫地低頭側耳傾聽。

楚楚湊到張嘉年的耳畔，說道：「你問他，人來了，二十億呢？」

這話聽起來就像電影裡的綁匪要贖金。

張嘉年無力吐槽，他不敢違逆楚總的意思，乾巴巴地對楚彥印道：「楚總說，她想知道相親結束後，您大概什麼時候會兌現諾言？」

楚楚瞪了張嘉年一眼，對他的轉達方式極為不滿，她有這麼客氣嗎？

楚彥印對兩人的交流方式感到莫名其妙，眼中透出老鷹般的光：「妳老實相親完，我自然會把錢轉給妳。我還有一筆帳沒跟妳算呢，妳在節目上丟臉，像什麼樣子？」

楚楚沒有正面回答，她先行告訴張嘉年，逼他代為轉達。張嘉年聽完楚總的答覆後，臉上露出複雜的神色。

他在楚總的怒視和楚董的疑惑中冒死開口，輕聲道：「楚總說，您是她父親，當然是像您的樣子。」

楚彥印：「……」

楚彥印被此等忤逆之言氣到，他微微瞪眼，又因為是老江湖，最終沉下氣來。楚彥印沒有直接反擊，反倒看向張嘉年，以牙還牙道：「嘉年，你轉告她，讓她千萬別被網友捧得飄飄然，別人只是想看她的笑話！」

張嘉年：「……」

楚董居然也如此幼稚，竟報復性地玩起傳話。

楚楚冷笑一聲，不甘示弱地看向張嘉年，涼涼道：「你轉告楚董，商人要是現在還保有僵化的思想，遲早會被社會淘汰，笑話也不是人人都能講的！」

楚彥印：「你轉告她，旁門左道不是長久之計，誠信為本才是萬物規律！」

楚楚：「你轉告他，固執己見只會害人害己，剛愎自用最易馬失前蹄！」

張嘉年：怎麼還 Battle 起來了？你們都有 Freestyle？

張嘉年艱難措辭，試探性說道：「其實您們可以直接交流……」

大家明明都待在同一個屋簷下，何必用傳話的方式，現在跟面對面交流有什麼區別？每個人開頭都要加一句「你轉告他」，張嘉年都替老闆們嫌累。

楚彥印和楚楚異口同聲道：「不行！」

弱小、可憐又無助的張總助：「……」

張嘉年甚至期盼楚總的相親對象能早點到達，好讓他於水火之中解脫。房門終於被輕輕敲響，楚彥印立刻掩去剛才外露的情緒，恢復往日精明鎮定的形象。他瞪了楚楚一眼，告誡道：「接下來老實一點。」

楚楚微微挑眉，露出不置可否的表情，跟張嘉年落坐在一邊。張嘉年禮貌道：「楚董、楚總，我先回公司了，您們好好用餐……」

楚楚意味深長地瞟了他一眼：「這就想跑？」

楚彥印附和道：「嘉年，你也一起留下吧。」

張嘉年：留下來一起死嗎？

包廂的門被推開，服務生引導外面的人進來，楚彥印連忙起身迎接。楚楚漫不經心地向門外望去，看清來人後卻露出詫異的神色，她疑惑地詢問張嘉年：「難道老楚不是我的親生父親？」

「怎麼會？」張嘉年不知道楚總為何突然胡思亂想，趕緊打消她亂七八糟的想法，「董事長當然是您的父親。」

楚楚大為震驚，憤怒道：「那他怎麼會安排我跟中年人相親？我在他眼裡就這麼不堪入目？」

俗話說，你看到相親對象是什麼樣子，就能推算出自己在媒人心中是什麼樣子。

進屋的男人有著一張透著福氣的圓臉，他小眼微瞇、大腹便便，像一尊笑咪咪的彌勒佛。雖然他看起來充滿財氣，但年紀絕對比楚楚大很多，完全不是同齡人。楚楚痛心不已，就算她對相親不太上心，老楚這媒人未免也太過分了！

張嘉年無奈道：「……那是南董，應該是您相親對象的父親。」

南董和楚董一樣，是商業界的風雲人物，掌管著南風集團，其子南彥東也是業內知名的青年才俊。

南彥東今年三十二歲，曾在海外留學多年，從小受到音樂家母親的薰陶，在鋼琴上有著不凡的造詣。他還是一名網路新貴，憑藉老到的投資眼光，在全新領域站穩腳跟，是個非常厲害的人物。

就算楚彥印對楚楚萬般不喜，但肯定不會害她，也是認真搜羅了一圈才做出決定。因為齊盛集團和南風集團有所合作，楚彥印才會跟南董提起此事，兩個老油條可謂一拍即合。

楚楚聽完張嘉年的講解，淡淡道：「有那麼好嗎？」

楚楚覺得南風集團聽起來有種莫名的言情小說感，但她一時想不起來小說裡面有誰姓南。

張嘉年想勸楚總放下心結，別對相親太過抵觸，順水推舟地答道：「南董的兒子確實很有名……」

楚楚：「比我還要好？平時也沒見你這麼吹捧我。」

張嘉年：「……」

他深感楚總今日陰陽怪氣，似乎還在為自己站在董事長那邊而感到生氣。

另一邊，楚彥印跟南董握完手寒暄一通後，發現南董身後無人，疑惑道：「彥東沒有跟您一起過來啊？」

南董臉上透出一絲尷尬，為難地笑笑：「楚董，真對不起，彥東今天突然有事，沒辦法來了。我這不是專門過來請罪嗎，實在是很不湊巧……」

這話說出口，南董自己都覺得心虛，他沒想到兒子會突然大發脾氣，說不來就不來，甚至直接躲起來。南董已經答應楚彥印，冷不丁鬧這麼一齣，著實束手無策，只得帶著歉意來解釋。

楚彥印一愣，臉上仍掛著輕飄飄的笑容，卻遠沒剛才真切，皮笑肉不笑道：「這有什麼值得請罪的，您太客氣了。」

楚彥印心中不快，覺得南彥東實在不懂禮節，南董也不像話。相親都能臨時爽約，那當初又何必答應？這是要甩臉給誰看呢？

兩家的地位背景相當，又沒有攀附巴結的意思，明明是想成就一樁佳話，如今卻差點結仇。這種事情要是沒處理好，楚彥印和南董的交情也散了。

楚楚在旁邊幸災樂禍地吹了聲口哨，火上澆油地調侃道：「楚董，您行不行啊？好不容易安排一次相親，連當事人都找不齊，執行力還沒我助理強。」

楚彥印臉色一沉，怒斥道：「話怎麼這麼多，一天到晚講不停！」

楚楚不滿：「你這是剽竊我節目上的話……」

張嘉年眼看父女二人又要針鋒相對，小聲地提醒：「楚總，相親失敗，二十億就沒了。」

楚楚：「！」

她差點忘了這件事，可是人沒來該怎麼辦？楚彥印會不會賴帳？

南董沒想到楚楚如此心直口快，他摸了摸頭上的虛汗，乾笑道：「楚楚，對不起啊，這次是叔叔我沒有安排好，我回去一定收拾他……」

楚楚想起二十億，頓時有種使命感，大手一揮：「沒事，不然您替他相親！收拾他的最好方法，就是幫他找個後媽！」

楚彥印厲聲喝止：「閉嘴！」

張嘉年：「……」

張嘉年覺得剛才的規勸似乎起了反效果，推動楚總做出更離奇的事。

南董被楚楚的大膽發言嚇到，忙不迭地擺手道：「那怎麼可以……」

楚楚生怕沒有相親對象，到手的資金泡湯。她無視楚彥印憤怒的眼神，忍不住苦心規勸，祭出名言：「來都來了，走個過場！」

楚彥印臉色發黑，忍無可忍：「嘉年，你讓她閉嘴！」

驟然被點名的張嘉年：「？」

張嘉年硬著頭皮上場，他為楚楚斟茶，小聲道：「楚總，最近天氣乾燥，多喝熱水……」

「楚董，今天時機不巧，改日我再登門道歉，再見！」南董本來還想留下來吃頓飯，誠心誠意地向楚彥印道歉，現下卻被楚楚嚇得落荒而逃，連客套話都顧不上。

南董對楚彥印甘拜下風，他不過只有今天被兒子氣了一通，楚董可是天天被氣。南董看向楚彥印的目光，甚至透著一股憐憫，果然有錢不代表一切。萬貫家財有何用？最重要的是子女聽話，家和萬事興。

「小女忤逆，讓您見笑了。」楚彥印頭大，一場好好的相親宴直接垮掉。楚彥印同樣被攪得心煩意亂，提不起興致，乾脆跟南董告別。

南董一走，楚彥印便大怒道：「妳就是故意胡鬧！對不對！」

楚楚懶洋洋地辯駁：「我又沒有爽約，明明是人家看不上我，這都能甩鍋？」

楚彥印原本怒火中燒，現在又被她隨意冰冷的話刺得心痛，一時心情複雜，又愛又恨。他一方面惱怒於楚楚的叛逆，一方面又見不得別人輕賤她。父親的心在矛盾中反覆煎熬，竟沒再開口罵她。

楚彥印胸中嘔氣，沉聲道：「妳故意說這些誅心之話，是想氣死我嗎？」

楚楚抬眼望他，反駁道：「我什麼時候誅你心了？不就是說你不如我助理，真是小心眼。」

張嘉年：「……」

張嘉年：真是謝謝您了，千萬別把仇恨帶來我這裡。

張嘉年以後再也不敢得罪楚總，站隊也需三思而行，她這借刀殺人玩得真妙。

楚彥印看楚楚沒心沒肺的樣子，氣不打一處來，他乾脆地說破：「什麼叫『收拾他的最好方法，就是幫他找後媽』？妳是覺得自己被收拾了？」

楚彥印近年來跟楚楚的關係一直都很差，有部分原因就是擋在中間的林明珠。女配角原身當初對林明珠的態度極度惡劣，因為後媽的存在而大鬧一場，因此搬離大宅，和父親關係僵化。在楚彥印聽來，楚楚剛才的話就是在影射自身的遭遇，趁機在暗中指責他。

楚楚對楚董的腦迴路匪夷所思，詫異道：「你怎麼連這都能對號入座？」

她的想法可沒有如此複雜，她早就把林明珠拋到腦後，誰還記得那個後媽？

楚彥印卻不相信，他臉上甚至浮現了一絲隱痛，彷彿對她的話耿耿於懷。

楚楚擺擺手，解釋道：「哎呀，我早就看開了，沒你想的那個意思！」

楚彥印聽著她敷衍的解釋，這次卻沒動怒。他目光一暗，喃喃道：「我知道妳還在怪我……」

楚楚見楚董沒了往日的精神矍鑠，這才發現他年紀大了。楚彥印的眼角布滿皺紋，只是旁人平日只能看到他在商業界捭闔縱橫時的精明，卻忽略他的蒼老。如今，他像個普通而笨拙的父親，被子女傷透心，露出黯然之色。

如果楚楚是原身，或許可以歇斯底里地跟楚彥印繼續發火，但她不是。因為她是書外人，站在客觀的角度，反而更能看透楚彥印的父愛。他不善表達，甚至常常事與願違，導致父女關係進一步惡化，但無可否認他在心中為女配角留下柔軟的位置。

不然，楚彥印大可再生其他孩子，何必要在楚楚身上較勁？他又何必提出三年之約，用激將法促使楚楚上進？

楚楚確實可以對書中的世界滿不在乎，但她無法對別人的真心視若無睹，即便他是紙片人。

「怎麼會，父女哪有隔夜仇……」楚楚已經習慣跟楚董鬥嘴，現在看他這副模樣，反倒覺得不適應，下意識地否認。

她向來是吃軟不吃硬，最怕打這種感情牌，抿了抿唇：「你的苦心我都明白……」

張嘉年聞言，露出欣慰的神色，楚總長大了。

因為楚總的話，原本沮喪不安的楚董也受到安撫。楚彥印的目光柔和下來，屋內的氣氛融洽不少。父女對視，像是冰雪初融，終於要化解多年的隔閡。

楚楚怯生生道：「……但不知道為什麼，我就是想跟你唱反調。」

張嘉年：「……」

楚楚害怕楚彥印誤會，強行解釋一波：「大概就是『雖然知道你是為我好，但我還是想惹你生氣』的感覺吧，要是你不開心，我就開心了！」

張嘉年：您還是閉嘴吧。

「當然，要是你很不開心，我似乎也不會開心。」楚楚彆扭地撓撓臉，坦白道。

「……」楚彥印被楚楚的一番話弄得心情忽上忽下，最終平穩著陸。

他疲憊地捏了捏鼻梁，嘆息道：「罷了，要是妳不喜歡相親，以後我也不安排了。」

楚彥印可不想讓自己的女兒再被羞辱第二次，索性由她去吧，先拼三年事業再說。

楚楚鬆了口氣，又不免得寸進尺，小心翼翼地問道：「……那你還會給我二十億嗎？」

楚彥印：「……」

楚彥印秉承其誠信為本的座右銘，即使相親失敗，仍兌現諾言拿出二十億。

楚楚心花怒放，忙不迭地拍起楚彥印的馬屁，感慨董事長果然遠超常人，是重情重義、一諾千金的最佳典範。

楚彥印見她油嘴滑舌，冷哼一聲：「要是給錢就能讓妳一直聽話，我就不用這麼費力了。」

楚彥印現在看到她就頭痛，父女關係似乎緩和，又總是針鋒相對，個中滋味難以形容。

楚彥印有時候都好奇，他上輩子是造了什麼孽，怎麼會有這樣的女兒？

楚楚大言不慚道：「其實這是公平交易，您付錢，我提供服務。」

楚彥印開口道：「什麼服務？我花錢買妳的老實聽話？」

楚楚眨眨眼，義正辭嚴地糾正：「當然不是，董事長是花錢買個教訓，以後便能每日藉此三省吾身，長此以往受益終生。」

楚彥印：「……」

楚楚：「本人也有長期兜售吃虧、上當等產品，選項繁多，物美價廉，歡迎董事長選購。」

楚彥印眉頭直跳，揉了揉太陽穴：「……嘉年，時間不早了，你們先回去吧。」

張嘉年：「……好的，楚董。」

楚楚見楚彥印又恢復道貌岸然、運籌帷幄的商人姿態，深感無聊地嘖了一聲。楚董今日深受多重精神打擊，此時竟麻木起來，只想趕緊把她送走。

第六章　你就是標準

二十億的相親獎勵金可以說是幫楚楚解決了燃眉之急，她正愁資金不夠，沒辦法做專案。如今錢已經足夠，剩下的就是藝術創作，最近儲備的ＩＰ便派上用場。楚楚大致規劃各個專案的投入，雞蛋不能放在同一個籃子裡，她不會把二十億全都砸在同一部戲上。

二十億資金才剛到帳，楚總就已經計畫好要如何把錢花光。張嘉年在得知消息時，驚訝點不在於楚總的大手大腳，而在於她居然會做影視專案的預算。

不知從何時開始，楚總再也不過問公司具體事務，她甚至懶得翻看投資案，而是開始遍地撒網式地做藍圖規劃，冷不丁就冒出新點子，彷彿早就懷有鬼胎。張嘉年本以為她會跟數字澈底絕緣，沒想到她也不是對財務一竅不通。

準確來說，楚總對金融投資的關注度大幅下降，發展方向逐漸往其他產業靠攏。

張嘉年不知道這種情況是好是壞，但銀達投資的眾員工卻輕鬆不少，他們獲得喘息的機會，工作的積極性也提高了。

原來的楚總錙銖必較、極為苛刻，又不願傾聽旁人不同的意見，將公司眾人逼得人人自危。畢竟張總助因為忠言逆耳差點被開除，其他人連總助的位置都沒有，誰還敢說半句不是？

現在的楚總倒是更好說話了，只要能完成她的基本要求，投資方案按照常規流程走下來，楚總就不會過問太多，直接讓張總助把關。楚總不愛插手管閒事，眾人便有了大展身手的餘地，可以充分調動自己的能力和才智。

銀達投資中沒有廢人，只是過去的高壓政策束縛了大家的才能。張嘉年發現楚總的著眼點在文化娛樂產業，其他人便將目光放到其他產業，如網路、替代能源、醫療、教育、電子商務等，逐步規劃銀達的投資布局。

另一邊，辰星影視奉楚總之命，瘋狂採購小說ＩＰ，在網路文學界也引起不小騷動。某知名論壇上，不少作者就此事展開討論。

辰星影視雷厲風行的採買手段，一時讓所有作者蠢蠢欲動，畢竟只要能賣出版權，便是天降鉅款。辰星剛開始只著眼於知名網路文學作者，隨著熱門ＩＰ的問價結束，又開始慢慢篩選優質的冷門小說。

紅小米：『有誰了解辰星採買版權的流程啊？為什麼我周圍的人全賣給這家公司了？』

姑姑鳥：『我靠，我也被辰星問價，不是據說價格還行？買這麼多真的會拍嗎？』

宇宙第一厲害：『辰星背後是齊盛太子，有錢很正常，反正我賣了。』

小鼠：『好羨慕，要怎麼樣才能賣版權啊，邊緣人能做夢嗎？（哭泣.jpg）』

芝麻糖：『邊緣人也可以的，辰星買ＩＰ是看資料和內容，而且內容大於資料。』

鈺鈺：『如果成功賣出版權，楚總有可能看到我的小說嗎？我是她的腦殘粉，不求錢只求她的讀後感，小說主角的原型是她。』

喵喵蝦：『樓上你在哪個網站寫小說？難道是《霸道嬌妻帶球跑》嗎？哈哈哈。男主角是掌握世界經濟命脈的齊盛太子爺？』

呼啦圈：『楚總每天從一百平方公尺的大床上醒來，望著兩畝地的豪宅，但楚總並不快樂。女主角是一個默默寫小說的傻白甜，誤入某豪華酒店後，跟楚總發生一夜情。第二天，楚總大手一揮簽下一張支票，丟給女主角，淡淡道「這是妳應得的」。』

甜豆：『將真人的臉帶入這些熟悉的文字後，還蠻有感覺的，我是不是瘋了？』

瘋狂腦洞：『接續樓上的劇情，女主角本以為再也不會見到楚總，沒想到又在機緣巧合下重逢。楚總對女主角說，「女人，妳的滋味真是該死的好。」春風一度後，女主角懷孕開始帶球跑。接下來如果往甜寵方向發展，就是楚總派直升機將人抓回；如果往婚戀方向發展，就是多年後女主角帶著兒子跟楚總見面。』

開心果：『哈哈哈！好想讓本人看看你們這些可怕的故事走向，笑死我了！』

週一不睡覺：『都不准跟我搶，我才是楚總的女主角，你們是從哪裡跑出來的路人？』

這則貼文直接爆紅，網友們興致勃勃地開始歪樓，直接陷入了霸道總裁的劇情。

醉千憂在看完後會心一笑，簡直找到了今日的快樂源泉，她在笑完後關掉了論壇網站。

醉千憂是一名網路文學大神級作者，她因為喜歡創作，一直堅持寫小說，在網路文學連載平臺上擁有一定的人氣，多年來累積了不少固定的讀者群。最近的醉千憂稱得上是財源滾滾，創作的小說均賣出影視版權，她就是文章中被辰星買下版權的那類作者。醉千憂頭腦一熱辭職在家，準備全職寫小說。

朋友對她的舉動震驚不已，苦心規勸：「真的辭職啦？寫小說能賺多少錢？這東西沒保障啊！」

醉千憂答道：「我要買房子了。」

「……大神，告辭。」朋友當即江湖式抱拳，「苟富貴，毋相忘！」

醉千憂本人同樣感慨不已，她面對數額龐大的存款，從來沒想過寫小說的愛好，居然能帶來如此豐厚的收益，甚至幫助她在這座城市買房。辰星影視以批發價買下她所有小說的影視改編權，要知道醉千憂的小說數量很多，加起來是筆鉅款。

醉千憂這幾天正忙於看房，沒想到卻突然接到辰星影視版權部的電話，不免嚇了一跳。她還以為出了什麼紕漏，小心翼翼道：「請問有什麼事嗎？合約還有問題？」

醉千憂有些不安地想著：錢都付了，總不能現在反悔吧？

對方客氣道：『不是，我們想跟您洽談一下後續合作，看您有沒有興趣參與我們的專案？』

醉千憂茫然道：「什麼意思？」

對方解釋道：『您作為原著作者，對人物和故事最為理解。如果您對電視劇專案的劇本創作感興趣，我們還可以詳談合作細節。』

醉千憂頓悟，對方可能有意讓她來改編自己的小說，或者配合編劇提出意見。她忙不迭地答應：「可以，那我們什麼時候談？」

辰星版權部人員先跟醉千憂簡單聊了聊，又安排她飛往總部所在的城市，將機票和酒店的資料傳給她，約定見面敲定細節。醉千憂查了查對方預訂的豪華酒店，只覺得這家公司豪氣沖天，怯怯道：「其實我們也可以線上交流，不一定要飛過去吧……」

無功不受祿，醉千憂都替辰星影視心疼這筆錢，畢竟這一趟的開銷也不少。

版權部人員委婉道：『抱歉，可能還是要麻煩您過來一趟，因為楚總也想見見您，跟您直接交流合作的事情。』

醉千憂聞言，難以置信：「……請問是哪位楚總？」

『我們只有一位楚總。』

這明明是個嚴肅的時刻，醉千憂的腦海裡卻冒出文章中的霸總劇情。她覺得自己有些不厚道，不但拿了人家的錢，還對大老闆展開亂七八糟的意淫。

醉千憂住在南方的城市，楚總肯定不能專程飛過來找她。

醉千憂和版權部人員確定好行程後，便迫不及待地在通訊軟體的群組中分享自己的快樂，群組中全是她多年來結識的作者。

『楚總幫我訂了豪華酒店，約我見面！』

『哪個楚總？』

『齊盛太子！我的天啊，而且還是頭等艙！』

『醉醉妳是不是看太多論壇的文章，慘遭霸總劇情毒害了？最近剛把版權賣給辰星，就開始惦記人家的老闆？』

『我把機票和酒店資料傳給你們看，撒謊是小狗！』

『（截圖.jpg）。』

『我靠，是真的啊！妳要化身為小說的女主角了？』

『我會不會和楚總這樣那樣，醒來後被丟一張支票，然後叫我滾（害羞.jpg）。』

『那我勸妳到時候拿起支票就跑，千萬別讓她追上妳，日後就飛黃騰達了！』

『你的思想怎麼齷齪！』

『不，醉醉妳休想對我的楚總下手！』

醉千憂懷著興奮之情抵達大城市後，成功入住豪華酒店。

第二天，她茫然地走在普新大廈內，看著周圍忙碌的白領麗人，不免有些暈頭轉向。這種充斥著精英的環境讓她很不適應，有種誤入電視劇場景的感覺，心中莫名有些緊張。

「您好，請往這邊走。」祕書長王青微笑著引導醉千憂。

「好的。」醉千憂忙不迭地應聲，詢問道，「我們是要去見……」

王青善解人意地接上後半句：「楚總的辦公室在這邊。」

醉千憂咽了咽，努力鎮定地點點頭。她對好友們幹話連篇，如今真要見到楚總，卻瞬間慌了神兒。醉千憂可以在網路上肆無忌憚地調侃，是因為過去他們離楚總很遠，對於她和廣大網友來說，對楚總的了解僅來自節目和各類新聞。

現在，醉千憂站在銀達投資公司內，才有了真實的差距感。即便楚總在節目上幽默地插科打諢，有著抖不完的機靈，她仍然是一家公司的最高決策者，是銀達投資的董事長，管理著很多人。

王青敲了敲門，她在進屋前通報一聲後，便笑著對醉千憂道：「請您進去吧。」

醉千憂點點頭，她進門時首先看到的，是視野開闊的落地窗，這裡可以將大城市的繁華景象一覽無遺。落地窗前則是巨大的辦公桌和舒適的轉椅，氣質清冷的女子正在低頭工作，她抬頭望向來人，溫和道：「來了啊。」

醉千憂覺得，楚總說話時要比不說話時的氣場柔和許多。醉千憂有些拘束，不安地伸手：「您好。」

「妳好，隨便坐。」楚楚從善如流地跟醉千憂握手，此時王青默默退出房間，只留下屋內的兩人。

醉千憂將手機放在一旁，在椅子上正襟危坐，認真得像個等待回答問題的小學生。楚楚本想馬上切入正題，但察覺對方態度僵硬，一時不知該如何開口，只得詢問道：「妳好像很緊張？」

楚楚非常疑惑，難道她很嚇人嗎？明明最近輿論評價轉好，沒什麼驚人的新聞？

醉千憂老實地坦白：「第一次見您，確實有點害怕……」

醉千憂話音剛落，她放在桌邊的手機螢幕卻突然亮起，收到了一則訊息。

『醉醉妳和楚總上床了嗎？』

醉千憂倒吸一口涼氣，她居然忘記在進門前關掉群組的提醒，或者將手機倒扣放好！她為什麼不握著手機，或者收進包包裡，非得要放在桌上！

醉千憂在心底期盼：楚總千萬不要看到，否則澈底完蛋！

下一秒，她絕望地聽到楚總的聲音，令人意外的是楚總並沒有大發雷霆。

楚楚無意窺探他人的訊息，但她還是冷不丁看到了螢幕上的文字。楚楚上下打量醉千憂一番，終於忍不住好奇道：「妳是男扮女裝？」

楚楚覺得人不可貌相，醉千憂看起來還真像個女生。

醉千憂恨不得就地跪下：「……對不起，楚總，這只是玩笑之言，您大人不計小人過……」

楚楚漫不經心道：「那邊有休息室，我們要不要進去聊聊誰在上面、誰在下面？」

醉千憂：「！」

她羞愧得滿臉通紅，想要就地找條縫鑽進去，或者撞碎旁邊的落地窗自由落體，趕快逃離這尷尬的境地。她覺得自己簡直丟臉丟到北極，恨不得靈魂立刻抽離。

楚楚像是看破醉千憂的想法，察覺她打量落地窗的眼神，淡淡道：「窗戶很貴，撞壞賠錢。」

醉千憂當即低頭，向大神屈服：「對不起。」

因為這個丟臉的小插曲，醉千憂的緊張感頓時消失，取而代之的是自暴自棄的麻木感。

楚楚倒是對此事毫不在意，說起正題：「妳以前寫過劇本嗎？」

醉千憂搖搖頭：「沒有。」

楚楚：「大學時學習的專業和工作經驗跟影視有關嗎？」

醉千憂：「沒有。」

楚楚：「以前有長時間封筆過嗎？」

醉千憂：「沒有。」

醉千憂每回答一個問題，就感覺自己離編劇的位置更遠了。她像是個被審訊的犯人，逐漸把頭低下。

楚楚了然地點點頭，總結道：「挺好的，那妳就是最適合的編劇人選。」

醉千憂：「？」

醉千憂滿臉疑惑，小聲提醒：「為什麼？我明明沒經驗啊？」

楚楚風輕雲淡道：「沒經驗才好，這樣更好騙。」

「……」醉千憂愣住了，她像是當機的電腦，茫然地眨眼，「楚總，我不太明白？」

「哦，抱歉，那我換一種方式來說。」楚楚立刻切換成真摯信任的表情，她雙手交握，語重心長地規勸，「我覺得妳真的很有才華和衝勁，是我們不可或缺的一名大將。經驗不是最重要的，關鍵是靈感和衝動，我相信這次合作也能讓妳成功轉型，向大家證明妳的編劇實力，我們一起加油，好嗎？共同還原打造一個不會讓讀者們失望的《胭脂骨》。」

醉千憂被她真摯的眼神擊中，在激勵之言中感到熱血澎湃。她剛要堅定應聲，便看見楚總恢復成剛才的面無表情。

楚楚：「我用這種語氣，妳是不是更容易理解？」

醉千憂：「……」

醉千憂：好像哪裡不太對？總覺得自己像是個初出茅廬、慘遭老闆欺騙的應屆畢業生？

醉千憂其實最後也沒搞清楚，她跟楚總具體談了什麼，便糊裡糊塗地簽完編劇合約，同時被關進酒店的房間，開始封閉的劇本創作。醉千憂本以為這趟只是洽談，談完就能回家，沒想到居然被直接扣下。

醉千憂作為拖稿大王，極度不適應此等監禁生活，心虛地提議：「楚總，能不能放我回家創作？」

醉千憂沒想到劇本創作和想像中完全不一樣，每天竟然要寫這麼多字，還要梳理如此複雜的主線和支線，不由打起退堂鼓。雖然她現在賣影視版權賺了錢，但也沒必要那麼拚命吧？她甚至興起念頭，乾脆不寫了，直接回家，找別的編劇也行。

楚楚早就猜到醉千憂的心路歷程，她確實覺得原作者是最適合的編劇人選，唯一的缺點就是創作速度太慢。按照楚楚的規劃來看，劇本有半年的創作時間，醉千憂當初寫原著卻花了兩年。

如果按照醉千憂過去的寫文速度，這份專案肯定沒辦法在短期內做出來，楚楚絕不允許這種事發生，所以才會提議邀約醉千憂面談。

楚楚：來都來了，就別想走了。

不過楚楚考慮到編劇的創作情緒，肯定不會直接說出實話。

楚楚的表情切換為「醉千憂易懂模式」，委婉道：「我覺得妳最近創作的內容非常好，妳真的很有天賦，在這裡我們也能頻繁交流，溝通很多內容上的細節。妳是覺得酒店不夠舒服？還是想買些什麼？想要什麼就跟我說，我請他們送來，千萬不要客氣。」

醉千憂在楚總的吹捧和熱情招待下暈頭轉向，但她仍沒有忘記自己的初衷，猶豫道：「我想要自由……」

楚楚：「不，妳不想。」

醉千憂：「……」

醉千憂：「……楚總，這算不算一種套路？」

肯定是有人透露她拖稿的事情，不然怎麼會被扣押！

醉千憂來時欣喜若狂，此時才發現大事不妙。楚總簡直早有準備，豪華酒店內的用品一應俱全，看起來是要長期關押自己。別人都是被霸道總裁監禁追愛，換成她就是被監禁催稿？

「有時候，人生不走上套路，就會走上死路。」楚楚心平氣和地將威脅之言說得精妙絕倫，宛如人生哲理。

醉千憂：「……」

被關進房內的醉千憂像是一支牙膏，每天都被奮力擠壓，緩緩吐出新內容。劇本工作順利走上正軌，楚楚便著眼於另一方面，打算為電視劇《胭脂骨》儲備一些新人演員。

張嘉年敲門進屋，詢問道：「楚總，有什麼吩咐？」

楚楚一邊轉筆，一邊隨口說道：「我想找一些年輕好看的小男生，你有沒有什麼管道？」

張嘉年：「……」

張嘉年聽完此話，腦海中首先蹦出的，就是紈褲王爺逛青樓的畫面，都怪楚總的語氣透著一股風流不羈。張嘉年想起楚總過去的黑歷史，看著她隨意鬆散的態度，總覺得自己被當成了老鴇。

他面對強人所難的題目，艱難開口：「……楚總，對不起，我不太了解這方面的事情。」

張嘉年：我學的是金融投資，又不是夜總會管理！

楚楚並沒有發現自己的話產生歧義、遭人誤解，她詫異道：「還有你不知道的事情？那過去是怎麼找的？」

張嘉年無奈坦白：「……我不知道您過去是怎麼找的。」

他的工作只是協助老闆處理公司事務，又不涉及私生活範疇。他可以跟著楚總出入會議室，但總不能跟著出入夜總會吧！

楚楚沒想到原身居然是親自選人，不過想到李泰河，似乎也很合理。她思考片刻，拍板道：「那這次你來安排吧，先讓他們篩選十個人出來給我看看。」

張嘉年：「……」

張嘉年第一次在面對工作時毫無頭緒、無從下手。

他生怕自己會錯意，再次確認道：「楚總，您找這些人是要做什麼呢？」

楚楚頭也沒抬，理所當然地答道：「用啊。」

張嘉年：「……」

完了，這話越聽越奇怪。

既然他接到了任務，也只能硬著頭皮解決問題。楚總的指令如此模糊不清，讓他毫無頭緒，只能先參考過去的成功案例——李泰河。

雖然張嘉年不擅長這些，但他懂得舉一反三，照著李泰河當初的標準尋找，應該勉強能及格吧？

『張總，您有什麼吩咐？』辰星影視CEO接到張嘉年的電話嚇了一跳，第一反應是以為公司財務出了問題，畢竟張嘉年向來只跟數字和錢打交道。

張嘉年微微凝眉，斟酌著措辭，詢問道：「公司現在有儲備的新人嗎？」

對方一愣，沒想到張嘉年會問起此事，猶豫道：『似乎是有幾個……』

「楚總想要選拔一些有潛力的年輕藝人，你們挑十個，把資料傳過來吧。」張嘉年對於楚總的真實打算難以啟齒，最終給出了一個冠冕堂皇的理由，竟陰差陽錯地跟楚楚的本意相契合。

『好的，請問是五男五女嗎？』辰星影視CEO不敢怠慢，重新確認道。

「不，十個男的。」張嘉年想了想，他想到楚總的怪癖，又補充道，「再備選十個女的，或許會需要。」

『沒問題，請問您還有其他的要求嗎？』

「男的參考李泰河，女的參考夏笑笑。」張嘉年給出之前成功的案例，覺得這次應該沒問題了。如果有範本在前，篩選過程應該會很容易。

辰星影視公司內，夏笑笑突然接到同事的通知，請她一起幫忙進行練習生選拔。夏笑笑滿臉茫然，忍不住提出異議：「可是我是製作內容的，沒接觸過藝人啊？」

夏笑笑憑藉在銀達投資積攢下的戰鬥力，已經逐漸在辰星影視立穩腳跟。她剛空降到公司時，跟過去的同事發生激烈矛盾。夏笑笑這次沒有忍氣吞聲，而是勇敢地跟對方正面對決，有驚無險地獲得勝利，成功從軟萌小白兔變成有尖牙的小白兔。

因為楚總當初的激勵之言，夏笑笑下定決心要在辰星影視做出成績，在工作上也更敢發表自己的看法，不會再逆來順受地背黑鍋。夏笑笑目前負責的是專案的內容，藝人選拔確實離她遠了一些。

「公司現在要選拔大量新人，為專案儲備，這是楚總的意思。妳既然要參與專案，以後肯定會跟這些年輕藝人打交道。」同事不好說穿，他們是想讓夏笑笑站在一旁，好照著範本選人，便給出個看起來合理的理由。

夏笑笑一聽到楚總，遲疑道：「這確實是楚總的意思嗎？」

說起來，夏笑笑已經有好長一段時間都沒見到楚總，她甚至覺得楚總忙到遺忘了辰星影視和自己。

「當然，是張總親自打電話過來的，還能是假的？」同事信誓旦旦地答道。

夏笑笑立刻燃起雄心壯志，一口答應下來：「好，我知道了。」

辰星影視確實有新簽約的藝人，但想要達到十男十女，著實還差太多。眾人自然不敢對大老闆的想法輕慢半分，嚴格按照範本進行選拔。

一週後，普新大廈內。

楚楚望著張嘉年提交上來的資料，忍不住陷入深思。她略感頭痛，無奈道：「我們兩個是不是對『年輕好看』的理解有差異？」

張嘉年：「……您是對這些人不太滿意嗎？」

楚楚望向他，忍不住吐槽：「這些人的長相怎麼都跟李泰河這麼像？」

楚楚頗感無語，難道書中世界對於「好看」的標準就是直接對照男主角？誰長得越像男主角，誰就越好看？

張嘉年心想，這本來就是照著李泰河尋找的，畢竟是成功案例。

張嘉年發現楚總不太滿意，連忙嘗試補救，詢問道：「您有什麼具體要求，或者參考對象？我們可以更有針對性地選拔人選，再重新遞交名單給您。」

「不要太油膩、孱弱，看起來像沒讀過書的不行，最好氣質出眾，五官端正且具備辨識度，不要千篇一律的好看，要耐看……」楚楚源源不斷地提出非分要求，描述自己的感覺。

她正說著，冷不丁掃過眼前的某人，摸了摸下巴，突然道：「咦，你好像挺符合的？」

張嘉年：「……」

雖然楚楚常跟張嘉年待在一起，但她還是第一次認真打量他的長相。張總助老是擔當著沉默的背景，再加上「路人甲」光環加成，從未引人注意。此時，他像往日一樣西裝革履，斯文儒雅的氣質和挺拔如松的身影，讓人眼睛為之一亮。

楚楚和張嘉年隔著一張桌子，她好奇地湊上前，想要仔細看看。張嘉年卻直接低頭，微微後退半步，迴避著楚總的視線。

楚楚不滿道：「你躲什麼？」

張嘉年不卑不亢，給出完美的理由：「楚總，我現在就去整理一份新的名單給您。」

張嘉年說完就想跑，卻被鐵面無私的楚總叫住：「等等。」

楚楚瞇了瞇眼，朝他招招手，開口道：「你過來一下。」

張嘉年不得已地上前一步，恭敬地問道：「您有什麼吩咐？」

楚楚絲毫不覺得自己的話有些曖昧，她禮貌地問道：「我想看看你，可以嗎？」

張嘉年硬著頭皮反問，「我想拒絕您，可以嗎？」

楚楚笑著搖頭：「不可以。」

張嘉年：「……」

楚楚不管他的臉色，她從辦公桌後繞出來，直接道：「你坐到那裡。」

張嘉年長得太高，她現在抬頭猛看實在很累，索性將他安排在會客用的椅子上。張嘉年僵硬地坐下，任由楚總將自己的五官打量數次。張嘉年對於靠近自己的楚總頗感不適，猶豫著要不要直接落跑，然而她又沒實際做出逾越的舉動。

楚總如同整形醫生在開刀前一樣全神貫注，細緻地觀察著他的相貌，最終感慨地總結道：「你的確挺好看的。」

雖然張嘉年不是一眼驚豔型，卻有種濃墨般的沉穩氣質，遇水後便渲染出溫潤之感，讓人想到古代的謙謙君子。他展露笑容時有禮親和，神色平靜時又如遠山松柏，像是拒人於千里之外。

她不知道自己以前為何沒注意到張嘉年的長相，莫非是「路人甲」光環的濾鏡所致？

張嘉年聽到楚總的話，內心越發不安，他小聲地說道：「……我應該謝謝您的謬讚嗎？」

楚楚厚顏無恥地點點頭：「應該，我的眼光很高的。」

楚楚以前看過不少明星藝人，如果把張嘉年包裝一下，肯定會很出色。

楚總專注的眼神讓張嘉年坐立難安，尤其無法直視她波光流轉的雙眼。她完全沒有碰到自己，但肆無忌憚的視線已經令人焦灼，熱烈得彷彿要把人看穿。

張嘉年尷尬地僵直身體，他開始思考自己的職業規劃，完全不懂上個月差點被老闆開除的自己，為何這個月又遭遇隱形的職場性騷擾？

「我覺得你可以把自己當成標準去找。」楚楚欣賞完他的顏值，驟然起身，拍著手提議道，「複製貼上十個出來，應該也沒什麼問題？」

張嘉年：我又不是草履蟲，還能分裂出這麼多？

他見楚總遠離自己，趕緊拉開距離，頓時鬆了一口氣，感覺逃過一劫。

張嘉年勉強答道：「……您過譽了。」

他絕不可能把自己當作標準去找，這句話越想越古怪，總覺得楚總在暗示什麼，讓他原本精密的大腦頓時有些混亂，一時不敢深思，只想倉皇而逃，亂七八糟地答道：「楚總，那我待會兒把新名單給您。」

楚楚完全沒意識到自己把人嚇得魂飛魄散，漫不經心應道：「好。」

第二天，楚楚沒有等到新名單，反而等到了張嘉年請假的消息。

祕書長王青委婉周全地說道：「楚總，總助今天生病請假在家，您有事可以先叫我。」

「病了？」楚楚茫然地眨眼，「昨天不是還好好的？」

「最近正在換季，生病的人很多。」王青解釋道。

「好吧。」楚楚是通情達理之人，張嘉年平常兢兢業業，偶爾請假一天也不算什麼大事，她便沒再多問。

王青接著詢問道：「那今天基金營運部的例會，您要出席嗎？」

楚楚：「等他回來再開吧。」

王青：「那我將最近的財務報表匯總給您？」

楚楚：「等他回來再看吧。」

王青：「那最近公司營運的投資專案……」

楚楚：「……等他回來再做吧。」

楚楚越說越心虛，她覺得這間公司沒了張嘉年就不轉了，平常怎麼會有這麼多雜事要處理！

楚楚過去還沒察覺，只覺得管理銀達就像在玩大富翁遊戲，現在才發現執行工作好麻煩，要是沒有NPC張總助，公司大概早就倒閉了。她只能提出藍圖式構想，憑藉對未來的了解提出建議，但實際操作都需要依賴專業人士。

楚楚面對雜亂無章的日常事務就頭大，不由發問：「妳知道他家在哪裡嗎？」

王青不敢隱瞞，老實供出張總助的住址，她猶豫道：「……您是要去看望總助嗎？」

王青在內心偷偷為張嘉年默哀，誰要是被楚總堵在家門口，那未免也太慘了。

楚楚剛想應聲，她瞄到王青略顯為難的神色，突然頓悟：「我直接上門是不是不太好？」

楚楚換位思考一番，要是自己請假還被老闆騷擾，大概會火冒三丈。

王青很想坦白說是，但她不能直接打擊楚總，圓滑道：「您關心總助的病情，他肯定會很高興，您可以傳訊息問候他。」

這句話的潛臺詞是，別專程上門嚇人了。

楚楚想想也是，她天天追著張嘉年問工作，著實不近人情，倒不如撐過這一天。

她原本已經打好如意算盤，沒想到實際工作一會兒，才發現很多事情都亂七八糟，忙得焦頭爛額。

銀達投資裡的部門繁多，更別提正在進行的投資專案，龐大的資訊量幾乎要將楚楚壓垮。張嘉年的存在就像是無數條細繩上打出的一個結，他將所有瑣事歸類整理，集中給楚楚過目。現在盤結消失，萬千細繩散開，楚楚面對毫無規律的各類事情，完全摸不著頭緒，有種無從下手的感覺。

中午剛過，楚楚便撐不住了，她把王青叫過來，頗為頭痛道：「你們能不能把所有事情列出輕重緩急，有條理地交給我？我才能明白需要做什麼。」

每個人東一榔頭西一棒地彙報工作，甚至都沒提前打聲招呼，讓楚楚感到工作極難推進，只讓人心煩意亂。以前張嘉年都會將所有資料準備好，需要她決策的重要工作放在最上方，默默解決瑣事，邏輯極度清晰，簡直一目了然。

王青一愣，趕忙道：「好的，您稍等。」

祕書長王青害怕楚總動怒，匆匆整理工作內容，但她畢竟只是祕書長，對於投資及業務了解不深，做出來的東西跟張總助沒辦法比較。王青的職位也不如張嘉年，很難跟公司高層們直接對話，溝通力下降，無法解決根本問題。

張嘉年是站在老闆的角度宏觀盤查公司，將最關鍵的內容呈現給楚總，為老闆節約時間和精力。其他人缺乏他的視野與經驗，即便照貓畫虎，也模仿不出精髓。

不過這不能怪王青，要是她能達到張嘉年的水準，早就升職加薪不當祕書長了。

楚楚嘆了口氣，頹喪地倒向椅背，頭一次覺得平日太過壓榨張總助，提議道：「我們不能再找個總助嗎？長此以往下去，豈不是要累死張嘉年？」

王青小心翼翼地提醒：「……公司曾經有其他總助。」

楚楚詫異道：「那他們人呢？我怎麼都沒見過？」

王青：「您說他們跟公司企業文化不合，讓他們離開了……」

換句話說，就是變相勸退。

女配角原身最討厭別人左右她的意志和想法，總助實際上是擁有一定實權的高級管理崗位，她怎麼能容忍有人影響到自己的權力？沒能力的就開除，不聽話的就開除，不順眼的也要開除，搞來搞去只有張嘉年留下，成為國寶般的存在。

楚彥印曾經往銀達投資塞了不少人，如今張嘉年是碩果僅存。

楚楚完全不了解公司過去的歷史，她望著繁雜的事務，最終站起身來，拍板道：「我還是去看望一下吧。」

第七章　張總助的惡夢

不管是真探望，還是假關懷，反正楚楚不想留在公司處理工作。

楚楚讓王青幫自己叫車後，去拿衣架上的外套，收拾東西準備離開。王青連忙答應，她安排完車輛，還是忍不住偷偷傳了訊息給張總助，私下通風報信。楚總突然到訪，必然會給人莫大壓力，得讓張總助有所準備。

楚楚並不知道下屬們的小動作，她乘車前往張嘉年的住處，汽車卻在狹窄的路口停住。司機抱歉地說道：「楚總，對不起，前面似乎開不進去。」

楚楚茫然地看著車窗外，道路兩邊停滿私家車，將小路堵得嚴嚴實實，根本無法通過。斑駁的國宅上覆蓋著綠油油的爬山虎，提著菜籃的大媽正站在路邊閒聊，牆壁上張貼著奇怪的小廣告，極具煙火氣和生活感的畫面，重重地衝擊著她的感官。

她都不知道有多久沒見過這樣的地方，似乎從穿書後就跟世俗感絕緣。

楚楚身著訂製的套裝，肩上背著名牌包，和眼前的景象顯得格格不入。樹下聚集著一堆正在下棋的退休老人，他們在看見畫風清奇的不速之客，好奇地扯著嗓門問道：「小姐，妳找誰啊？」

「您好，請問C棟在哪裡？」楚楚沒怯場，禮貌地問道。

熱心的大爺們幫她指了方向，忍不住八卦道：「咦？以前沒見過妳啊。」

「嗯，我是來找朋友的。」

「男朋友？」

「……不是。」

退休大爺們顯然既不愛上網，也不了解綜藝節目，誰都沒有認出楚楚。

楚楚照著指示找到C棟。國宅內居然沒有電梯，一旁的郵筒也落滿了厚厚的灰塵。楚楚爬上樓梯，心中滿腹疑惑，張嘉年怎麼會住在這裡？

就算她不了解公司部門架構，但也不是毫無生活常識的傻子。張嘉年位同副總，年薪必然以百萬起跳，甚至擁有一定股權並參與分紅。他還是從齊盛集團調到銀達投資、曾為楚彥印工作過的人，很可能握有齊盛的股權。

王青都能在公司附近租下一房一廳，以張嘉年的收入來看，買房絕對沒問題。在楚楚的想像中，金融精英是絕對不會住在老舊國宅裡的，這完全不符合人設。

張嘉年白天經手好幾億的專案，晚上睡在破舊國宅裡，簡直聞者落淚、見者傷心。楚楚想想都感到一陣心酸，想要憤而幫他加薪。

楚楚按照地址，找到張嘉年的家門口。她想按門鈴，卻發現壞了，只能無奈地敲著厚重的鐵門。她還沒等到人開門，身後卻傳來奇怪的聲音。楚楚扭頭，便看到對門鄰居警惕地開了條門縫，偷偷看她一眼，隨即闔上鐵門。

楚楚被對門鄰居鬼鬼祟祟的行為嚇了一跳，只覺得莫名其妙。

老舊國宅的隔音效果並不好，沒過多久她便聽見鄰居在家裡大呼小叫：「阿娘喂，隔壁那個潑婦居然沒說謊！她還真有個大家閨秀的媳婦！」

「妳怎麼又在講，不是說好不提這件事，不就是說親失敗嗎……」

「我就是氣不過，不過是有個好兒子，看她眼高於頂的那副模樣，要是她兒子真的有出息，怎麼不見買房買車？除了臉能看，還有其他條件嗎？」

楚楚站在狹窄的過道，聽著家長裡短、雞毛蒜皮，像是從高級精緻的韓劇掉落至土味至極的八點檔，覺得畫風十分迥異。

厚重的鐵門被猛地打開，一個繫著圍裙的中年女人叉腰出現，罵道：「姓何的，妳懂個屁！」

「張雅芳，妳少撒潑！」鄰居聽到熟悉的聲音，當即要出門回罵。

張雅芳氣勢洶洶地推門出來，想要上前跟對方理論，鄰居也不相讓，直接走出來對峙。中年大媽的交手最為可怕，一時誰都不敢勸架。

「停——」楚楚看不下去，做了個暫停的手勢，從中進行調停。

張雅芳疑惑道：「妳又是哪位？」

楚楚淡淡道：「國宅社區管理委員會的調解員，兩位阿姨都少說兩句，共同打造文明社區。」

張雅芳：「？」

鄰居見狀，白了張雅芳一眼：「看在妳家有客人，今天懶得跟妳計較！」

鄰居說完便關門離開，不知道是真不計較，還是害怕張雅芳的強悍。

楚楚適時地提醒：「阿姨您好，我是張嘉年的同事，聽說他生病了，就過來看看。」

張雅芳聞言，上下打量一番氣質不凡的楚楚，有些慌張地在圍裙上擦擦手，沒了剛才威風的派頭，不安道：「啊，請進，嘉年出去了……他馬上回來！」

楚楚點點頭，將手中的袋子遞給張雅芳：「阿姨，這是一點心意……」

張雅芳趕緊伸手去接，客套道：「來就來，怎麼還帶東西！」

楚楚：「實在不知道該送什麼，所以把工作資料帶來了……」

張雅芳：「好好好，妳太客氣了！」

楚楚跟隨張雅芳進屋，房間的地板是極具年代感的地磚，裝修風格也相當古早，透著上個世紀的風格。屋內倒是打掃得很乾淨，讓楚楚有種過年回老家的感覺。

張雅芳看著身穿昂貴套裝的楚楚，一時坐立難安，不知道該如何招待她。楚楚的畫風跟屋內完全不同，張雅芳最終熱情地提議道：「不然妳去嘉年的房間坐坐吧，他一會兒就回來啦！」

張雅芳只知道兒子在一家很厲害的公司工作，同事們也是非富即貴、身價不凡，對楚楚自然不敢怠慢，努力想讓她感到賓至如歸。張雅芳顯然很在意楚楚的來訪，忙得像團團轉的蜜蜂，混亂道：「要不要幫妳泡個那什麼……咖啡？」

「謝謝阿姨，不用客氣。」楚楚不好意思地婉拒，沒想到自己來的不是時候，更沒想到張總助是跟家人同住。

張雅芳有些苦惱，又用期盼的眼神注視著楚楚：「那妳想喝點什麼？」

楚楚難以回絕長輩的愛，只得道：「開水就好。」

張雅芳倒了一杯開水給楚楚後，終於心滿意足地離開。

楚楚在張嘉年的房內晃悠一圈，終於發現一些張總助的生活痕跡。房內除了有一張深色的單人床外，還有一張擺放著各種資料的電腦桌。書架上放有幾排厚重的外文書籍，衣架上還掛著幾件乾淨的襯衫。除此之外沒有其他擺設，一切都是極簡風格。

楚楚看著這一幕，想起自己的豪華社區和楚家大宅，覺得自己像是個萬惡的資本家。得力下屬家境貧寒，她居然還有臉揮金如土。

楚楚百無聊賴地等待片刻，便聽到廚房傳出剁菜聲。楚楚扒在門口觀望，張雅芳察覺到她的到來，連忙問道：「妳有忌口的嗎？」

「沒有，阿姨我來幫妳吧。」楚楚嗅到菜肴的香氣，竟有些餓了，她好久沒吃家常菜。

「不用不用！妳去坐著吧！」張雅芳連忙道。

國宅下，張嘉年提著塑膠袋緩緩上樓，並未察覺今日與往常的不同。他出門忘記帶手機，此時略微不安，有種錯失資訊的焦躁感，這大概就是現代人的通病。張嘉年想到今天請病假，短暫脫離手機應該沒事，在心中進行自我安慰。

這段時間張嘉年累壞了。準確來說，自從他來到銀達投資後，沒有一天是輕鬆的。楚總以前暴躁易怒、蠻橫不講理，給人極大的精神壓力，逼退無數董事長的心腹。如今，她性格轉好，開始講理，卻都是歪理，仍然給人極大的精神壓力。

張嘉年想起楚總，又想到昨天的事情，頓感一陣無力。他現在還沒想到解決辦法，這種事情也沒人可以傾訴，只能先躲在家中，暫時遠離公司。

張嘉年暗自思索，覺得待在家裡也不好，在公司是被楚總壓榨，在家裡是被張雅芳女士壓榨。

張嘉年摸出家門鑰匙，在他打開門後，看到了人生中最恐怖的一幕。

張雅芳和楚總齊聚一堂，正愉快地交流著。張雅芳興奮地說著家長裡短，而身價不菲的楚總此時正挽著袖子，蹲在一旁擇菜。屋內洋溢著歡樂的氣氛，兩個可怕的女人有說有笑。

張雅芳看到門口神情僵硬的張嘉年，招呼道：「回來啦！」

下一秒，張嘉年果斷把門關上，他面對著鐵門，只希望自己剛剛看錯了，嘗試錯誤的開門方式。

地獄裡怎麼會同時出現兩個魔鬼？這就像天空出現兩個太陽一樣不合理！

張嘉年希望這是一場夢，卻絕望地聽見門內的聲音。

張雅芳：「他在耍什麼花招……」

楚楚：「可能回家太開心，想要重新開門回味一下。」

張嘉年：「……」

《阿甘正傳》中有句臺詞，「人生就像一盒巧克力，你永遠不知道下一顆是什麼味道」，張嘉年覺得他的人生就像是一盒整人巧克力，芥末、黃連、朝天椒等味道應有盡有。

張嘉年看著家中的楚總跌破眼鏡，她的訂製外套隨手掛在一旁的椅背上，袖子挽起一半，正坐在茶几邊的小板凳上擇菜，手法相當嫻熟。張雅芳一邊握著菜刀剁內餡，一邊熱情地跟楚總討論著電視上的節目。

「怎麼都是這些節目，都不曉得該看什麼了……」張雅芳似乎很不滿節目內容，她放下菜刀，拿著遙控器轉臺，最終也沒找到滿意的頻道。

楚楚將裝滿菜的塑膠籃隨手放在桌上，提議道：「來看一下午間新聞吧。」

張雅芳切換著頻道，她突然看到電視劇，便停了下來：「看這個吧。」

張嘉年看清螢幕上的電視劇，差點嚇得魂飛魄散，主演居然是李泰河。張雅芳女士完全沒察覺自己在摸老虎尾巴。

張嘉年簡直想搖醒自己的母親：妳知不知道坐在妳旁邊擇菜的人是誰！

楚總卻沒生氣，反而津津有味地跟張雅芳吐槽起劇情，閒散自在得就像是在這裡出生的。說實話，如果忽視楚總身上的昂貴配飾，她蹲坐在小板凳上還真像個鄰家女孩。

「回來就只會傻傻地站著，不知道來幫忙？」張雅芳見張嘉年待在原地，立刻恨鐵不成鋼地訓斥起來，「小楚專程過來看你，連聲招呼都不打？」

張嘉年聽到自己母親對楚總的稱呼，內心絕望而茫然：「……」

「沒事，讓病人回房休息吧。」楚楚出面做和事佬，並看向張嘉年，「我把禮物放在你桌上了。」

張嘉年好奇地回房，便看到頗具意義的「探病禮物」，喜獲一大袋工作資料。他果然太天真了，資本家就是要將人壓榨到一滴血都不剩，居然還提供把工作送上門的服務。

最可氣的是，隔壁的張雅芳還在跟楚楚抱怨，說張嘉年一天到晚躲在房間裡假裝忙工作，在家就是個翹腳大少爺，什麼事情都不幹。張雅芳也氣憤起來：「哪天把我惹毛了，我直接把他辦公桌掀了……」

楚楚好脾氣地勸道：「哎呀，現在的年輕人都這樣，四體不勤，五穀不分。」

張雅芳頗為贊同地點頭，開始誇獎楚楚：「像妳這種會做家務的，已經很少見了！」

張嘉年：「……」

張嘉年內心吐血，張雅芳怎麼不問問，誰才是讓他加班加到死的罪魁禍首？楚總可是定期請家政服務的人，居然好意思攻擊他生活能力低下？他哪有不做家務，明明是生病在家還被趕出去買菜！

張嘉年強飲下滿腹苦楚，默默地打開資料袋，開始任勞任怨地工作。楚總吸引住張雅芳的注意力，倒留了一些空閒時間給他去處理其他事。

沒過多久，楚楚便到他房間晃悠一圈，噓寒問暖起來：「病得很嚴重嗎？」

張嘉年聲音沙啞，還夾雜些許鼻音，緩緩答道：「好多了，謝謝您的關心。」

張嘉年大概是生病虛弱，顯得病懨懨的，身穿家居服，缺乏工作時的飽滿狀態，甚至沒辦法露出營業性的笑容。

他忍不住咳了兩聲，像往常一樣彙報：「這份光界娛樂的投資案最重要，需要您重點過目。我前兩天跟您彙報過各部門的事務，瑣事我會交代他們去做，您不用操心。進入合約談判階段的ＩＰ名單，我已經用電子郵件傳給您了，您可以抽空查看……」

楚楚見他沒辦法打起精神，不由心生愧疚：「沒關係，這些等你病好了再說。」

張嘉年無力吐槽：「……您不是專程來讓我處理這些的嗎？」

楚楚露出關切的眼神，否認道：「不是啊，只是過來探望而已。」

張嘉年半信半疑地看著桌上的資料，不太相信楚總偽善的說詞。

楚楚見狀，從資料袋底部摸出一顆糖果，放進他手中，露出安撫的笑容：「生活太苦，吃顆糖來補補。」

張嘉年：「……」

張嘉年看著手心的糖果，一時無言以對。

楚楚在屋裡轉了一圈，如今見到正主，不由好奇地詢問：「你怎麼住在這裡？以你的收入，買房也沒問題吧？」

這棟破舊的國宅看起來屋齡極長，恐怕是上個世紀的產物，周圍的布局也不合理。楚楚剛畢業時租過這樣的房子，對這一切相當熟悉，不過考慮到張嘉年的收入，住在這裡就有點奇怪。

張嘉年不願意詳談，回答略顯敷衍：「從小住習慣了。」

「如果您不適應，可以早點回公司，我幫您安排車。」張嘉年平靜地提議。

楚楚調侃道：「那我大概會比你更適應，畢竟你切個馬鈴薯都能失手。」

張雅芳趁張嘉年不在，早就將他日常醜事爆料得差不多了，如數家珍地說給楚楚聽。

張嘉年原本還想板著臉婉言送客，如今露出羞赧之意，心想張雅芳女士怎麼還跟自己的老闆說這些！

正所謂一鼓作氣，再而衰，三而竭。張嘉年想詢問楚總何時離開，又不敢太過直接，只能委婉道：「您離開公司這麼久，會不會耽誤重要的事情？」

楚楚大大咧咧地攤手：「對我來說，沒什麼重要的事情。」

張嘉年：「……」

張嘉年：真是熟悉的套路。

或許是生病的緣故，或許是看到楚總破天荒地擇菜，張嘉年原本精準運轉的大腦有些遲鈍。他難得失去平時謹慎的態度，直言道：「您相比過去變了許多。」

這是他的心裡話，楚總性情大變，只是平常大家礙於上司與下屬的關係不敢說。現在兩人都不在工作環境，只是站在家中隨意地聊天，氣氛輕鬆不少，這才讓張嘉年放鬆警惕。

楚楚懶洋洋地倚著書架，她打量著書目，並未被他的話嚇到，反而漫不經心地說道：「也許吧，變好還是變壞？」

張嘉年遲疑道：「不好說。」

楚楚語重心長地教育：「這個時候請堅定地說『變好』，你怎麼這麼不會閱讀空氣？」

張嘉年：「……如果單純評價您的幽默感，現在算是變好吧。」

其實張嘉年覺得楚總的脾氣變好了，但這話不能往外說，彷彿暗指老闆過去脾氣不好。如果是以前的楚總，絕不可能看望下屬，更不可能如此閒聊。

楚楚坦言：「適時的幽默感，是緩和人際關係的好辦法。」

張嘉年誠懇道：「我以為您根本不在乎這方面……」

楚楚厚顏無恥道：「我在用得到你的時候，還是很重視這方面的，畢竟現在公司不能沒有你。」

張嘉年聞言，原本頭暈的大腦突然警醒，從老闆的話中捕捉到一絲訊息，立刻恢復往日的滴水不漏，委婉道：「您過譽了，我只是按照您的指導，配合執行一些工作。」

「你的求生欲很強啊。」楚楚看著張嘉年下意識的反應，頗感好笑，「我知道公司過去頻繁的人事變動讓你留下陰影，但我保證以後不會了。」

「我今天來也是想跟你說這件事，以後銀達的日常事務由你管理，我的工作重心會偏向其他方面。重要事務還是按照流程彙報給我，別的事由你來拿定主意。」楚楚打開天窗說亮話，她早就有這樣的打算。如果想要衝擊百億目標，她絕不可能被瑣事絆住，公司內部需要明確分工。

張嘉年早有預感，但還是感到驚愕，詢問道：「您是要著手辰星影視的業務嗎？」

楚楚有條有理地解釋：「辰星只是其中較為重要的一環，我想做的不僅有影視，而是整合所有資源，覆蓋影視、遊戲、圖書、餐飲等各大產業，以ＩＰ創造為核心，形成生態產業鏈，打造在國際上聞名遐邇的跨國娛樂公司。人們提到齊盛就會想起房地產，但我希望大家在以後看到銀達，能想到是一種文化。」

「如果銀達能真正改變大眾的生活方式和思維模式，滲透進所有人的生活中，那它就能成為極具價值的品牌，甚至超越齊盛。」楚楚望向張嘉年，認真地說道，「但這絕不是我一個人就能做到的，所以我需要你的協助。」

張嘉年還是頭一次見楚總如此正經，他既有些受寵若驚，又有點茫然失措。

她褪去往日滿不在乎的慵懶神情，明亮的眼中滿是真摯，將未來的美好藍圖娓娓道來，一番話極具煽動力，讓人心潮澎湃。

楚楚看他愣神，開口道：「你該不會以為我只想賺四百億吧？」

張嘉年老實地坦白：「……不是的。」

其實他以前懷疑楚總連百億約定都不想完成，現在居然有如此遠大的理想，實在讓人驚訝。

「當然，創造ＩＰ沒那麼容易，短期目標還是四百億。銀達以後的發展方向是文化企業，我的主要工作必然會傾向打造優質內容，而財務和常規經營很可能都要交給你。」楚楚也不是貿然分工，而是參考業內多家大型影視公司，要是內容創造和經營執行混為一談，全讓一個人負責，才是不科學的工作方式。

女配角原身將所有事情攬在自己身上，是最沒效率的方法，將合適的工作安排給合適的人，事情才能井然有序。既然公司聘請了員工，便是讓他們幫助老闆排憂解難，只要用人手段得當，不存在分權的問題。

上位者將權力握得越緊，底下的人會越沒有積極性，人只有看到一絲曙光，才有拚命創造的動力。楚楚觀察張嘉年的工作許久，才會做出這樣的決定，今日的拜訪也是出於多方面的考慮。

張嘉年見楚總如此大度放權，並沒有被天降的禮物砸暈，反而覺得自己被推上斷頭臺。他平日不敢妄斷楚總的心思，此刻卻還是擔憂地提醒：「您這麼做，不怕銀達後續的管理出現問題嗎？」

張嘉年其實想問，她哪來的信心，覺得自己不會監守自盜？

張嘉年心中憂慮重重，不由微微皺眉，這對他來說也是極大的挑戰。如果楚總未來改變主意，對此舉反悔，他基本上就完了。伴君如伴虎，他深諳此理。

楚楚挑眉，反問道：「你覺得會出現什麼問題？」

張嘉年斟酌措辭：「您過度放權，可能會助長下屬的一些……」

楚楚直接問道：「你會嗎？」

張嘉年驟然被問，不由心情複雜。他見她神色鎮定，一時難以回答：「這不是一個簡單的問題……」

即便他現在回答「會」或是「不會」都沒有任何意義，這不是短期的保證，而是長久的許諾，隨之而來的是無盡的考驗。他無法預測未來，只能給出模稜兩可的答案。

「不，其實很簡單，我可以替你回答，你不會。」楚楚信誓旦旦地說道，她忍不住嗤笑一聲，「如果你真的想要錢，你大可不必待在這裡，齊盛能給你更多。」

齊盛集團的規模遠超越銀達投資，要是張嘉年真求「錢途」，直接回到齊盛就好。

「用人不疑，疑人不用。如果有一天你真的產生異心，我只會為你感到惋惜。」楚楚斜靠著書架，注視著張嘉年，「因為你為了短期的利益，錯失打造世界品牌的機會。財富積累到某種程度只是數字，富人和財團很多，但改變人們觀念的標竿屈指可數，銀達就會成為其中之一。」

「這就像你有錢還會選擇住在這裡一樣，很多事情不能用財富來衡量，還有其他更重要的東西。」楚楚眼露深意，輕輕地說道，「張嘉年，我都沒有懷疑你，你何必懷疑自己？」

張嘉年的思緒有些凌亂，他聽完一席話，努力忽略心中的悸動，最終只能由衷地感慨：「……您可真是天生的演說家。」

他算是親眼見識過楚總的嘴炮能力，明白無數網友對她的追捧，她在現場的煽動力非常強大，即使知道這是上位者的某種天賦技能，仍會情不自禁地深受鼓舞，心甘情願地為此賣命，這就是領導者的魔力。

上兵伐謀，攻心為上，楚總倒是用得澈底。

兩人正聊著，張雅芳風風火火地過來通知：「吃飯了！」

楚楚原本還一本正經地描繪星辰大海，聞言後立刻起身出屋，直奔餐桌而去。

張嘉年看著楚總一溜煙跑去吃飯，只覺得剛才鼓舞人心的發言猶如過眼雲煙，像是幻覺。

片刻後，張嘉年坐在餐桌前，看著滿桌的辛辣美食，茫然地不知如何下筷。他怯怯地詢問：「有稍微清淡一點的嗎？」

張雅芳將碗推到他面前，隨意道：「生病就多喝點粥！」

張嘉年默默觀望桌上的麻辣水煮魚、五更腸旺、辣炒高麗菜，又低頭看了看清粥，覺得自己成長至今沒有自閉，簡直是人類心理學上的奇蹟。

楚楚難得開竅，提議道：「我再去做一道清淡的……」

張雅芳出言制止：「別理他，病人沾不得油膩，真以為自己是大少爺呢！」

張嘉年：「……」

張嘉年：我絕對是她親生的，後媽不可能狠心至此。

席間，張嘉年沉默喝粥，把自己融入背景，眼看口才超群的楚總將張雅芳女士哄得心花怒放，兩人恨不得結為忘年之交。他還是頭一次見到楚總如此親和，她要是真的放下身段跟人交心，根本沒人抵擋得住。

楚楚嘗了一口滑嫩鮮香的水煮魚，恨不得直接在張雅芳面前跪下，瘋狂拍馬屁：「太好吃了，我好想跟張嘉年交換父母……」

楚彥印坐擁金山銀山有何用，他又煮不出如此美味的水煮魚！

張雅芳得意洋洋：「吃過的人都說好吃，妳想吃可以再來！」

張嘉年：「……」

張嘉年心想，母親實在太單純，客套話還能當真。楚總可是吃遍米其林餐廳的人，誰會在乎家常菜？不過楚總如此給張雅芳面子，張嘉年自然領情，他覺得如果說出楚總的真實身分，張雅芳大概會嚇死。

臨走前，楚總和張雅芳已經建立深厚的革命友情。張雅芳還拉著楚總的手，鄭重許諾：「妳放心，等老家那邊把藤椒油寄給我，我一定請嘉年帶給妳！」

「好好好，藤椒油和麵條根本絕配！」楚楚感動於張雅芳的熱情好客，只差熱淚盈眶。

張嘉年麻木地看著這一幕，腦海中浮現出軍人與同鄉互送糧食的感人畫面。

楚總走後，找到知己的張雅芳只差將人誇得天上少有，地下無雙，不停地感慨：「小楚真是質樸和善的好孩子，手腳也勤快，這麼踏實的年輕人不多了。再看看你，一天到晚擺架子……」

張嘉年真不明白，她究竟是從哪裡看出楚總質樸和善、踏實勤快？

可能戴著幾百萬的手錶，開著幾千萬的豪車，才能做到張雅芳口中的質樸無華、清新脫俗吧？

第八章　因禍得福？

張嘉年的病來得快去得也快，他被探病的楚總一攪和，便將隱遭職場性騷擾的事忘在腦後。人真是奇怪的生物，一旦對某人有所改觀，就會自帶濾鏡，下意識地合理化很多事情。楚總對銀達的宏偉規劃，沖淡張嘉年的疑慮和糾結，讓他不再對許多細節進行細究。

當然，這其中也有他最近太忙碌的緣故，忙到沒時間探究。

辰星影視按照楚總的要求，重新選拔十名年輕藝人，並開始進行長期培訓。夏笑笑像往常一樣，盯完練習生的訓練進度後，往自己的辦公室走，卻突然被人叫住：「笑笑姐！」

夏笑笑回頭，便看到渾身洋溢著青春荷爾蒙的明凡，他才剛結束練習，額角還沾著汗水，笑容陽光肆意，開朗地說道：「姐姐今天辛苦了！」

「沒什麼，我也沒做什麼……」夏笑笑其實年紀不大，無奈練習生們的年齡更小，例如眼前的明凡才十八九歲。如今藝人競爭激烈，年齡也成為優勢，出名要趁早。

夏笑笑最近因為盯著練習生們的訓練，逐漸跟十位男孩子熟識，明凡是其中較為活潑熱情的一位。照理來說，夏笑笑以前會欣賞這種陽光類型的人，但不知道是不是受到銀達姐姐們的薰陶，她對明凡總抱著一點小小的警惕。

夏笑笑覺得以職場厚黑學來看待人際關係不太好，但明凡實在太過自來熟，還總會說些似撩非撩的話。夏笑笑的感知相對遲鈍，但其他工作人員早對此事議論過幾次。

「只要笑笑姐待在旁邊，對我們來說就是最大的鼓舞！」明凡笑著撓頭，漫不經心地問道，「我聽說楚總最近要來看訓練，這是真的嗎？」

夏笑笑猛地抬眼，詢問道：「這是誰跟你說的？」

夏笑笑對其他事情不敏感，對楚總的事可謂極度敏感，永遠不要低估粉絲對偶像的上心程度。

明凡沒料到夏笑笑反應這麼大，乾笑道：「我是聽其他練習生說的……」

「我不知道楚總會不會來。」夏笑笑坦白道，楚總那麼忙，誰也沒辦法保證她會不會來。

明凡有些詫異，脫口而出：「姐姐以前不是銀達的嗎？怎麼會不知道？」

夏笑笑微微皺眉，狐疑道：「你對這些事了解得真清楚？」

剛來的練習生居然知道她來自銀達，實在有些奇怪。

「因為我想知道笑笑姐的一切。」明凡一愣，隨即綻放笑容。

夏笑笑沒再追問，但她覺得明凡像是戴著一張面具，臉上的笑意並不真切。

練習室內，其他練習生隔著玻璃門，看到不遠處的明凡向夏笑笑搭話，面上難免不屑。

陳一帆冷哼道：「真能拍馬屁，知道人家有背景就貼上去了！」

「他的野心可大了，這裡是容不下他的……」有人冷嘲熱諷地附和起來。

楚總來辰星影視檢查訓練，對練習生們來說是重大的日子，這可是他們頭一次見到幕後大老闆。所有人深切感受到楚總的威力，大老闆駕到，聲勢陣仗極大，由辰星影視ＣＥＯ跑進跑出陪同。

辰星影視CEO相當客氣：「楚總，請往這邊走……」

夏笑笑站在人群周邊，看著許久未見的楚總，見老闆被人簇擁，一時不知該不該上前。畢竟夏笑笑的職位不高，現在往老闆身邊湊，實在有些冒尖。她不由有點低落，猶豫後還是沒有邁步。

楚楚卻一眼就看到了旁邊的夏笑笑，誰讓對方的「女主角」光環太刺眼，簡直是人群中最亮的那顆星。她乾脆主動打招呼，果斷叫道：「夏笑笑。」

夏笑笑猛地抬頭：「到！」

「妳怎麼搞得像軍訓報到一樣？」楚楚被她的反應嚇了一跳，淡淡道，「妳過來幫我說明一下情況。」

楚楚站在一大群陌生人中間，實在暈頭轉向，直接找上唯一認識的夏笑笑。

辰星影視CEO見楚總欽點夏笑笑，立刻讓出自己的位置，連聲附和：「來來來，好好跟楚總介紹一下公司的情況……」

夏笑笑發覺楚總並未遺忘自己，內心燃起小小的欣喜，不由振作精神，鼓起勇氣走過去。她最近緊盯練習生計畫，此時娓娓道來：「前面就是練習生訓練室，目前承擔了十名練習生的日常課程及訓練，由專業老師完成培訓……」

夏笑笑簡要介紹練習生的日常課程和時間安排，同時召集他們在楚總面前進行表演。楚楚看著一群半大不小的帥哥，在自己面前唱歌跳舞，唯一的感想就是帥哥也得物以稀為貴，一上來就湊足十個，實在看不出什麼。

辰星影視CEO見楚總神色難辨，趕忙朝夏笑笑進行眼神示意。夏笑笑小心翼翼地問道：「您覺得怎麼樣呢？」

楚楚揉了揉眼睛：「我想去檢查一下視力。」

夏笑笑立刻擔憂起來：「您怎麼了？是哪裡不舒服嗎？」

楚楚：「我可能有人臉識別障礙，怎麼都分不清楚呢？」

夏笑笑及練習生們：「……」

陳一帆最是沉不住氣，他年少氣盛，壯著膽子喊道：「楚總，給我一分鐘，我保證讓您記住我！」

辰星影視CEO沒料到陳一帆會口出狂言，隱含威脅地瞪了他一眼。其他練習生有的偷偷觀望楚總的態度，有的幸災樂禍，還有的想要制止衝動的陳一帆。如果楚總是和善的伯樂，或許會接受陳一帆的提議；如果楚總是冷酷的老闆，或許會怒斥陳一帆的行徑。誰都沒辦法猜透楚總的心思，不知道下一秒會發生什麼事。

楚楚聞言，面無表情地果斷拒絕：「不行，我分分鐘百萬上下，實在給不起。」

陳一帆：「……」

陳一帆早就猜到自己會被拒絕，但他萬萬沒想到被拒絕的理由是這樣！

他咬牙道：「那我向您借一百萬，可以嗎？」

楚楚沉默地望了他一眼，片刻後，她扭頭對夏笑笑道：「妳來寫張借據，讓他畫押簽字。」

夏笑笑：「好、好的？」

夏笑笑茫然失措地完成借款合約後，快速地遞到楚總手中。

楚楚一目十行地瀏覽完內容，確認無誤後交給陳一帆，挑眉道：「如果你真的要借，就在這裡簽字吧。」

如果眾人剛才還對楚總的行為抱有疑惑，現在便萬分確定她是刻意刁難，想讓陳一帆難堪！這個練習生是澈底完了。

底下有人小聲規勸：「一帆，跟楚總道個歉吧，這件事就過去了……」

陳一帆對外界的聲音充耳不聞，他盯著合約，抿了抿唇，再次確認道：「如果我簽了，您就願意給我一分鐘？」

楚楚點頭：「當然，誠信經營，童叟無欺。」

陳一帆拿起筆，龍飛鳳舞地簽下自己的大名，旁人驚叫道：「你瘋了嗎？」

「大不了就賣給公司，有什麼了不起！」陳一帆硬氣道。

楚楚滿意地收回合約，說出選秀節目內導師的經典臺詞：「請開始你的表演。」

陳一帆的百萬級首秀說長不長，說短不短。他是唱跳型練習生，劇烈的舞蹈動作伴隨著高音演唱，認真的神態極具舞臺魅力，讓眾人眼睛為之一亮。旁人要不是在乎楚總的臉色，說不定現在就要起鬨叫好，而其他練習生早已為陳一帆的表現喝彩。

雖然一分鐘不算太久，但陳一帆賣力表演完也大汗淋漓。他完成歌舞，氣喘吁吁地看著楚楚，眼神亮如火焰。陳一帆年紀不大，臉上卻寫滿肆意的張揚，尤其是在舞臺上的樣子，簡直是閃耀的光。

楚總配合地鼓掌，在她的帶動下，原本顧忌老闆情緒的眾人，這才敢獻上熱烈的掌聲，肯定陳一帆的精彩表現。楚楚看著額角沾染汗水的陳一帆，提醒道：「你還沒說自己的名字。」

陳一帆微微一愣，看著楚總波瀾不驚的神色，猶豫地開口：「我叫陳一帆。」

楚楚點點頭，心平氣和道：「我記住你了。」

其他練習生露出羨慕的神色，陳一帆不走尋常路，清新脫俗地博得老闆的眼緣。但陳一帆卻高興不起來，他覺得楚總並不是記住自己的表演，而是記住自己欠下百萬鉅款！

好像不用表演，光是欠錢不還，老闆都會記住。

果不其然，楚總在下一秒就把借款合約遞給他，鼓勵道：「好好努力賺錢。」

陳一帆：「……」

其他練習生想到陳一帆首秀一分鐘，燃燒一百萬，心理瞬間平衡起來，果然有得必有失，想吸引老闆的關注，就要付出傾家蕩產的代價。

眾人憐憫地看著陳一帆，陳一帆竟然還頗有骨氣道：「我會按時還款的。」

辰星影視CEO暗道，這新人實在是死鴨子嘴硬，他一窮二白，拿什麼還？

楚楚笑了笑，倒也沒多言，繼續跟著夏笑笑往公司內部走。眾人離開練習室，練習生們才嘰嘰喳喳地討論起來。有人暴搥陳一帆一拳，怒道：「你是不是瘋了？你哪來的錢？」

陳一帆其實心裡也沒主意，不過他堅信船到橋頭自然直，破罐破摔道：「大不了一年還一萬，我努力活到一百多歲！」

「你想得美！」其他人原本緊張的情緒，也被他的言語打斷，不由笑罵起來。

夏笑笑拿著借款合約，親眼目睹花樣少年欠下百萬鉅款的全程，有些於心不忍地問道：「楚總，您真的要讓他還嗎？」

夏笑笑希望楚總能有惻隱之心，不要將此當真，乾脆作廢這份借據算了。

楚楚果斷道：「當然啊，欠錢還錢，天經地義，每個人都要為自己說過的話負責。」

夏笑笑露出為難的神色：「練習生每個月的補貼很低，陳一帆家境一般，大概承擔不了這筆鉅款……」

楚楚大手一揮：「那你們就趕緊把他推出去賺錢，接一些商業合作，到時候直接將酬勞拿來還款。」

夏笑笑遲疑道：「……可是他還沒有出道，商業合作的數量大概很少。」

楚楚作為債主，催款方式層出不窮：「安排他上一些綜藝節目啊，實在不行就去演幾部電視劇。他好歹是個藝人，總不可能抓去賣腎吧？」

如果張嘉年在場，他肯定會想吐槽楚總，您是正經企業家，不是黑社會一姐，怎麼還惦記起器官買賣？但夏笑笑不是張總助，她自帶超強的粉絲濾鏡，在她心裡，楚總的每個舉動都能有合理解釋。

畢竟楚楚有著「邪魅狂狷」稱號，在女主角眼中，她的萬般不好都有其緣由。

夏笑笑的第一反應是楚總不願埋沒人才，用彆扭的方式提拔陳一帆，不由感動道：「您用這種方式激勵他，也是別出心裁，他以後一定會明白您的苦心。」

楚楚有點不理解夏笑笑的腦迴路，不過也沒多言，只道：「那就安排下去吧。」

楚總發話要為陳一帆安排資源，辰星影視裡自然沒人敢反抗老闆。畢竟李泰河如日中天時，公司都能直接為他量身打造節目和電視劇，現在不過是塞進一個小小的練習生而已，不是什麼難事。

辰星影視CEO不敢怠慢老闆的意思，他害怕手下人處理不周，直接將此事委託給夏笑笑：「妳來接手這件事吧。」

夏笑笑誤以為楚總對陳一帆有栽培之心，頗費心力地為其挑選節目。因為陳一帆在歌舞方面能力超群，她就為他找了一檔有著歌舞環節的綜藝節目《最夢聲》。這檔節目的收視率和口碑都不錯，每集都有踢館嘉賓環節。

陳一帆這次作為踢館嘉賓參加節目，雖然大多數嘉賓都踢館失敗，但不可否認留下了許多經典舞臺。

陳一帆要上《最夢聲》的消息傳開後，讓其他練習生忌妒得紅了眼。有人還想偷偷地看他為百萬欠款苦惱，沒想到卻天降大禮，機會馬上就上門了。

「那你豈不是可以跟我的偶像同臺獻唱？我的天啊，我現在去找楚總借一百萬還來得及嗎？」其他人後悔不迭，原來被老闆記住名字，人生就會發生如此巨大的變化。

陳一帆在得知消息時，同樣非常詫異，練習生們目前都沒什麼資源，他能夠參加《最夢聲》，絕對是楚總的授意。陳一帆不免有些疑惑，當初他表演完，楚總明明沒什麼反應，只是毫無靈魂地鼓掌，難道自己真的因此獲得了老闆的賞識？

「陳一帆，請你過來一下。」不遠處，夏笑笑朝著陳一帆招手，溫和地喊道。

「好的！」陳一帆聽到聲音，趕緊跑過去。

其他練習生見狀越發感慨：「一帆以後的日子不一樣啦……」

人群中的明凡聽到這話後眼神一暗，他握緊拳頭，沉默地望向練習室外交談的兩人。

「笑笑姐，妳找我有什麼事嗎？」陳一帆難得躊躇起來，主要是夏笑笑顯然跟楚總關係不凡，在某種程度上，她的意思就是楚總的意思。

夏笑笑緩緩解釋道：「是這樣的，你不是要上《最夢聲》嗎？照理來說，你是可以拿到酬勞的，但因為你和楚總的約定，我就直接把這筆款項抵銷了，可以嗎？」

夏笑笑潤物細無聲地美化著老闆，連「借款合約」都能婉言成「你和楚總的約定」，聽起來頓時讓人舒服多了。

陳一帆趕忙道：「可以可以，能給我表演的舞臺就好。」

夏笑笑點點頭，又耐心道：「那以後也是如此，只是想先和你確認好。」

陳一帆更加驚訝：「還有以後嗎？」

陳一帆本以為自己只能上《最夢聲》，難道他還能擁有其他資源？

夏笑笑看他驚愕不已，柔聲道：「當然，楚總很重視你的發展。」

不得不說，夏笑笑和善的態度和欣慰的神情，都能讓陳一帆產生誤會，原來楚總真的是能識千里馬的伯樂！他哪能料到楚總隨便一句話，只要經由夏笑笑轉達，都能自動美化一百倍。

陳一帆想到未來有更多展現自我的機會，頗受鼓舞地說道：「我絕對不辜負你們的期待！」

努力上進的夏笑笑自然也激勵他一番，為他加油打氣。

楚楚最近頻繁出入辰星影視，一是檢查練習生進度，二是著手《胭脂骨》劇組籌備。醉千憂被關在房內，為了回家而瘋狂趕稿，進度相當不錯。劇本的生產走上正軌，製作方面也不能落下。楚楚最近也約見了導演，對書中世界的製作團隊進行初步了解。

穿書後，楚楚面對全新的人脈和產業資源相當尷尬，她等於是直接砍掉帳號重來，首要任務是努力記起活躍於前線的導演。雖然基本常識被清空，好在她如今的社會地位擺在這裡，還有龐大的財富當作外掛。

在現實的影視產業裡，有錢的才能叫製作人，沒錢的只能叫製片，她好歹不用再從製片爬到製作人的位置。

楚楚開完會後，步履匆匆地邁出會議室，打算先行離開。夏笑笑見狀，趕忙體貼地詢問道：「楚總，我幫您叫車？」

「不用了，張嘉年會過來，我晚上還有會議。」楚楚看了時間一眼，不免略感焦灼。她剛才的會議時間有點長，一會兒還要去見光界娛樂ＣＥＯ，這是她最近的重點工作。

「那我送您下去。」夏笑笑想要跟上，卻見楚總伸手制止。

「你們去送導演，我認得路。」楚楚拿好東西，自顧自地往電梯方向走去，「車已經到樓下了。」

楚總行事俐落果斷，加上她最近確實常來辰星影視，對環境比較熟悉，其他人就沒有再勸。

楚楚順利進入電梯，眼看著電梯門準備關上，卻突然有人鑽進來。男孩一看到電梯內的楚總，隨即不好意思道：「楚總好。」

楚楚點頭應聲後看了手錶一眼，沒將進來的人放在心上。明凡小心翼翼地打量楚楚一眼，見她並未注意自己，一時也找不到搭話的契機。

電梯內僅有兩人，楚總也沒帶下屬，實在是千載難逢的好機會。明凡耐心地等待著，終於感受到電梯緊急停止產生的震動，隨後聽見了刺耳的聲音。

楚楚察覺電梯在晃動，她下意識扶著牆壁，勉強站穩身形。

明凡適時地開口：「楚總，電梯好像壞了……」

楚楚面無表情地說道：「說點不知道的。」

下一秒，電梯內的燈突然熄滅，頓時漆黑一片，兩人的臉也陷入黑暗。

「楚總，燈好像也壞了……」

「說、點、我、不、知、道、的。」楚楚簡直心煩到崩潰，為什麼人越忙的時候，越會出現這種意外？

明凡感覺楚總的情緒不太對，他本想在黑暗中營造出曖昧的氣氛，但在電梯中的楚總卻猶如暴躁的困獸，怒氣值直線飆升。明凡事先透過管道查到資料，知道楚總患有幽閉恐懼症，照理來說，此時的心理狀態應該是恐懼，但她的語氣更像是……憤怒？

難道楚總對於恐懼的表現方式，跟其他人有所不同？

明凡有些疑惑，卻還是按照設定好的劇本進行流程，換上陽光善良的聲線：「如果您害怕的話，可以拉住我的手……」

黑暗中，男孩溫柔的聲音猶如治癒的良藥，他不知道為今天模擬了多少遍，演技極度出色。

下一秒，明凡便看到本該恐懼的楚總，暴怒地搥下呼救鍵，像是砸下一記鐵拳。黑暗中，她臉色晦暗不清，不耐煩地扭頭問他：「你剛才說什麼？我沒聽清楚。」

明凡：「沒什麼……」

明凡覺得，要是現在去拉楚總的手，肯定會被她扭斷手臂。

張嘉年在樓下等待良久，遲遲不見楚總出來。他看了時間一眼，忍不住打給夏笑笑詢問：「楚總的會議結束了嗎？」

夏笑笑詫異道：「楚總已經下樓了，您沒有看到她嗎？」

張嘉年眉頭微皺，不知道哪個環節出了問題，乾脆直接打電話給楚總，無奈她的手機又處於無法接通的狀態。

怎麼光是下樓都能人間蒸發？

張嘉年和夏笑笑分頭行事，將公司上下盤查一遍後，都沒有發現楚總的身影，最後將目光鎖定在驟停的電梯。辰星影視CEO得知消息後萬分驚愕，嚇得魂飛魄散：「什麼？楚總被困在電梯裡了？」

天地良心，辰星影視的電梯從未出現過任何問題，突然故障就困住大老闆，這也太巧了！

眾人憂心忡忡、擔驚受怕，唯恐老闆出來後遷怒所有人。張嘉年想起楚總的幽閉恐懼症卻頗為焦慮，這已經不是耽誤行程的問題了。

他鎮定下來，指揮工作人員施救，同時詢問道：「哪裡能看到電梯內的監視器畫面？能不能跟電梯裡的人取得聯絡？」

如果外界能跟電梯裡的楚總直接溝通，應該可以緩解她目前在電梯內的壓力。工作人員檢查設備後，無奈道：「電梯呼救鍵好像壞了，聽不到電梯裡的聲音，也沒辦法直接對話。」

張嘉年又問道：「畫面呢？現在能看到裡面的情況嗎？」

工作人員調整片刻，支支吾吾道：「鏡頭也壞了……」

張嘉年眉頭緊皺，不由心生疑惑。他臉上難得顯現出一絲冷色，看向倒楣的辰星影視CEO，涼涼地質問：「你們平常就是這麼工作的？」

「張總，我們馬上安排人進行維修……」辰星影視CEO滿頭大汗，忙不迭地催促維修人員抓緊時間。

「這不是維修的問題，如果楚總今天出事了，你們誰都擔不起這個責任！」張嘉年眼浸寒意，嚴肅地說道，「現在馬上聯絡消防隊，我不管你們要用什麼方法，必須在半小時內把電梯門打開。」

如果不是張嘉年發現楚總沒下樓，大概沒有人會察覺到老闆被困在電梯裡。這件事處處透著疑點，張嘉年覺得他們對辰星影視的管理太過鬆懈，關鍵時刻盡顯疏漏，連個穩定人心的領頭者都沒有。

眾人被張總助劈頭蓋臉地訓斥一頓，皆有些驚慌失措。張嘉年看他們一臉茫然的樣子，額角直跳，乾脆眼不見心不煩，直接自己聯絡消防隊，同時通知祕書長王青。

夏笑笑頗為擔憂，提議道：「附近就有消防隊，我直接跑一趟吧。」

「這樣最好，妳再請胡醫生趕緊過來，提早做準備。」張嘉年覺得辰星影視裡只剩夏笑笑還有腦子，他看向工作人員，冷冷道，「帶我去控制室，公司這麼大，怎麼連個電梯都搞不定！」

張嘉年平時在面對楚總時脾氣極好，那是他的職業素養，他對於旁人的工作失誤可謂毒舌至極。畢竟他每天幫楚總解決無數難題，怎麼換成其他人連電梯都能出問題？張嘉年實在受不了他們又蠢又笨、束手無策的樣子，打算親自去一探究竟。

辰星影視CEO見張嘉年帶人往控制室走，小聲問道：「張總，那我先讓其他人回去工作？」

電梯口前圍滿了公司的人，但大家聚在這裡，也不是辦法。

張嘉年嗤笑道：「不用了，如果老闆今天出不來的話，我們都會失業，不急這一會兒。」

辰星影視CEO：「……」

黑暗的電梯內，楚楚皺著眉頭打電話，無奈訊號極差，根本無法接通。

明凡好心規勸道：「楚總，我們耐心等待救援吧……」

楚楚挑眉道：「你確定有人會發現我們？呼救鍵根本按不下去，萬一被困一整天呢？」

辰星影視內有好幾部電梯，每天人流量極大，光是這個出口起碼就有三部，誰能保證匆匆的行人會發現電梯故障？

明凡聞言，臉上露出一絲靦腆的笑意，溫和道：「能一整天都跟楚總待在一起，未嘗不是因禍得福。」

楚楚：「……」

楚楚猛地打開手機的手電筒功能，刺眼的亮光照得明凡瞇眼。他看著黑暗中的楚總握著手電筒，臉色陰森，宛如女鬼，冷颼颼道：「你這話說的，讓我覺得自己是禍不單行。」

明凡：「……」

明凡沒想到無往不勝的撩妹計策，簡直是撞上銅牆鐵壁。他嚴重懷疑是燈光太黑，讓楚總看不清自己的臉導致威力下降。

明凡露出受傷的神色，問道：「您很討厭我嗎？」

楚楚淡淡道：「沒有啊，說喜惡也太沉重了，我根本不認識你，更談不上討厭。」

明凡：「……」

明凡不屈不撓，再次開口，輕聲道：「楚總，您別害怕……」

楚楚平靜地打斷他：「你知道為什麼有的人很快就能平步青雲，有的人混了幾年卻還在做基層員工嗎？」

明凡見她岔開話題，疑惑道：「為什麼？」

楚楚瞟他一眼，面無表情道：「因為有的人能馬上為老闆解決問題，而有的人只能在遇到困難時嘴炮安慰，實際上卻毫無行動。」

楚楚完全不理解明凡的腦迴路，現在不是應該積極自救嗎？聊這些沒營養的東西做什麼？她平時算是很沒有老闆架子，但現在也看不慣如此搞不清楚狀況的下屬，她忙著修電梯，他怎麼還沒完沒了地搭話！

楚楚煩心於晚上的重要會議，怒氣值早就爆表，明凡卻沒有眼力見兒地跳來跳去。如今楚楚才發覺，和背景融為一體也是種天賦，路人甲也不是那麼好當的！

明凡無辜道：「我又不會修電梯，同樣是受害者，您不能遷怒於我……」

楚楚正研究著呼救鍵，不耐道：「不會修電梯，總會閉嘴吧。」

明凡失落道：「您這樣有點殘忍……」

楚楚：「我只是讓你閉嘴，又不是讓你閉氣，哪裡殘忍？」

明凡：「……」

明凡總算看出來了，楚總完全不害怕，她現在焦躁異常，見誰都想罵，而他就是那個可憐的炮灰。

明凡有些不甘心，他好不容易找到這個時機，如果毫無收穫就太可惜了。要知道楚總平時身邊的人，簡直是裡三層外三層。陳一帆的境遇讓明凡羨慕不已，同時他也不能辜負那個人的囑託，畢竟這個好機會是對方提供的。

明凡努力展現自己的演技，他故作開朗，聲音卻夾雜幾絲失落：「楚總，對不起，我只是想說說話緩解您的緊張，沒想到適得其反……我確實挺沒用的，什麼都做不了。」

楚楚聞言，停下手中的動作，沉默地看向他。

明凡受傷地笑笑：「您忙吧，我不說了……」

楚楚鬆口道：「也不是完全沒用，什麼都做不了。」

明凡見此番裝可憐的話起了作用，暗暗在心中為自己叫好，原來楚總是吃軟不吃硬，剛才攻略的路線走錯了！正當他想要再接再厲，以陽光白蓮花的姿態博得楚總同情，便聽到她接下來的發言。

「我講個故事給你聽，緩解一下緊張吧。」楚楚毫無感情道：「以前的水手如果遭遇海難，會在茫茫大海上漂流許久，沒有任何食物來源。那時候，船上的弱者就會被殺死，除去內臟，分割四肢，成為食物……漂流結束後，所有人會對此避而不談。」

「其實，我們被困在一起，也算是件好事。」楚楚望向明凡，似笑非笑，宛如魔鬼。

明凡：「……」

明凡藉著手電筒微弱的燈光，看著楚總鬼魅般的笑容，只覺得頭皮發麻，簡直毛骨悚然。

黑暗中，他不由打了個寒顫，下意識地後退一步，乾笑道：「……您真會開玩笑。」

「呵。」楚總意味不明地笑了笑，輕輕道，「應該讓更有價值的人活下去，不是嗎？」

明凡現在只盼望電梯門趕緊打開。

楚楚看清他眼底的恐懼，歪了歪頭，無辜道：「你躲什麼？」

她眼裡閃爍著殘酷的光，嬌聲道：「能一整天都跟你待在一起，未嘗不是因禍得福。」

說實話，明凡作為始作俑者是不該害怕的，但楚總現在的表情實在太過變態，把他嚇得臉色蒼白。明凡直接縮進角落裡，思及對方暴力砸門的舉動，覺得自己也不是沒有可能遇害！

明凡：難道楚總的幽閉恐懼症是變種形態，全名叫「幽閉就會讓其他人恐懼症」，在密閉空間便會黑化吃人？

楚楚看著瑟瑟發抖的小菜鳥，露出電影中變態反派的邪惡笑容，讓人不寒而慄。

『咳咳，楚總，請問您聽得到嗎？』

張嘉年鎮定的聲音迴盪在電梯內，原本像死了一樣的呼救鍵突然恢復功能，電梯內的燈光也驟然亮起。明凡彷彿看到獲救的曙光，有種逃出生天的感覺！

控制室內，張嘉年直接讓無能的工作人員走開，由他親自操作，原本號稱修不好的電梯瞬間復原，緊接著眾人便聽到楚總溫柔似水的聲音。

『能一整天都跟你待在一起，未嘗不是因禍得福。』

張嘉年：「……」

張嘉年：我是不是耽誤老闆的好事了？

電梯終於緩緩停穩，發出「叮」的一聲，電梯門打開後，被困住的楚楚和明凡也從中走了出來。楚楚看到迎面而來的張嘉年，直接詢問道：「會議還來得及嗎？」

「我已經通知對方推遲半小時。」張嘉年心想，楚總居然還記得正事，實在出乎意料。他瞟了楚總身後臉色蒼白的明凡一眼，想起剛才聽到的話，不由略感無語。

只是被困在電梯內，都能發展出支線劇情，幽閉恐懼症簡直像假的一樣。

「胡醫生馬上就到，不如我把會議取消，您稍後先進行檢查……」張嘉年揮去腦海中對楚總荒謬行徑的吐槽，真心誠意地說道。雖然楚總現在看起來若無其事，但心理上產生的傷害，誰也不好說。

楚楚看他一眼，面露古怪：「我又沒受傷，做什麼檢查？直接出發去會場，現在過去應該剛好。」

張嘉年見楚總面色如常，心中疑惑更甚，像是冥冥中摸到什麼線索，又轉瞬即逝。他有些遲疑地看向旁邊的明凡，詢問道：「那他……」

楚楚回頭看了明凡一眼，讓對方嚇得差點縮回電梯。她淡淡道：「我也不認識，你看著辦吧。」

張嘉年：「……」

張嘉年：我能怎麼辦，難道涼拌嗎？

張嘉年一頭霧水，完全摸不清楚總的腦迴路，無奈光界娛樂的會議迫在眉睫，他也沒時間處理這些雜事。楚總已經大步出門，向著等待的汽車走去，留給眾人瀟灑無情的背影，像是已將電梯小插曲拋在腦後。

辰星影視眾人望著明凡嘖嘖感慨，原來從天堂墜到地獄，不過是老闆的一念之間。這電梯情緣簡直比露水情緣還短暫，幾乎是火速蒸發，都沒堅持到太陽升起。

張嘉年有種奇怪的預感，事情遠沒有表象簡單，他看向夏笑笑，吩咐道：「妳先在這裡守著，等王青過來，不許亂動控制室的任何東西，跟此事有關的人員也不准走。」

張嘉年現在覺得辰星影視內部亂七八糟，誰都信不過，乾脆委託給夏笑笑。他只是暫時沒空，等解決完今天的會議，絕對要從頭細查一番。

夏笑笑接到任務，連忙乖乖點頭，老實應聲：「好的。」

夏笑笑在銀達投資工作過，早就養成聽從張總助指示的習慣，畢竟當初就是他安排自己，去跟楚總的綜藝節目行程。王青更是夏笑笑曾經的直屬上司，兩人同樣熟悉的不得了。

第九章　你真是可愛

楚楚得益於張嘉年的及時營救，順利出席晚上的會議。

光界娛樂公司內，大螢幕上是精美的日本動漫人物，CEO梁禪興致勃勃地為楚總介紹著公司正在研發的遊戲：「《縹緲山居》是一個3D回合制RPG遊戲，目標客群定位為年輕女性……」

光界娛樂是一家以遊戲研發為主的公司，目前正研發著多款手遊，嘗試進行轉型。這是張嘉年跟進很久的公司，手遊也是楚楚看過後覺得極有前景的產業。

因為遊戲的許多內部資料展示，只能在光界娛樂公司內進行，所以楚楚和張嘉年才會專程過來一趟。

楚總親自到來，光界娛樂上下全都打起精神，發誓要讓大金主感到滿意！

楚楚看著《縹緲山居》的絢麗原畫，大致明白這類遊戲的套路，無非是靠不斷課金來解鎖劇情和道具，吸引玩家儲值。她不免好奇道：「你們公司以前是做女性向遊戲的嗎？」

梁禪面露尷尬，解釋道：「近幾年正在努力轉型……」

光界娛樂以前是做競技類遊戲起家，可惜吸金能力遠不及女性向遊戲。梁禪沒有馬上拿出競技類遊戲的原因很簡單，目前光是維持收支平衡已經很難，有的甚至入不敷出，考慮停止營運。

梁禪想拿下銀達投資的資金，當然會把前景最光明的產品交出來，加上楚總的性別擺在這裡，《縹緲山居》或許會更有說服力。

楚楚提議道：「我能看看其他的遊戲嗎？比如說競技類的？」

她在來之前有做過功課，光界娛樂曾經也創造過輝煌一時的競技類線上遊戲，只是因為玩家不斷流失和營運不善，讓遊戲內一片荒蕪，如今只剩情懷。

梁禪面露難色，委婉地說道：「楚總，那幾款遊戲都比較老了，也不是公司主打的遊戲，不然我再帶您看看別的……」

楚楚猜透梁禪心中的想法，直接道：「你放心，不用擔心合作，我很相信你們的實力，你直接跟張嘉年溝通細節條款就好。我只是出於好奇，才想看看其他遊戲。」

楚楚看過《縹緲山居》的品質，基本上就能了解光界娛樂的研發能力。她覺得《胭脂骨》播出後，光界娛樂完全可以趁機推出同名遊戲，正好受眾群體也有重疊，都是年輕女性。

楚楚現在要搭建一條產業鏈，進行衍生開發，不僅有電視劇，還有漫畫、遊戲等內容。光界娛樂只要資質達標，CP值高，就沒有太大的問題，反正到時候是由電視劇帶動其他產業。

她想看別的遊戲，不過是出於探究態度，畢竟來一趟遊戲公司可不容易。

梁禪聞言後放鬆下來，但還是無奈地提醒：「好的，不過您要有些心理準備，《贏戰》當初流失不少骨幹，近幾年營運困難，人員看起來可能會稍顯懈怠……」

《贏戰》就是光界娛樂當初紅極一時的競技類線上遊戲，如今早已不復從前。團隊骨幹紛紛跳槽，玩家嚴重流失，雖然遊戲本身的知名度還在，但也只是眾人童年的回憶，真正懷舊重溫的人極少。

《贏戰》年初發布停止營運的公告，預計今年內就會關服。

楚楚剛開始還不明白梁禪的意思，等她跟著梁禪走過數條走廊，靠近公司的邊緣，才真正理解他口中的「懈怠」。

角落的辦公區沒有窗戶，顯得極為陰暗。牆壁上《贏戰》的海報頹喪地垂下半邊，桌角的廢紙簍莫名其妙地倒在地上。這裡遠不及《縹緲山居》的辦公區熱鬧，既沒有高級的設備，也沒有明亮的燈光，甚至連個人影都沒有。

梁禪巡視一圈，不禁皺起眉頭，詢問身邊的人：「他們人呢？打電話給秦東！」

雖然他早就猜到他們在偷懶，但不至於連面都不露吧？

梁禪忙著找員工，張嘉年望著散落在地上的紙張，無處下腳，他小聲地提議道：「楚總，如果您真的對競技類遊戲感興趣，我讓他們再尋找其他適合的公司？」

現在想要融資的遊戲公司非常多，只要老闆有意想做，張嘉年覺得找地方花這筆錢也不是難事。

楚楚嘆了口氣：「算了，我只是隨便看看。」

她不過是覺得以後競技類手遊很受歡迎，想觀察一下《贏戰》能不能發揮餘熱，沒有非要做的意思。如今這環境確實頹喪得徹底，她也不強求了。

楚楚百無聊賴地在混亂的《贏戰》辦公區轉了一圈，無意間看到亮起的電腦螢幕，疑惑地問道：「這是什麼？」

螢幕上有著《贏戰》的logo和遊戲畫面，但看起來更像是設計中的未完成品。梁禪過來看了一眼，心情頗為複雜地答道：「這是負責人秦東的座位，可能是他自己在搗鼓什麼吧……」

楚楚看不懂那些複雜的資料，聞言後更加好奇：「你們不是要關服了嗎？」

「我也不清楚他在做什麼，秦東算是《贏戰》的元老，不過他的性格……有點古怪。」梁禪糾結地答道。

楚楚看出梁禪對秦東的感情似乎有點微妙，照理來說，讓老闆覺得性格古怪的員工，都沒辦法在一間公司待太久。秦東能在光界娛樂待這麼久，甚至堅持到遊戲關服，恐怕也有些故事和淵源。

楚楚最終也沒見到《贏戰》的工作人員，不過這並不會影響銀達和光界娛樂的合作。細節條款的談判自有張嘉年負責，楚楚只要決定投不投資就好，真正的砍價爭執環節一概不過問。每個人在談判合作中扮演的角色不同，功能自然就不一樣。

夜色中，光界娛樂的辦公區仍然亮著，又是一個不眠的夜晚。

雙方會議結束後，張嘉年跟隨楚總離開光界娛樂，他忍不住再次詢問：「楚總，您真的不用讓胡醫生看看嗎？」

他們匆匆忙忙趕來開會，反倒讓胡醫生撲了空。胡醫生還為此聯絡張嘉年，詢問楚總這邊還需不需要自己。

楚楚頭也不回，漫不經心地答道：「不用，我真的沒受傷！」

夜裡小風陣陣，楚楚歷經波折後終於開完會，正閒散地活動著筋骨。張嘉年望著她伸展手臂的背影，又想起楚總過去一絲不苟的舉止，腦裡瞬間閃過無數細節，突然冒出大膽的想法。

他想到報警自首的胡話、翹班後的蒼白神色、突如其來的出奇舉止、多變的飲食習慣、懶洋洋的調侃姿態……原本不起眼的一個個小點連接成線，又編織成網將他罩住，讓他有種陌生而抽離的感覺。

萬千細節湧上，她的一顰一笑在他腦中形成慢動作，跟過去形成鮮明對比。

張嘉年猶記他差點被辭退時，楚總歇斯底里的可怕態度，宛如發瘋的厲鬼，又想起她描繪未來時眼中的星光，有種胸有成竹的信服感。

人或許會發生變化，但幽閉恐懼症能不治而癒嗎？

張嘉年的思緒有些混亂，他像是隱隱摸到事情的真相，卻又害怕現實遠比猜測更加離奇。他其實從來都不了解楚總，過去跟她在工作上頻頻爭執，老闆在生活中又拒人於千里之外，他現在才剛覺得有些熟稔，似乎又陷入更大的困惑。

「楚總，我想問您一件事情……」張嘉年沉默良久，終於忍不住開口。

楚楚轉頭，她茫然地眨眼，對他的心境還一無所知：「什麼事？」

張嘉年望著她毫不知情的面孔，話明明到了嘴邊，又改變主意，轉而道：「……您餓了嗎？」

「有一點。」楚楚誠實地點頭，她看了看黑漆漆的四周，提議道，「我們隨便吃一點，別搞得太隆重。」

楚楚說完，便先行上車，並未察覺到張總助的懷疑。張嘉年思索片刻，打了通電話給王青，詢問辰星影視那邊的進度：「現在情況怎麼樣？知道電梯故障的具體原因了嗎？」

張嘉年當時在控制室就覺得奇怪，在他看來，設備沒有任何具體問題，然而工作人員卻總嚷嚷著修不好。讓他覺得更加古怪的，其實是明凡的存在。哪個練習生敢膽大包天地跟老闆擠同一部電梯？真嫌自己死得不夠快？

在銀達投資裡，要是楚總進了電梯，閒雜人等都會等待下一班。

明凡不是傻到爆棚，就是心機到爆棚，無論是哪個，這個人都不能留。

『總助，我們又問了一下情況，也調了其他的監視器畫面。有幾人本來還顧左右而言他，我們用報警威脅後，他們承認是有人授意，故意想困住楚總……不過我還是不太明白，為什麼要故意弄壞電梯，以此攔住楚總？』

王青從銀達投資趕到辰星影視，為此事跟夏笑笑忙碌許久，沒想到一件不起眼的小事，牽出的資訊量卻越來越大，還有幕後黑手。

王青不知道楚總的幽閉恐懼症，張嘉年作為太子的助理，卻是知道的。

對尋常人來說，被困在電梯內只是小事，但對於患有幽閉恐懼症的人來說，卻會留下不小的心理陰影，有人想藉此威嚇老闆。

「你們看住那個練習生，我陪楚總用完餐就回公司。」張嘉年看著停靠在不遠處等待的車輛，想到車上的某人，同樣感到一陣頭痛。

張嘉年：這簡直是偵探遊戲，不僅抓不到陷害老闆的人兇手，也不曉得老闆還是不是老闆。

張嘉年心事重重地上車，後座的楚總卻沒心沒肺地哼著小調，心情似乎挺好的。

雖然楚總號稱隨便吃點，但張嘉年其實沒信她的話，畢竟有錢人的隨便吃點，在普通人看來也不隨便。他滿腹心事，就沒有過問具體地點，等他下車後，看著燈火通明的路邊攤，才感到一絲不妙。

楚總揹著名牌包，興致盎然地走進店面，看來是打算吃燒烤了。

張嘉年：雖然理解內部程式可能發生變換，但她能不能偽裝一下，不要讓人看出來？稍微掩蓋些異常，裝得像模像樣一點不行嗎？

張嘉年頭一次痛恨自己的觀察力，他為什麼要當第一個發現問題的人！

人一旦埋下懷疑的種子，就會立刻關注到無數細節。

張嘉年眼睜睜望著楚總繞過門口的一堆空啤酒瓶，熟門熟路地踏進燒烤店內，隨便找了張空桌，便開始勾畫起菜單，像是來過這家店無數次。

吃完的客人正好往外走，他在不經意間瞟到楚總的裝束，覺得她有些眼熟。那人瞟到她的手錶和包包，這才出聲感慨：「小姐，妳怎麼穿成這樣來吃燒烤啊？」

身穿頂級奢侈品來到路邊的燒烤攤，這是何等清奇的畫風？

楚楚全神貫注地翻著菜單，頭也不抬地答道：「假的，穿完就丟了。」

「哦！別丟啊，仿得滿真的，洗完還可以繼續穿啊！」那人露出恍然大悟的神色，苦心規勸道。

張嘉年：「……」

張嘉年：您別再胡說八道來矇騙勞苦百姓了！

「傻傻地站著幹嘛？坐啊。」楚楚見張嘉年沒有動靜，抬頭對他招招手，又疑惑道，「還是你不習慣？」

「沒有。」張嘉年老實地坐到她對面，看起來頗為拘束。他不是不習慣燒烤攤的環境，而是不習慣發生離奇怪象的老闆。

「就是要這種店才好吃，你吃過就知道了，我選的通常都沒錯。」楚楚只當他有偶像包袱，好聲勸道。

張嘉年暗中觀察對面的楚總，只覺得她的外貌跟過去一模一樣，又或者因為他以前根本沒認真觀察過老闆的長相，所以現在看不出差別？

他腦海中出現了無數猜想，莫非老闆有性格迥異的雙胞胎姐妹？但她們為什麼要互換身分？董事長知情嗎？還是老闆被奇怪的外星生物附身，但外星人怎麼會喜歡吃燒烤，同時對日常事務如此熟悉？老闆是不是突然重生，所以性情大變，對曾經做過的錯事幡然悔悟？

張嘉年揮去雜念，決定出言詐她一句，直接道：「您到底是什麼人？」

楚楚淡淡道：「我是你永遠也得不到的人。」

張嘉年鼓起的勇氣猶如被扎破的氣球，瞬間頹喪起來。

「老闆，點餐！」楚楚毫不在乎張嘉年的臉色，朝著櫃檯高聲喊道。

燒烤攤的老闆乾淨俐落地下單，接著提來兩瓶冰鎮啤酒，連同玻璃杯放在桌上。楚楚輕鬆地用單手開瓶蓋，同時友善地詢問道：「你需要先擦擦杯子嗎？還是能接受直接喝？」

張嘉年看著她瀟灑的開瓶手段，麻木地答道：「都可以。」

「那我不幫你擦了。」楚楚當即偷懶，分別幫兩人倒滿。她喝著沁人心脾的啤酒，幸福地瞇起眼睛。

上菜的速度相當快，雞軟骨被烈火烤到冒油，咀嚼間爽脆痛快；肥牛柔嫩的觸感和鮮美的滋味，讓味蕾難以忘懷；茄子被從中切開鋪平，澆滿蒜泥和調味料，帶來撲鼻香氣；吐司麵包塗滿微甜的煉乳，烤得金黃酥脆，緩解烤肉的油膩。

張嘉年還沉浸在內心的糾結中，他沒有動筷，只是默默地注視著楚總進食。

楚楚用餐許久，終於發現張嘉年的異常。她見張嘉年猶如木頭人，不禁感慨道：「我們公司可能搞不了餐飲服務業。」

張嘉年雖然大腦混亂，卻還是下意識地問道：「為什麼？」

楚楚平靜道：「我一個人吃海底撈，服務生在對座放的熊，都比你現在的表情可愛。」

張嘉年：「……」

楚楚面露無奈：「你要是覺得不夠吃就再點一些，為什麼要用如此可怕的眼神看著我？」

從旁路過的老闆打趣道：「美女，別欺負人啊，明明是因為妳長得太好看，讓男朋友看呆了！」

張嘉年面露赧意，想要直接否認，卻又害怕打草驚蛇，畢竟現在最關鍵的問題不是這個，而是楚總的身分。

為什麼沒有人知道自己背負著多少重擔！

張嘉年覺得自己不能跟楚總繞圈子，否則很快就會被帶上歧路。他敏銳地捕捉到資訊，疑惑地問道：「您一個人去吃海底撈？」

楚楚漫不經心道：「是啊。」

張嘉年意味深長地詢問：「您吃的是麻辣鍋？」

楚楚點頭：「對，清湯沒什麼味道。」

張嘉年：「您以前不能吃辣。」

楚楚：「現在可以了。」

張嘉年略感焦灼，覺得不能再度陷入大事化小的閒聊態度，坦言道：「您可能不知道，其實楚總患有幽閉恐懼症。」

張嘉年有意識地將稱呼拉開，他乾脆挑明自己發現「她」和「楚總」的差別，想讓對方直接回答問題。

楚楚微微一愣，隨即輕笑出聲，大大方方道：「你發現啦？」

張嘉年震驚道：「您真是……」

楚楚慢悠悠地開口：「既然如此，那我乾脆告訴你事情的真相。」

張嘉年沒想到迷霧瞬間散開，他本以為還要再三追問，遮蓋事實的帷幕卻驟然落下，讓他毫無心理準備。

楚楚斂去笑意，一本正經地說道：「其實我患有多重人格障礙，身體裡有七個人格。每過一段時間，不同的人格就會占據我的身體，爭奪身體的主導權。你肯定覺得我常常性格大變，做出不同尋常的事情，其實就是多重人格的緣故……」

張嘉年相當意外，茫然道：「您是什麼時候發現這種情況……」

楚楚冷靜地答道：「三年前，不過近幾年我都沒有獲得身體的主導權，直到最近才擊退其他人格。我現在如此緊張地工作，就是害怕它們突然出現，犯下彌天大禍。老楚不知道這件事，這也是我跟他保持距離的原因之一，我的病情對他打擊太大，倒不如讓彼此感情淡下來，以防未來不測。」

張嘉年心底湧上由衷的憐憫，但又覺得哪裡不對，不禁皺起眉頭，疑惑道：「胡醫生也不知道您的病情嗎？您應該只有幽閉恐懼症而已吧？」

張嘉年跟胡醫生有所聯絡，胡醫生在業界極有地位，尤其對心理方面研究頗深。

楚楚隨口道：「他醫術不精。」

張嘉年沉默片刻，質疑道：「您騙我。」

楚楚看到他明徹的眼神，她愣怔一會兒，輕輕嘆氣：「好吧，事到如今，我只能告訴你事情的真相了……」

張嘉年聽著熟悉的故事開頭，預感到自己陷入了無限輪迴劇情。

楚楚：「其實我是來自異界的修士，在渡劫中遭遇雷劈，不小心穿越到她的身體中，意外進行奪舍。我一直很想把身體還給她，無奈找不到她的七魂六魄，只能暫時在這裡安頓下來，尋找重回異界的契機。我們的世界遍布珍寶，可以飛天禦劍……」

張嘉年：妳繼續編，我看妳要編多久！

張嘉年：「您既會修仙，又會說脫口秀，聽起來可真厲害？」

楚楚：「哎呀，大道至簡，自然融會貫通。」

張嘉年：「……您還不如說是重生，想要改過自新，重新來過。」

楚楚：「這都被你知道了，其實那天醒來後，我突然發現自己回到十年前……」

張嘉年垂下眼，婉言打斷她，反問道：「……楚總是不是覺得耍我很好玩？」

楚楚用手支著腦袋，看著他忍耐的表情，坦白道：「超級好玩，簡直是快樂源泉。」

她瞟到對方委屈無語的表情，惡作劇的心理得到極大滿足，心裡快要樂開花。

張嘉年聞言，雖然外表看起來與平時無異，實則早在內心發出了土撥鼠的尖叫，對於老闆的惡趣味產生更加深刻的理解。她簡直鬼話連篇，一陣瞎扯搞得他都抓不到重點！

楚楚娓娓道來：「其實我是外星人，不然你把我上交給政府……」

張嘉年自暴自棄地拿起菜單，問道：「楚總，您還想點些什麼嗎？」

楚楚見他不再追問，不由意興闌珊道：「嘖，我還想到好幾個梗呢。」

張嘉年思索片刻，忍不住悶聲道：「總有一天我會拿出證據，讓您沒辦法再逃避話題。」

他算是看出楚總的如意算盤，她堅信自己沒有證據，便放心大膽地讓他隨便懷疑，打起啞謎。

張嘉年也很無力，他憑藉的不過是直覺，感覺的東西靠得住，卻立不住腳。就算他現在大聲嚷嚷楚總變了，也沒人相信，甚至會覺得他瘋了。畢竟她在現代社會的身分證件和一切資訊認證都沒問題，可謂滴水不漏。

人的性格變化，沒辦法證明什麼，更何況「她」也不是蠢人。

沒錯，不管外在表現如何，他都堅信內在已經變了，只是沒有證據。

楚楚情不自禁地為他鼓掌，讚揚道：「有志氣，在這之前你千萬要堅持住，別辭職啊！」

楚楚的想法很簡單，張嘉年想查就查，只要別耽誤正經工作就好，她絕不會插手下屬的私人偵探愛好。

張嘉年對她敷衍的態度甘拜下風，遲疑道：「……您不會覺得害怕嗎？」

楚楚淡淡道：「這有什麼好怕的？你想查就查，如果我願意，一句話就能打消你繼續查下去的念頭。」

張嘉年不相信，斷言道：「不可能。」

楚楚放下酒杯，歪頭看他：「要是你成功查出來，我就嫁給你，有本事你就繼續查。」

張嘉年：「……」

居然還能這樣公然威脅！

張嘉年原本意志還很堅定，現在頓時打起退堂鼓。老闆誠不欺人，一句話就打消他所有的好奇心！

惹不起，打擾了。

楚楚看他面色古怪、神情僵硬，調侃道：「怎麼？不敢查了？」

張嘉年小心地問道：「您是人類吧……」

張嘉年佩服她靈活跳躍的邏輯，想先求證她的物種，他是在跟人類鬥爭嗎？畢竟誰都不知道楚總的硬體設備下，裝的是什麼軟體系統。

楚楚挑眉：「當然是人類。」

張嘉年才剛鬆了口氣，又見她露出狡黠的笑意，她意味深長道：「不過性別你得自己猜。」

張嘉年：「！」

張嘉年面對龐大的資訊量，無比後悔自己的好奇心。他好端端地為什麼要探求真相，平淡安逸地活著不好嗎？現在這種他好像知道老闆底細，又似乎什麼都不清楚的感覺，反而更讓人難受。

楚楚看著他微妙的表情，越發感到有趣，忍不住混淆視聽：「你有沒有想過，其實我根本就沒變，剛才不過是順著你的話在說？」

畢竟楚楚從未親口承認過什麼，這一切有可能都是張嘉年的幻想。

張嘉年瞥她一眼，沉聲道：「……不可能。」

休想再騙人，不能被假線索影響了！

楚楚聳聳肩，故意道：「我明天就可以演得像過去一樣，你又怎麼分得清？」

張嘉年抿唇：「我會認出妳的。」

他大概是被楚楚撥弄得有些火大，難得沒有使用敬稱「您」，而是將稱呼換成「妳」。

楚楚見他義正辭嚴，忍不住掩嘴：「噗。」

張嘉年看她突然發笑，更為茫然：「？」

楚楚：「你好可愛哦。」

張嘉年：「……」

張嘉年：不可以翻桌，不管她是什麼，終究還是自己的老闆！

張嘉年被魔鬼老闆無情玩弄一番後，對方愉悅地上車回家，他卻還要去辰星影視處理後續的事情。張嘉年帶著一身燒烤的煙火氣回到公司，讓王青頗感意外。

王青疑惑道：「總助，您晚上不是陪楚總用餐嗎？」

張總助身上的味道，跟楚總平日出入的餐廳無緣。

「嗯，那個練習生在哪裡？」張嘉年顯然不願多提剛才的事情，而是問起電梯事件的具體情況。他一旦遠離楚總，馬上就能撿回自己的顏面，然而只要跟老闆待在一起，偶像包袱就會被她一腳踢飛。

「還待在房間裡。」王青解釋道，「他什麼都不肯說。」

張嘉年點點頭，在王青的帶領下進入房間，正好看到在屋內看守的夏笑笑。明凡坐在椅子上，他見又有人進來，固執道：「我說過了，我什麼都不知道，這是一場意外……」

明凡今天被王青等人反覆盤問許久，他看起來比其他工作人員的心智堅韌得多，一口否認自己跟電梯事件的關聯。他憑藉人畜無害的表現，想要蒙混過關，一時間竟套不出話來。

張嘉年淡淡地瞟他一眼，隨口道：「你還沒察覺自己被騙了嗎？竟然還想幫對方保守祕密？」

明凡一愣，他見張嘉年氣度不凡，勉強笑道：「我不知道您在說什麼。」

張嘉年的態度風輕雲淡，半真半假道：「楚總根本沒有幽閉恐懼症，對方卻派你過來，就是故意要整你。」

明凡面露詫異，脫口而出：「不可能……」

張嘉年平靜道：「有什麼不可能？被人賣了還替對方數錢，像你這樣的人，我見多了。」

雖然張嘉年沒辦法擊垮楚總的心理防線，但蹂躪明凡綽綽有餘，沒過多久就將他逼得自我懷疑起來，不費吹灰之力地獲取資訊。然而，明凡也不是聰明人，說不出幕後黑手的底細，只知道對方是個有權有勢的男人。

剩下的工作人員就只是公司的邊緣人物，最多搞搞電梯的小動作。他們比明凡得知的資訊更少，眼看著線索居然斷了。

張嘉年思考一圈楚總的敵人，一時沒有頭緒，主要敵人有點多，搜索限定條件又少，範圍過於廣闊。他不是沒想過李泰河，但仔細想想，沒幾個人知道楚總患有幽閉恐懼症。如果真要細究，甚至要回到齊盛集團內部，畢竟只有跟過董事長的人，才會知道這些細節。

算了，何必瞎操心，她不害別人都算好的。

張嘉年想到楚總的可怕戰力，覺得他們沒必要為楚總擔憂太多。既然她號稱自己是異界的修士，拳打怪獸，腳踢妖怪，應該不在話下？

張嘉年審問完明凡，便走出房間，王青緊隨其後。她小聲詢問道：「總助，那這個練習生……」

「不能留，妳們再持續觀察一下他的動向，看有誰會跟他接觸。」張嘉年果斷道，明凡顯然不是省油的燈，放在哪裡都是害群之馬。

王青有些猶豫：「可是我聽其他人說，楚總和他在電梯裡……」

王青也不知道事情的來龍去脈，只聽到一些風言風語，一時沒有主意。李泰河的前車之鑑還歷歷在目，她對待新貴明凡，實在不知道該拿出何種態度。

「……」張嘉年頗為無語，解釋道，「我會跟楚總說清此事的。」

張嘉年覺得，離開對明凡來說也是件好事，畢竟一般人惹不起楚總。如果想藉由楚總潛規則來上位，理想和現實可能會存在差距，加上現在的她畫風太過清奇。

王青見張總助扛下此事，便放下心來，直接安排人將明凡勸退，並下令內部小範圍封口。明凡以這種方式離開辰星影視，基本上等同於跟演藝事業直接告別，再無出頭之日。圈子內最重視口碑人脈，他現在就像定時炸彈，前路也被封死，無異於直接冷凍。

第二天，張嘉年便敲門進屋，用委婉的措辭概述明凡的離開。他溫和道：「楚總，練習生明凡由於個人身體不佳及部分現實因素，主動提出不再進行接下來的培訓，最近就會離開辰星影視。」

張嘉年也猜不透楚總對明凡的想法，索性擺出萬能理由進行搪塞。

楚楚聞言後抬頭，奇怪道：「誰是明凡？他很重要嗎？」

楚楚不太明白，為什麼練習生的去留也要向自己彙報？難道他有什麼背景？

張嘉年默默地想，雖然新楚總在能力上突飛猛進，卻在某些方面上不著調，簡直跟前任一脈相承。前任是為情所困、歇斯底里，現任是縱情花園、遊戲人間。

楚楚敏銳地捕捉到他的神色，嘀咕道：「你是不是在用看渣男的眼神注視著我？」

張嘉年露出無懈可擊的笑容：「您看錯了。」

楚楚對他營業式的微笑見怪不怪，打趣道：「我真想幫你改個備註名稱，就叫『假笑男孩』算了。」

張嘉年：「……」

第十章　生日禮物

小小的電梯事件過去後，參加光界娛樂的投資專案卻出現問題。光界娛樂是銀達投資跟進許久的公司，經歷過多輪考察評估。既然楚楚上次已經答應跟梁禪進行合作，就肯定不會反悔，眼看雙方就要簽訂合約，卻突然冒出競爭者——新視界。

新視界隸屬於南風集團，近幾年也相當活躍，拿下不少投資報酬率極高的專案。它同樣有意投資光界娛樂，而這家公司的老闆，居然是楚楚無緣見面的相親對象——南彥東。

「梁禪跟我聯絡過了，他很重視與您的口頭約定，但這次情況有些複雜……新視界似乎不是衝著光界娛樂來的，而是看上了《贏戰》。」張嘉年在了解完事情經過後，簡明扼要地向楚總彙報。

楚楚聞言，想起《贏戰》人丁凋敝的辦公區，頗感奇怪：「那他們可以直接挖角《贏戰》的團隊啊，何必非要和我們競爭，參與投資光界娛樂？」

張嘉年也不明白，他還沒見過如此強勢的競爭對手，直接不管不顧地掏錢，連個流程都不走。他無奈道：「光界娛樂內部也存在分歧，雖然梁禪現在沒有改變主意，不過新視界給出的條件似乎很優渥。接下來並不好說。」

楚楚懷疑道：「光界娛樂不是坐地起價吧？突然找人哄抬價格？」

張嘉年：「目前來看不是，梁禪還算有基本的合作精神。」

光界娛樂同樣沒料到新視界的出現，否則在跟銀達投資接觸時就會有所表示。

這種時候突然殺出黑馬，其實沒辦法討到任何一方的歡心。如果光界娛樂真的因為價格接受新視界，等於是跟銀達和齊盛澈底斷了。然而，新視界背後卻是南風，梁禪夾在中間，也睡不好覺。

楚楚思考片刻，開口道：「如果梁禪沒有改變主意，你就在合理的範圍給他更優厚的條件，以表誠意。」

既然梁禪沒有翻臉不認人，楚楚覺得他們也得拿出最起碼的態度。張嘉年點頭答應，無非就是條款上的讓步，不要逼得太緊。

張嘉年和梁禪就此事初步達成新協定，令人意外的是，新視界卻死咬不放，再次加價，將投資金額提高到一個不可思議的數字。

張嘉年這次澈底看不懂新視界的戰略，這是寧可賠本，也要跟銀達槓上？他覺得這種簡單暴力的方式似曾相識，跟楚總有時候的行為有異曲同工之妙？

張嘉年眉頭微皺，誠懇地說道：「楚總，雖然我們同樣能給出這樣的價格，但就光界娛樂的整體發展勢態而言，實在沒必要冒如此大的風險。」

銀達投資和新視界當然可以競爭加價，但這種瘋狂搶奪的結果是否值得，其實有待商榷。張嘉年不太理解新視界的想法，這種投資方式過於激進，就像認定光界娛樂一定會賺，賭徒般地押上一切！

楚楚同樣發覺新視界來者不善，她想了想，心平氣和道，「你安排一下，我最近要跟梁禪見面。」

張嘉年應聲：「好的，您要再跟梁禪談一下條款的……」

楚楚搖搖頭：「現在這種情況，談錢沒意義了。」

張嘉年疑惑道：「……那您想要談什麼？」

楚楚：「談情。」

張嘉年面色古怪，詢問道：「……您該不會也要威脅梁禪，不簽合約就嫁給他吧？」

張嘉年想破腦袋，覺得老闆的必殺技用來用去，似乎只有這些。

楚楚立刻挑眉，斷然否認：「當然不會，他的長相又不符合我審美！」

張嘉年恍然大悟，原來他的致命失誤就是那天被楚總看清了臉，一失足成千古恨。

光界娛樂的會議室內，梁禪見到楚總依舊客氣，他苦笑道：「楚總，我也沒想到會突然發生這種事。」

楚總一改往日懶散隨意的態度，反倒溫和地笑笑：「你們的業務能力強，自然會被人搶，這很正常。」

梁禪見楚總沒有生氣，趕忙擺擺手，不好意思道：「哪裡，您和張總已經跟我們溝通了這麼久，規矩我還是懂的……」

楚楚眼含笑意，真摯地注視著梁禪：「梁總，您懂規矩，我們同樣也懂。事情發展成這樣，總不能真讓您吃虧，那就不好了。」

梁禪沒想到楚總態度如此親和，當即鬆了口氣，連日的煩惱和憂愁也被打消了一些。

張嘉年站在旁邊，看著楚總的表面態度，內心露出見鬼的表情，頭一次佩服自家老闆的演技。楚總平常隨口一句話就能把人罵到地上，如今卻變成假笑女孩。人果然是現實的生物，看來老闆往日只是不愛出手而已。

張嘉年反思自己，他和楚總的微笑演技還存在差距，需要繼續努力。

「其實我本來也想跟您繼續談價格，但我覺得這麼做，只是給您增加無形的壓力，同時炫耀自己有錢而已。」

楚楚輕聲笑笑，用飽含熱忱的聲音說道，「我相信光界娛樂求的是長期發展，我們可以探討更多合作的可能性，而不是只賺一筆短期的收入……」

「……」張嘉年眼睜睜看著楚總對梁禪灌下迷魂湯，同時悄悄地諷刺新視界的南彥東，將對方形容得猶如暴發戶。

「當然當然，我們也相信您和銀達的實力。」梁禪忙不迭地說道。

楚楚認真地點頭，誠懇道：「新視界給出極高的價格，您還願意繼續和我們合作，肯定也背負著巨大的壓力。我可以向您保證，今後會給予光界娛樂更多無形的資源和支援。新視界接觸的許多網路公司，是比不上我們在娛樂產業的積累的。」

「既然您當初將公司取名為『光界娛樂』，我相信絕不會只將目光放在遊戲營運上，衍生開發同樣重要。我們目前不但深耕影視，還儲備大量優質ＩＰ，未來雙方深度合作的方式其實有很多……您肯定也明白，有時候這些資源，遠比收益更有價值。」楚楚沉著有禮地娓娓道來，露出職業笑容。

梁禪連連點頭，感慨道：「是的是的，您在這方面確實很厲害！」

畢竟楚總隨便上個脫口秀，都能讓自己紅遍社群媒體，還以一己之力帶出一檔熱門節目《我是毒舌王》。外行看熱鬧，內行看門道。其他人只覺得楚總有趣，梁禪看到的卻是她的經營思維。她在嘗試將自己營運成一個ＩＰ，加強公眾影響力。

雖然新視界開價很高，但梁禪沒有馬上答應，便是有這方面的考慮。光界娛樂不缺遊戲研發的能力，再跟網路公司進行合作，起不到相輔相成的作用。它缺乏的是將產品賣出去的能力，它需要更多的熱度和關注度。

梁禪甚至都不用銀達投資或辰星影視全力支持，只要楚總願意在社群帳號放上《縹緲山居》的廣告，大概就能吸引一大批玩家。

楚總現在如此通透，甚至主動提出給予其他資源，更讓梁禪感到滿意。兩人瞬間相談甚歡，時不時發出陣陣笑聲，恨不得馬上拍板決定。

張嘉年望著這一幕，對楚總的嘴炮能力甘拜下風，如果她真的想要洗腦誰，根本是輕而易舉的事情。明明這些內容在條款裡都有，為什麼經由她說出來，就讓人感到如沐春風、分外舒服？梁禪就像是低智商的傻子，只會滿含期待地點頭。

張嘉年又想起楚總來探病時，在他家中描繪的藍圖，覺得他也沒資格批評梁禪，畢竟當初的自己同樣被騙得團團轉。她說話時太有煽動性，旁人總會被情緒帶著走。

楚總的假笑攻勢效果良好，基本上已經把梁禪拿下了，甚至不用再支付新視界競價後抬升的高價，延續初版條款就可以。梁禪真心誠意道：「既然您如此有誠意，我們也不好坐地起價……」

楚楚十分上道，立刻提議道：「梁總太客氣了，如果你們有想替新遊戲尋找代言人，完全可以跟辰星影視聯絡，這都是小事！」

雙方合作無非是資源置換，銀達想要打敗新視界，就必須依靠自己的獨特性。楚楚拿了梁禪的好處，自然得馬上給出正向回饋。

梁禪聞言大喜過望，隨即小聲問道：「……您有意願成為代言人嗎？」

梁禪確實渴望楚總的熱度許久，她可是連續霸占搜尋排行榜兩週的女人。楚總的社群帳號沒有任何文章，都能有六百萬粉絲，完全不比活躍的新生代藝人還要差。

楚楚連連擺手：「不行不行，我是過氣網紅，早就沒有討論度了！」

梁禪覺得楚總太過謙虛，趕忙道：「哪有，您前兩天才因為吃燒烤上了搜尋排行榜，再因為玩遊戲上個搜尋排行榜，豈不是更好？」

張嘉年：「……」

張嘉年萬萬沒想到，老闆帶著他吃燒烤，都能吃下一個合作案。

楚楚面對梁禪，實在盛情難卻，勉為其難道：「如果梁總覺得合適的話……」

「合適，絕對合適！」

楚楚靠出賣自己社群帳號的廣告位子，終於談下跟光界娛樂的合作。張嘉年看她有些沮喪的樣子，趁梁禪不注意，悄聲詢問：「您不用支付額外高價，不該感到高興嗎？」

楚楚嘆氣道：「本來第一次發文是想留給《胭脂骨》。」

她原本有自己的營運規劃，第一則貼文肯定能衝上搜尋排行榜，最好推出目前最重要的專案，沒想到被梁禪捷足先登。

張嘉年見楚總一副失算的樣子，覺得有點好笑，安慰道：「沒關係，您可以再去吃幾次消夜，熱度就回來了。」

楚楚還是有點不甘心，嘀咕道：「他還挺有眼光的，立刻就盯上我的社群帳號……」

談判結束，梁禪送銀達一行人離開，楚楚走在人群中，卻突然聽見長時間都沒出現的聲音。

〔請透過任務加強「霸道總裁」光環，光環消失將被主世界抹殺。〕

〔周圍檢測到「霸道總裁」光環擁有者，跟您產生排異反應，強行進入對決任務。〕

〔對決任務：從南彥東手中搶奪《贏戰》遊戲團隊。〕

楚楚聽清楚任務內容後一愣，她停下腳步，忍不住環顧四周。

張嘉年疑惑道：「楚總，您怎麼了？」

楚總突然停下腳步，她左顧右盼，似乎在尋找著什麼。張嘉年摸不著頭緒，乾脆站在一旁等她回答。

楚楚輕輕嘆息：「我有點難過。」

張嘉年分外詫異，更為糊塗，問道：「是剛才的條款有問題嗎？您為什麼要難過？」

楚楚遺憾地感慨：「原來我不是世界上最特別的存在。」

張嘉年：「？」

奇怪的聲音檢測到其他「霸道總裁」光環擁有者，表明南彥東跟她有同樣的光環。楚楚有種跟人撞衫的感覺，雖然她能理解書中世界的設定，但發現自己沒那麼與眾不同，實在讓人有些失落。

畢竟她有種微妙的心理，可以接受自己不優秀，但不能接受跟別人一樣。

這導致南彥東還沒出現，就在楚楚心中拉起仇恨值。

楚總名言：不當唯一的白痴，也不做千篇一律的精英。

張嘉年完全不明白老闆的心思，只看到她莫名其妙地悲秋傷春起來。他想起上次的相親，南彥東放鴿子讓楚董大發雷霆。難道楚總雖然面上嘻嘻哈哈，其實仍介意此事？還是他們過去對南彥東褒獎太過，讓楚總心生不適？

畢竟張嘉年替楚董說兩句話，楚總都要大發脾氣，看到陌生人南彥東被褒獎，心裡肯定更氣。

張嘉年思及此，心態頓時柔和起來，努力開解老闆：「您當然是世界上最特別的存在，您不是異界修士嗎？」

楚楚深感安慰：「聽到你這麼說，我心裡就好受多了。」

她可是穿書者，南彥東算什麼！

張嘉年見楚總打起精神，感慨老闆有時候就像個中二病的少年，一定要跟別人與眾不同才可以。

張嘉年：還能怎麼辦？就順著她的毛摸吧。

楚楚被奇怪聲音的提醒，很快就發現大步邁進光界娛樂的人群。為首的男人看起來三十歲出頭，戴著黑色墨鏡，步伐有力，走路帶著風，被眾人簇擁著入門。醒目的「霸道總裁」

光環懸掛在他的頭頂，旁邊還有名字「南彥東」。

在新視界的正對面，銀達投資的隊伍同樣沒落下風。所有人眾星拱月地圍著楚總，雙方一時竟有黑社會幫派對峙的感覺。唯一的區別，大概就是楚總身邊的張嘉年不是提著棍棒的混混，而是西裝革履的金融人士。

楚楚和南彥東在人群中驟然對視，兩人打了個照面，隨即都風輕雲淡地挪開視線，視對方為無物。

張嘉年對兩人默契的動作感到訝異，此時的氣氛頗有一山不容二虎的感覺。

楚總和南總是相看兩相厭，誰都不想搭理誰。

梁禪將銀達眾人送到門口，迎面遇到不請自來的新視界一行人，臉上浮現出驚訝而尷尬的神色：「南總，您怎麼突然來了？」

南彥東緩緩摘下墨鏡，他掃過銀達投資的人，又將視線放回梁禪身上，沉著冷靜道：「梁總，你考慮得如何？」

南彥東看到楚楚和銀達的人，便猜到事情的經過，率先發問。

梁禪夾在兩位總裁中間，不好意思地說道：「南總，實在抱歉，我們剛跟楚總和銀達談完合作……」

南彥東淡淡道：「談完合作不等於合作，如果是價格問題，新視界還可以加價。」

楚楚看不慣他旁若無人的態度，忍不住笑了：「南總好大的口氣，您還能再加多少？」

南彥東聞言，挑剔地掃視她一番，傲慢而直接地說道：「總之，是妳這種女人想像不到的數字。」

楚楚：這做作的氣息和「女人」的稱謂，讓人莫名熟悉和火大。

南彥東的態度要是放在平常，似乎還能讓人忍受，但有楚總的和善在前，現在的他便顯得相當無禮。畢竟兩位總裁的身家差不多，他憑什麼如此盛氣凌人？

沒有比較就沒有傷害，梁禪心中更偏向楚總，他略顯不滿：「南總，這不是錢的問題，而是信譽，既然我已經先跟楚總……」

「不！這就是錢的問題，南總說得對。」楚楚趕忙制止梁禪的發言，順水推舟道，「我們不談什麼信譽，就談錢吧！」

梁禪聞言後一臉茫然，詫異地看向楚總，他們難道不是同一陣線？

張嘉年小聲提醒：「楚總，梁總是在替我們說話……」

楚楚大義凜然，義正辭嚴：「誰說光界娛樂只能接受一家公司的投資？我自願讓出一半股權給南總，請您務必拿出我想像不到的數字。」

「事先聲明，四百億屬於我能想像得到的數字。」楚楚說完，用真摯的眼神注視著南彥東，像是在無聲地暗示他趕快掏錢。

張嘉年：「……」

張嘉年：老闆是打算靠敲詐湊足四百億嗎？

光界娛樂的估值遠遠達不到四百億，楚總倒是打著如意算盤，讓南彥東高價買入，她以合理價買入。銀達掌握的股份等於變相增值，新視界卻會血賠一波。

南彥東不怒反笑，嘲諷道：「哼，難道妳會投資這麼多錢？」

他又不是冤大頭，傻子才會接受這種不可思議的高價！

「當然不會，所以我也從來不吹『想像不到的數字』這種牛。」楚楚眨眨眼，反諷道，「商人一諾千金，既然南總已經誇下海口，可千萬別讓大家白高興一場。我和梁總真切地想跟新視界合作，就等著您掏錢了。」

楚楚就是不爽南彥東裝模作樣的態度，這年頭誰還沒幾個臭錢，有本事就全砸出來。

楚楚看南彥東臉色發青，調侃道：「您該不會是每天嘴邊掛著幾個億，事實上連個幾千萬都沒有的人吧？」

梁禪實在佩服楚總耍嘴皮子的能力，同樣是十二年國民基本教育，她的切入點怎麼就如此神奇？他看著南彥東猶如吃到蒼蠅的表情，簡直大快人心！

「妳不過只會逞口舌之快！」南彥東被楚楚嗆得有些下不了臺，他乾脆岔開話題，露出鄙夷的神色，「在不入流的路邊攤用餐的女人，果然也不入流。」

張嘉年聞言，不由微微凝眉，南彥東的話稍顯過激，讓人不太舒服。楚楚卻並未動怒，她聳聳肩，輕飄飄地笑了：「我也沒辦法，知道自己不入流，本來想挑一家入流的餐廳薰陶一下，沒想到周圍只有南風集團的餐廳和路邊攤……」

「我是個上進的人，在權衡之下，肯定會選擇去路邊攤薰陶。」楚楚攤手，露出理所當然的樣子。

南彥東被楚楚氣得頭痛，索性不再理她，反而看向梁禪，開口道：「我要見《贏戰》的秦東。」

楚楚佩服地鼓掌，讚許道：「買不下公司，又開始挖角團隊，南總果然很入流。」

南彥東：「……」

南彥東：怎麼就不能讓她閉嘴呢！

梁禪搖頭拒絕，他正色道：「南總，光界娛樂和銀達投資已經達成合作，您請回吧。既然我先答應了楚總，就會尊重最起碼的合作精神，《贏戰》也是光界娛樂的一部分。」

南彥東眼神一暗，提醒道：「就算你現在拒絕，我一樣可以高薪挖角他。」

南彥東本來想靠參加投資直接控制光界娛樂，如今卻被楚楚搶先，只能退一步嘗試挖走《贏戰》團隊。如果秦東從光界娛樂脫離，基本上《贏戰》團隊都會跟著離開。

原本稍顯軟弱的梁禪，此時卻胸有成竹，他鄭重道：「無論您開價多少，秦東都不會走的，就像今天的光界娛樂一樣。」

南彥東皺眉，他慘遭多次拒絕，臉上顯現出陰霾之色。

楚楚在一旁煽風點火，語重心長地規勸梁禪：「讓秦東別排斥被挖角這件事，直接開價四百億，拿完錢再跳槽回來也可以。」

南彥東：「……」

南彥東被楚楚搞得忍無可忍，他眼神凌厲地看向眾人，冷笑道：「你們總有一天會改變主意，發現她只是個愚不可及的女人，為今天的選擇後悔！」

楚楚還沒來得及反擊，一直沉默的張嘉年卻突然發話，直言不諱道：「南總，如果您繼續對楚總進行惡意的人身攻擊，我們會以公然侮辱罪提起訴訟。我想，南董也不願意看到南風和齊盛，因為這種小事對峙公堂。」

張嘉年臉上難得顯現一絲冷色，直接替楚楚擋回南彥東的攻擊。

南彥東三番兩次對楚總發表不敬言論，讓張嘉年頗為不悅。雖然大家平時愛在心裡默默吐槽老闆，但絕不允許有人指著楚總的鼻子說她不是。

張嘉年有種微妙的心態，縱然老闆有萬般不好，偶爾讓他們萬分崩潰，但外人是沒資格說的，否則見一個打一個。

南彥東跟張嘉年似乎有些淵源，不但一眼就認出對方，甚至還能直呼其名。南彥東嘲諷道：「張嘉年，你也是有能力的人，就甘心做她身邊的一條狗？」

南彥東看不起他在楚楚身邊伏低做小，明明在校時是頗有眼界、運籌帷幄的資優生，如今卻成為有錢人的貼身惡犬，向現實和金錢低頭。

「南總，有時候跟著人做狗，可能會比跟著狗做人要強。」張嘉年的態度不卑不亢，他垂下眼，說出來的話卻誅心異常。

張嘉年的話刺得南彥東臉色鐵青，他沒想到對方如此維護楚楚，一時竟說不上話來。

楚楚從兩人的對話中得知不少資訊，張嘉年和南彥東似乎是舊識，而且對彼此有一定的了解。

「我當年真是看錯你了。」南彥東語塞良久，終於擠出一句話，嘗試進行反擊。

他似乎還覺得不夠解氣，斜睨張嘉年一眼，居高臨下地說道：「果然什麼出身的人，就會做什麼樣的事。即便稍微走上雲巔，還是染著汙泥的習性，你就這麼著急地想巴結你的老闆？」

南彥東對張嘉年大失所望，他本來萬分看好對方，沒想到張嘉年卻堅持要跟楚楚為伍，還將話說得如此之絕。

張嘉年微微頷首，不卑不亢道：「南總，我本來就是泥，沒奢求過雲巔。您也該注意一點，別一時不慎，被泥水潑髒了臉。」

南彥東眼神複雜，狠狠地盯著張嘉年，只覺得自己一拳砸在棉花上。張嘉年神色鎮定，他輕輕垂下眼，絲毫沒被南彥東影響，全程表現得風輕雲淡。

楚楚看不下去，直接在南彥東面前揮揮手，打斷他的視線：「嘿，別看了，又不是你的人，看什麼看？」

南彥東咬牙，被她氣得眉頭直跳。他覺得自己跟楚楚沖犯，只要他們兩個對視，彼此都會無故冒火，恨不得出去打一架。

楚楚聽不慣南彥東對張嘉年的貶低，挑眉嘲諷道：「這都什麼年代了，還搞出身階級論？你投了個好胎，自己知道就好，出來炫耀什麼呢？」

她相當不爽南彥東裝模作樣的態度，他除了有個好爸爸，哪裡比張嘉年強了？

南彥東臉色一沉，不滿道：「妳……」

「閉嘴。」楚楚面露不耐，完全不想聽到他的聲音，毫不留情道，「你還真以為自己是舊時代的地主，對誰都呼來喚去？」

「噗。」

梁禪聽到楚總的描述，忍不住扭頭偷笑，她可真是說出了許多人想說卻不敢說的話。其他人也忍俊不禁，只是礙於南總的面子，努力進行表情控制，不敢太過放肆。

南彥東被嗆得說不出話，他倒吸一口氣，只恨自己為什麼沒有兩張嘴，可以同時對她發動攻擊！

南彥東還從未經歷過如此丟人的時刻，一天接連遭遇打臉，還說不過別人。他告誡自己，不要跟她進行口舌之爭，反正拿下齊盛集團猶如探囊取物，有的是她哭的時候！

「別以為妳還能靠楚彥印囂張多久，妳的好日子快結束了。」南彥東眼神一暗，冷聲給出警告，「總有一天，我會讓妳為今天的言詞付出代價。」

「嘖，南總說的話可真像反派。」楚楚看他面露狠戾，反倒滿不在乎，「我和你正好相反，希望南叔叔家庭美滿，再得麟子，以便挽救南家被你拉低的智商。」

南彥東被楚楚氣得半死，乾脆地拂袖而去，甚至把《贏戰》團隊都忘在腦後了。

〔恭喜您完成隱藏任務，「霸道總裁」光環已加強。〕

〔隱藏任務：打擊擁有「霸道總裁」光環的人物一次。〕

「楚總，您可真敢說啊……」梁禪見南彥東離開，佩服地感慨起來，同時憂慮道，「楚董和南董關係不錯，您這麼做好嗎？」

齊盛集團和南風集團的合作頗多，楚總和南總卻勢同水火，完全反了過來。

楚楚隨意地擺擺手：「他們都是虛假的兄弟情，放心吧。」

梁禪：「……」

楚楚只聽到奇怪的聲音說起隱藏任務，卻沒收到對決任務成功的提醒，顯然這還不算從南彥東手中搶到《贏戰》團隊。她不禁好奇地詢問梁禪：「他為什麼盯著《贏戰》不放？你們不是要關服了嗎？」

「楚總，對不起，其實我也不清楚……」梁禪也是丈二金剛摸不著頭腦，《贏戰》近兩年燒掉公司很多錢，而且沒有任何盈利，勉強撐到今年。如果不是梁禪和秦東對老遊戲有感情，其實遊戲會在更早以前就關服。

楚楚若有所思，張嘉年看出她的心思，詢問道：「梁總，可以為我們介紹一下《贏戰》的秦東嗎？」

既然南彥東三番兩次提起此人，想必能從他身上窺探出一些玄機。

「沒問題。」梁禪痛快地答應，他又看了時間一眼，提議道，「今天有些晚了，我改天再跟您和楚總約時間吧。」

眾人在門口稍一耽擱，天竟然都快黑了。光界娛樂和銀達投資的人互相道別後，楚楚便跟著張嘉年上車。

張嘉年慣例是坐副駕駛座的位置，而楚楚在後座落坐。她思考片刻，突然問道：「你會開車嗎？」

握著方向盤的司機一愣，不知道老闆何出此言：「楚總，我當然會開……」

司機剛說到一半，又靈光乍現，覺得楚總似乎不是在對自己說話，默默地看向張嘉年。

張嘉年突然產生不祥的預感，他老實答道：「……會開。」

楚楚：「好。」

片刻後，司機站在汽車外，面臨提前下班的他有點茫然無措：「楚總，您真的不需要我接送嗎？」

「今天不用啦，辛苦你叫計程車回去，記得報公帳。」楚楚重新調整完車內人員，直接打開副駕駛座的門，自己坐上去。

新任司機張嘉年內心一緊，覺得車內氣氛極其彆扭，深怕等等將車開進水溝裡。

果不其然，閒雜人等才剛消失，楚總便立刻發問：「你和南彥東以前認識？」

張嘉年早就猜到楚總會盤問自己，坦白道：「他是我曾經的學長。」

楚楚面露懷疑，緊咬不放，意味不明地感慨：「你們看起來很熟呢。」

張嘉年：這熟悉的語氣……跟上次自己幫董事長說話後的反應一模一樣。

張嘉年立刻調動強大的求生欲，信誓旦旦道：「並沒有，我們本來就不是同一個世界的人，所以談不上熟。」

楚楚聞言，滿意地點點頭，肯定道：「很好，知道自己跟誰是同一個世界的。」

楚楚覺得張嘉年現在可以將敵我勢力劃分明確，確實在思想上進步了不少。

張嘉年看她斤斤計較的樣子，心中難免好笑，轉瞬又湧上一點淡淡的無奈。他本來可以讓話題到此為止，卻又不想敷衍她，便輕輕地搖搖頭，解釋道：「我跟您也不是同一個世界的人。」

楚楚詫異道：「為什麼？」

「人貴有自知之明，您和我還是不一樣的。」張嘉年溫和地笑笑，像是說起不值一提的小事。

楚楚沉默片刻，問道：「你是指出身？你很在乎南彥東的話？」

張嘉年心平氣和道：「並不是在乎，只是理性地接受。」

每個人的出生環境影響著他的發展，張嘉年不會自暴自棄地放棄努力，但同樣對於未來有清楚客觀的認識。有的人天生自帶光環，世上的一切唾手可得，而有些人光是想跟幸運兒比肩，就要花費畢生的心血。

楚總天生就站在金字塔的頂端，她跟他必然不是同一個世界的人。他不會被出身左右心態，但同樣要對現實有清晰認知。

普通人沒有肆意的資本，更要學會擺正自己的位置。

楚楚聞言，不由安靜下來，一時不知該說什麼。張嘉年此時的微笑是真心的，卻給人一種拒人於千里之外的感覺。這是他對過去人生的真實認識，作為幸運兒的楚楚，確實沒資格反駁什麼。

畢竟上天在一開始就決定讓很多事情變得不公平，所以只能學會接受。

張嘉年沒料到能言善辯的楚總還會無言，他怕她心裡有負擔，率先打破沉默，出言安慰道：「其實您不用把這些話放在心上，不過是我個人的想法而已。」

楚楚無法否認他的理論，她想了想，開口道：「我會負責。」

張嘉年一臉茫然：「？」

楚楚認真道：「我會實現共同富裕，先富帶動後富，所以我會帶動你的。」

張嘉年：「……」

張嘉年從小到大聽過不少感慨和評價，有的人是惋惜於他的家境背景，有的人是堅信他能靠自己的能力改變出身，只有楚總的寬慰是如此清新脫俗、毫不造作。他不禁笑了，無奈道：「異界的修士也能做到？」

楚楚絲毫沒有被揭穿的慚愧感，她沉著點頭：「當然。」

張嘉年：「……」

張嘉年：怪自己太年輕，思想覺悟還不夠。

他因為楚總的言論有些哭笑不得，反而放鬆下來：「總覺得世界上的任何事被您一說，都變得不算什麼。」

楚楚毫不謙虛地應道：「確實是這樣。」

她可是穿書者，書中的世界的確不算什麼。

夜色裡，汽車在紅燈前緩緩停下，張嘉年握著方向盤，靜靜地等待通行。他忍不住輕輕問道：「您到底是從哪裡來的？」

他只能從楚總的隻言片語和舉止中，推測「她」到底是什麼樣的人。她擁有同理心，對現代社會有一定認識，具備較為超前的眼光和嗅覺，然而也不是不懂煙火氣的天之驕子，尤其在行銷洗腦方面能力驚人。

異界修士肯定是糊弄人的鬼話，她所生活的世界應該跟這裡相差無幾。

張嘉年曾經考慮過，要不要將「她」的事情告訴董事長，最終卻又滿含私心地打消念頭。他為自己的逃避和包庇感到慚愧，卻仍然無言地保守著祕密。

楚楚難得沒再編鬼話，她沉默片刻，平靜道：「其實人不用活得那麼明白。」

如果周遭的一切不過是書中世界，所有人僅是遵循主世界規則的角色，在得知真相時，都會經歷世界觀的重新建構。每個人生來擁有光環，按照在書中的重要性排序，生或死都無法改變，這遠比階級和出身更加殘酷。

這個世界是圍繞少數人運行的，因為有主角，剩下的人都只是配角和路人甲。

張嘉年看她難得正經，不由微微一愣，隨即啞然失笑：「稍微給點提示吧？」

楚楚想了想，詢問道：「你的生日是幾月？」

張嘉年逐漸適應她的話題跳躍能力，坦白道：「十月。」

楚楚看了時間一眼，提議道：「這樣吧，每年你過生日的時候，我就給你一個提示，作為生日禮物。」

張嘉年好奇道：「什麼樣的提示？」

楚楚舉例：「比如我的性別？」

張嘉年：等等，明明是想知道她的祕密，為什麼給出的資訊是這些？

張嘉年無力吐槽：「……如此模糊的提示，我要過多少次生日，才能推測出真相。」

假如張嘉年想知道她的性別、年齡和家鄉，豈不是就要等上三年？

楚楚振振有詞：「你可以努力活久一點啊，向上天借個五百年？」

張嘉年：「……借您吉言。」

張嘉年思索片刻，覺得有提示總比一頭霧水好。他進行約法三章，強調道：「那您給出的提示必須準確無誤，同時不能迴避問題，不能再編瞎話。」

楚楚不滿地挑眉，反問道：「我什麼時候編過瞎話了？」

張嘉年馬上改口，重新措辭：「……不能過度粉飾真相。」

「可以。」楚楚點頭保證，「畢竟是生日禮物。」

「那我今年可以指定提示嗎？」張嘉年見她答應得爽快，又緩緩增添附加條件。

「你想問什麼？」楚楚提醒道，「如果是太過直接的發問，就不算提示了。」

「您的名字。」張嘉年望向她，語氣頗為篤定，「現在的名字應該不是真名吧？」

楚楚有點訝異，沒料到他會想知道這個，她坦然道：「確實不是我的真名。」

「楚楚」是女配角原身的名字，同時是她在現實世界中的暱稱。

「那麼一言為定，這是今年的提示。」張嘉年見她沒有拒絕，順利敲定生日禮物的指定內容。

「一言為定。」楚楚覺得就算告訴張嘉年真名也無傷大雅，反正他又不能跳出書中世界，調查自己的真實身分。

第十一章　我是有苦衷的

光界娛樂公司內，秦東感覺自己最近遇到好多怪事，突然成為眾多大神的目光焦點。前有新視界的南總要挖角他，後有銀達投資的楚總親自過來談話。

CEO梁禪再三叮囑秦東，反覆提醒：「見到楚總不要說瞎話，也不能避而不答，態度一定要端正！」

秦東覺得自己猶如被老師告誡的壞學生，忙不迭地點頭：「是是是……」

梁禪：「回答『是是是』也不行，聽起來太敷衍了！」

秦東默默地想，他在梁禪心中大概連呼吸都是錯的。

不過秦東在面對梁禪嚴厲的態度時，並沒有太生氣。畢竟《贏戰》每年都產生出巨額虧損，梁禪算是很有良心和情懷的老闆，一直沒將其拿下，讓秦東感恩於心。

秦東是《贏戰》團隊的元老級人物，他親眼見證其輝煌，又親眼目睹其沒落。《贏戰》從光界娛樂曾經最火爆的代表作，變成每年燒錢虧損的利器，最終在公司業務中變得無足輕重。

原本浩浩蕩蕩的研發隊伍，如今人員不斷減少、支離破碎，核心成員陸續離開，只留下為數不多的情懷者在苦苦支撐。要不是梁禪也算情懷者之一，遊戲恐怕早就關服了。

秦東近兩年也在瘋狂尋找為《贏戰》續命的辦法，但收效甚微。他甚至答應梁禪，今年就安心關服，逐漸適應《贏戰》的消失，沒想到在光界娛樂融資的關鍵時刻，自己卻被推上風口浪尖。

雖然梁禪提前打過預防針，但秦東驟然面對楚總，還是表現得相當遲鈍。

「你覺得自己遠超過旁人的價值是什麼？」楚總坐在會議桌前，一本正經地進行發問，宛如選秀節目上的導師。

秦東滿臉茫然，坦誠道：「我好像沒什麼價值……」

秦東這兩年就守著一個瘋狂燒錢、快要倒閉的遊戲，確實沒創造什麼價值。

梁禪捂嘴提醒：「咳咳……」

秦東想起要好好回答問題，趕緊道：「我、我幫國家浪費了一些糧食？」

梁禪：「……」

梁禪：誰讓你對老闆說這些！

楚楚又問道：「沒有與眾不同的專長嗎？」

秦東怯怯道：「每餐都比別人多吃兩碗飯，算嗎……」

梁禪有些頭痛地扶額，秦東還是像過去一樣古怪，老是沒辦法說到重點。

梁禪觀察著楚總的表情，好在對方似乎沒生氣。她上下掃視一番秦東瘦弱的體格，感慨道：「看不出來啊，確實有點浪費國家糧食。」

秦東有著一頭捲毛，戴著一副黑框眼鏡，身材瘦弱不堪，看起來就像班上不起眼的陰鬱小男生，確實不像《贏戰》的負責人。

秦東不好意思地撓頭，靦腆道：「慚愧、慚愧。」

張嘉年不願讓話題被帶偏，溫和道：「你最近在《贏戰》上有什麼突破？據我們所知，新視界想要投資光界娛樂的重要原因就是《贏戰》。」

秦東茫然道：「難道是本月虧損的金額有新突破？我真的不知道，我都沒跟新視界的人接觸過。」

秦東平日裡大門不出、二門不邁，一天到晚盯著電腦，別說金融投資人士，就連跟家人的接觸都少。

眾人確實問不出什麼，梁禪說得沒錯，沒人知道南彥東找上門的原因。

「我能去你辦公的地方看看嗎？」楚楚提議道。

秦東趕忙答應：「當然可以。」

一行人再次來到略顯寂寥的《贏戰》辦公區，楚楚看清秦東的螢幕，上面依舊是熟悉的資料和畫面。她不免好奇道：「我上次就想問你，遊戲都快關服了，你在研究什麼？」

站在旁邊的秦東一愣，猶豫著該如何回答。跟隨而來的梁禪卻替他發聲，突然道：「他在研發《贏戰》的手遊。」

楚楚頗感有趣：「不錯啊？這也算是個品牌。」

她上次來就考慮過《贏戰》，只可惜時間不湊巧，沒見到秦東等人。

秦東尷尬地撓撓臉，並沒有被誇獎的喜悅。梁禪冷靜地解釋：「楚總，我上次沒有告訴您此事，就是因為秦東的想法不太現實。」

楚楚：「哪裡不現實？」

秦東坦白道：「我要的研發資金有點多。」

楚楚問道：「你要多少錢？」

秦東答道：「嗯……可能跟您投資光界娛樂的資金差不多。」

楚楚贊同地點頭：「確實蠻不像話的。」

秦東：「……」

光界娛樂是一家較為成熟的上升期遊戲公司，《贏戰》只是其眾多業務之一，秦東居然張口就要這麼多錢，還僅僅是用來做手遊！

秦東早就聽過太多類似的言論，就連梁禪都說他是在做夢，但他不想降低標準，用粗製濫造的遊戲去糊弄曾經的粉絲。

楚楚看著螢幕上的《贏戰》，又問道：「不能稍微縮減預算嗎？」

他認真道：「只要用心付出，玩家總會看到。」

楚楚：「你這不是用心付出，是用金錢付出。」

秦東：「……」

秦東原本還結結巴巴的，連話都說不清楚，此時卻據理力爭地辯駁起來：「楚總，其實國外很多優秀的遊戲，它們投入的資金都高達上億美元，遠超過《贏戰》的研發預算……」

張嘉年在一旁聽得心驚膽戰，他害怕楚總被秦東糊弄，真的拿出鉅款投資《贏戰》，畢竟這太像她會做的事情。秦東的要價實在太離譜，四捨五入就快四億。

「嗯……你的意思是，你要的錢還算少？」楚楚確實對《贏戰》感興趣，但她也不是傻傻給錢的冤大頭，語重心長道，「年輕人，能用錢解決的問題都不叫問題，沒有錢還能解決問題，那才是真實力。」

秦東毫不留情地吐槽：「您這是典型的甲方思維……」

梁禪拚命向秦東以眼神示意，希望他有點求生欲。

楚楚無情承認：「但我現在就是甲方。」

楚楚又不是沒做過專案，她很清楚底下的人愛哭窮，畢竟她既哭過窮，也砍過別人的預算。影視圈砍得更凶，八億砍成四億，四億砍成兩億，兩億砍成八千萬，類似的事情比比皆是。

秦東義正辭嚴：「您不能光讓牛產牛奶，不讓牛吃草，這只會讓國產遊戲沒落。」

楚楚同樣沒有讓步：「但我只想要國內的牛奶，你不能老是跟我扯進口的牛奶。」

秦東：「……」

秦東：我竟然無言以對，差點被她的鬼才邏輯說服。

楚楚是想要做《贏戰》的，但價格實在讓人望而卻步，要知道書中世界和現實世界的時間不同。這筆資金現在可以拍攝兩部電視劇，或者投資一家B輪融資的公司，基本上是她手中總資金的十五分之一。

對決任務的確要求她搶奪《贏戰》團隊，但這個遊戲的收入模式尚不清晰，很容易就會讓錢打水漂。

「我是個講道理的人，不然你告訴我，這筆錢要花在哪裡？」楚楚怕刺激到秦東的情緒，心平氣和地說道。她總不能只聽秦東報個價，就不管不顧地把錢掏出來。

秦東難得被楚總激發熱血，充滿鬥志地接下挑戰：「好。」

秦東剛要開口，楚楚又補充道：「不只是跟我解釋，還有我團隊中的其他人。」

梁禪聞言後面露猶豫，他清楚秦東貧瘠的語言表達能力，提議道：「楚總，不如讓我來……」

「既然用心付出，玩家就會看到，那你用心講解，應該也能讓我們感受到？」楚楚不置可否，只是轉頭看向秦東。

「我沒問題的。」秦東本來還有些退卻，此時卻鼓起勇氣道，「由我來介紹《贏戰》。」

戰》拉投資。他故作鎮定地打開簡報，輕咳兩聲後，開始進行講解：「我先簡單介紹一下
會議室內，秦東看著滿屋的精英人士，緊張地咽了咽，沒想到有一天會在臺上為《贏

《贏戰》研發投入的各個板塊……」

他還是頭一次面對這麼多人演講，額角都冒出汗水，有些頭暈目眩。

楚楚見狀，鼓勵道：「堅強一點，騙錢可沒那麼容易。」

秦東：「……」

秦東居然被這莫名其妙的話安慰到，不再感到緊張。

當然，他也很快就打消對楚總的一絲謝意，變得每分每秒都想把她打飛，努力暗自忍耐。原因無他，楚總簡直是吹毛求疵地詢問細節，瘋狂怒砍《贏戰》的預算，張嘉年都沒見她如此苛刻過。

果然老闆想要的東西，沒人能夠阻攔。

楚總現在恨不得在臉上寫下「我想做《贏戰》，但我沒錢，你看著辦吧」，然後瘋狂追問秦東各項開支的用途。張嘉年甚至懷疑她在欺負小朋友，故意不讓表達流暢的梁禪發言，反而選擇不善言辭的秦東上臺。

楚總簡直完美演繹令人心煩意亂的甲方，每個問題都在秦東發怒的邊緣來回試探。

「我不太明白這部分投入的價值……」

「你是以多長時間為週期來計算？有理論依據嗎？」

「各階段的研發成果如何驗收？專案進度如何保證？」

秦東：「……」

楚總身體力行地驗證名言「只要用心刁難，乙方總會看到」。

後來，每當秦東回憶起這段慘痛的遭遇，他都會進入遊戲怒刷副本。由於此番經歷，他後續在《贏戰》中私心地增加一名女性BOSS，名叫「Miss.C」，角色臺詞是「用心付出就是用錢付出」、「世上沒什麼是不能砍的」等等，必殺技「暴風十一連斬」，被玩家們認為是在隱喻幕後大老闆。

此時，楚楚才剛對秦東完成現實版「暴風十一連斬」，她直接將預算砍掉三分之一，隨即滿意地點點頭：「我現在覺得是可以做的。」

雖然楚楚原本的主意是砍掉一半的預算，但在秦東的講解中，很多開支是必須的，再砍確實會影響品質。她對此輪談判還算認可，秦東沒有亂報虛價，為人比較中肯。砍預算也是個互相試探的過程，她想靠這些行為認識秦東。

秦東聞言終於鬆了口氣，不枉費他苦口婆心、費盡心力地說服楚總，好歹取得階段性成果。

楚楚扭頭詢問張嘉年：「我們來投資個遊戲如何？跟光界娛樂簽個補充協議書？」

梁禪和秦東面露喜色，期盼地注視著張嘉年。張嘉年卻神色僵硬，艱難地開口：「我可以為您的決策提一些建議嗎？」

就算砍掉一部分的預算，他還是覺得價格太高。畢竟誰都沒辦法保證遊戲的實際收入情況，這簡直是在賭博。

楚楚當機立斷：「不可以。」

張嘉年：「……」

張嘉年小心翼翼地提醒：「您現在還無法確定遊戲未來的收入，如果後續盈利不達預期……」

秦東微微低頭，似乎有些沮喪，不可否認近幾年《贏戰》虧損太多。

楚楚卻頗有信心，擲地有聲道：「你要相信，用心製作的好遊戲終會獲得應有的回報。」

秦東聞言，略感詫異地抬頭，他沒想到全程龜毛的楚總，還能說出如此正能量的話。正當秦東感到有些感動，又聽到楚總的下一句話。

「如果真的虧損了也沒關係……」楚楚不緊不慢道，「我今天可以砍預算，明天也可以砍人。」

秦東：「？」

楚楚對秦東露出和善的笑容：「你要加油啊。」

秦東：「……」

秦東面露驚恐，為什麼研發遊戲還能變成高危險工作，感覺項上人頭隨時會不保？

眾人在歷經漫長的討價還價後，終於敲定《贏戰》的研發資金投入。楚楚跟梁禪等人完成合約簽訂後，隨即就聽到奇怪的提示聲，對決任務終於完成。

〔恭喜您完成任務，「霸道總裁」光環已加強。〕

楚楚和張嘉年邁出光界娛樂的大門，她又開始後知後覺地感慨：「這筆錢還是很多啊。」

張嘉年在心中默默吐槽：原來您也知道。

張嘉年現在只能開解自己，這是「楚學投資」，不遵循一切投資規律，應該沒問題。

楚楚突然提議：「不然你去跟老楚說，讓他再幫我安排一次相親？」

張嘉年：「不如我直接請董事長轉二十億給您，可能更簡單一點？」

楚楚大喜過望：「那再好不過了，真的可以嗎？」

張嘉年露出營業式假笑：「當然不行。」

楚楚長嘆一聲：「為什麼天空不能馬上掉下一筆鉅款？」

張嘉年覺得自家老闆想太多，萬萬沒想到，第二天真的有鉅款砸過來，完美彌補銀達投資《贏戰》後的空缺。

次日，張嘉年突然接到李泰河的電話，他還沒弄清楚來龍去脈，便聽到對面惡狠狠的聲音。李泰河咬牙道：『你告訴她，我和她已經沒關係了，以後別再用違約金來糾纏我。』

「……」張嘉年丈二金剛摸不著頭腦，頗為無語，「請問是誰把我的電話號碼給你的？」

張嘉年不太明白，他能理解自己被罵作楚總的走狗，但沒必要把他當傳聲筒吧？為什麼這些人不能直接打電話給老闆，非要繞個彎讓他傳話？

張嘉年試探地問道：「你被封鎖了？」

所有打電話給張嘉年的人都有共通點，那就是被楚總封鎖，只能靠他傳話。

李泰河冷哼一聲，他放完狠話，便逃避問題地掛斷電話。

楚楚在得知消息後萬分震驚：「他真的賠償違約金了？我還以為他會裝死一輩子。」

李泰河居然真的賠償巨額違約金，他澈底恢復自由之身，不過卻為此付出四億。

張嘉年肯定地點頭，神色卻相當凝重，並無半分輕鬆。他彙報道：「楚總，李泰河跟新視界旗下藝人的經紀公司剛簽訂新合作，違約金很有可能是南總出面處理的……」

楚總當初異想天開地說要四億，簡直成為瀰漫整個網路的搞笑梗。所有人都覺得李泰河賠不起，大家總愛以此打趣他，眼看著好好的演員，就這樣成為網友嘲笑的諧星。

李泰河一直憋著怒火，下定決心要洗刷自己的名譽。他覺得最直接的辦法就是用錢打楚楚的臉，只有重獲自由之身，他才能找回自己最初的定位。

然而，當事人楚楚並沒有覺得被錢羞辱。

她聽完事情經過，露出關愛白痴的眼神，不可思議地感嘆：「他們兩個是傻子嗎？」

楚楚從未想過她真的能收到違約金，畢竟張嘉年當初就說過，如此高昂的違約金很難勝訴，實際上也不好執行。雖然辰星影視法務部已經竭盡全力，但官司依然陷入僵持狀態，沒想到李泰河為了面子，居然真的可以割肉醫瘡。

張嘉年微微凝眉，他遠沒有楚楚樂觀，開口提醒道：「楚總，南總做出此番舉動，像是跟您槓上了……」

張嘉年實在不解，楚總和南彥東為何天生對彼此帶有敵意，互相針對的手段也不斷升級。李泰河作為當紅藝人，他在宣布跟辰星影視解約後，不是沒有影視公司聯絡過，但最終都打消念頭，原因之一就是顧忌銀達和齊盛的勢力。

如果單看李泰河的吸金能力，現在代其支付四億違約金，未嘗不是一種投資。其他公司不是沒有這筆錢，只是抱著觀望的態度，一時不敢跟楚家人作對。南彥東此時出手，頗有撕破臉的架勢。

楚楚心態很好，漫不經心道：「光是槓也沒用，關鍵要看誰能胡牌。」

張嘉年又問道：「您好像第一眼就討厭南總？」

楚楚坦然道：「有的人天生就是敵人。」

畢竟是撞衫之仇，簡直天理難容。

雖然楚楚覺得李泰河賠錢很傻，但李泰河粉絲們卻高興到不行。

川川不息：『終於獲得公正的結果，李泰河花路相隨，未來可期，讓我們重新啟航！』

柔帕：『希望垃圾辰星不要再捆綁我家的偶像，違約金也賠了，放過前員工吧，最好把《最夢聲》的搜尋排行榜也撤一撤，別一推新人就回來抹黑我家偶像。』

呂瑩：『為什麼粉絲會覺得李泰河贏了？李泰河是賠錢又不是勝訴。』

小芝綠野：『有些人老是喜歡酸我家偶像的資源，都是前公司給的，現在有沒有被打臉？新視界會比辰星差嗎？有能力的人到哪裡都能發光發熱，某些酸民少幫自己加戲。』

自由的小鳥：『楚總：今日離百億目標又前進了一步。』

藍玻璃：『樓上你他媽的是魔鬼嗎？哈哈哈！我看到消息的第一反應也是這個，感覺楚總並沒有覺得被打臉，粉絲們才是瘋狂加戲。』

青花瓷：『辰星的網軍別洗白，現在官司也了結了，今後雙方江湖不見，別再剝削我家的李泰河！』

摩卡咖啡：『老楚，趕緊撤下搜尋排行榜，你還管不管自己的女兒啊？@齊盛集團。』

楚總全球粉絲後援會：『老闆，快自己出來罵他，我們罵不過（doge.jpg）@楚楚。』

楚家不肖子孫：『（如果你罵我的偶像，我就慫恿她罵你.jpg）。』

Air：『（不想說話，只想吃燒烤的背影.jpg）』

溫馨寶寶：『楚總的粉絲都是白痴嗎？你們快點振作起來，幫忙洗白啊？』

楚總的迷妹：『楚總的粉絲都沒了，誰叫她這麼長時間都不上傳貼文，讓她自己洗白吧（doge.jpg）。』

飛翔者：『馬屁精趕快出來工作，我們粉絲又沒領你們老闆的薪水！@銀達投資。』

楚總在《我是毒舌王》上一炮而紅，很快就出現了後援會，只是粉絲和後援會的畫風跟偶像本人一樣清奇。不管爆出的新聞是好是壞，粉絲們都能將留言區變得搞笑至極。

不久前，有網友秉持著好玩的心態，放出楚總及其下屬在路邊吃燒烤的照片，被李泰河的粉絲各種抹黑，取笑楚總上不了檯面。楚總的粉絲們給出的反應卻恰好相反，注意力完全被轉移，不但不袒護，還進行調侃。

小麵包：『楚總跟我一樣喜歡吃韭菜耶。』

紅色的童年：『妳有時間在路邊吃燒烤，沒時間發文跟我們互動？不是說要在社群帳號放上銀行帳戶來募集四百億嗎？』

波浪圈圈：『楚總對面那個男生的背影滿好看的……楚總再不發文，我就改粉妳的下屬（doge.jpg）。』

小神仙：『楚總居然吃路邊攤，太不體面啦！妳要做符合自己身分的事，快點來我家，我做燒烤給妳吃（doge.jpg）。』

STAR：『楚總的粉絲真是可愛……想認識。』

小框框：『偶像行為，請不要上升到粉絲（微笑.jpg）。』

新視界不但簽下李泰河，為他支付天價違約金，還馬上為他打造電視劇，想要將李泰河重新推回事業巔峰。電視劇《游離者》的官方消息一出，李泰河的粉絲們紛紛興奮起來，恨不得為新視界拍手叫好。

南彥東心中早有規劃，雖然短期來看，幫助李泰河解約的價格高昂，但長期來說，未來影帝李泰河的身價遠不止這些。南彥東覺得自己是一箭雙雕，不但打擊愚蠢的女人楚楚，還直接控制前途坦蕩的李泰河，讓他變成自己的賺錢機器。

既然有機會重活一世，南彥東就絕不會再選擇默默付出。他要將夏笑笑身邊的阻礙一個個除掉，最後名正言順地站在她身邊，楚楚不過是無關緊要的小人物。擊垮李泰河，併吞齊盛集團，這才是南彥東真正的野心。

此時，辰星影視內的夏笑笑剛接到消息，正沉浸在巨大的喜悅和不安中，她再次確認道：「真的要讓我負責《胭脂骨》？」

電視劇《胭脂骨》可是公司最近的主要專案，要是夏笑笑能跟完全程，前途不可限量，可謂飛黃騰達。同事對夏笑笑的境遇欽羨不已，點頭應道：「沒錯，這是楚總的意思。」

「我資歷尚淺，真的可以嗎……」夏笑笑一邊感到激動，一邊猶豫不決。她感恩於楚總的提拔，但更不想辜負對方的期待。

「老闆說妳可以，誰敢說不行？」同事為夏笑笑加油打氣，鼓勵道，「再說了，妳的工作不是都做得很好嗎？綜藝節目風風火火，陳一帆最近的資源也不錯……」

雖然辰星影視內的眾人都知道夏笑笑是楚總的心腹，卻同樣無法否認她的能力，基本上她經手的工作都滴水不漏。儘管夏笑笑工作經驗不多，但處事相當老到，而且踏實能吃苦，跟普通新人完全不一樣。

楚總當初隨口欽點夏笑笑帶藝人，讓她安排陳一帆的行程。陳一帆立刻在《最夢聲》播出後走紅，如今他的社群帳號已有三百萬粉絲，且呈現瘋狂上升的趨勢。夏笑笑簡直就是幸運兒，只要是她想做的事，沒有什麼是無法達成的。

「楚總很重視《胭脂骨》，讓妳負責也是合情合理。」同事總結道，大家都看得出楚總對這部劇的上心程度，不但千方百計扣押原作者醉千憂寫劇本，還親自跟多名導演洽談，交給心腹運作很正常。

雖然楚總安排夏笑笑負責專案，但顯然有人是不願意的。

夏笑笑禮貌地敲敲門，走進辰星影視CEO的辦公室。辰星影視CEO見她進屋，趕忙熱情地招招手：「來啦，快坐快坐！」

夏笑笑正襟危坐，小心地問道：「您找我有什麼事嗎？」

儘管夏笑笑回到辰星影視許久，但她跟辰星影視ＣＥＯ的接觸並不多，一方面是職級存在差異，一方面是夏笑笑身分特殊。畢竟她是直接空降過來的，以前又在銀達投資總裁辦待過一段時間，還不是普通的空降兵。

「笑笑，是這樣的，我們商量了一下，覺得妳既帶藝人，又參與專案，精力恐怕會有點吃不消……」辰星影視ＣＥＯ眼含精光，循循善誘道，「妳先把《胭脂骨》放在一旁，全心投入陳一帆那邊吧。」

夏笑笑一愣，詢問道：「您有跟楚總說過這件事嗎？」

對方臉上隱隱露出一絲不悅，卻還是婉言道：「我會跟楚總商量的。」

「那就是還沒有提過？」夏笑笑似有所悟，搖了搖頭，「對不起，如果不是楚總直接授意，我不能馬上放下《胭脂骨》的工作。」

夏笑笑必然是圍繞大老闆的意志來行動，畢竟是楚總讓她空降過來的。

辰星影視ＣＥＯ不滿道：「夏笑笑，我知道妳當過楚總的助理，但我同樣是妳的上司。我理解妳離開這次的專案會有點失落，但妳資歷太淺，現在還難挑大梁，仍需歷練。這是正常的工作調動，不能只考慮妳一個人的感受！」

如果放在過去，夏笑笑被上司如此訓斥，必定會惶恐不安，但她現在想到楚總對自己寄予厚望，心中頓時充滿勇氣。她認真地糾正道：「我並沒有只考慮自己的感受，只是楚總安排我負責此事，我當然得盡忠職守。如果您跟楚總商議後，她也認同這個結果，我會退出《胭脂骨》的專案的。」

辰星影視CEO見她不配合，頗有些惱羞成怒的意思。他被夏笑笑當面頂撞，當即道：「妳不要敬酒不吃吃罰酒！」

夏笑笑皺眉道：「您應該先問過楚總的意思……」

對方冷笑道：「如果她的意思跟我一樣呢？」

夏笑笑面露猶豫，一時不知該如何回答，便聽到一旁傳來熟悉的女聲。

「那大概是不可能的。」楚楚望著屋內對峙的兩人，開口道，「你們都是這樣先斬後奏的？」

楚楚今天來辰星影視，是為了親自提點夏笑笑《胭脂骨》的事務，沒想到一來就看到一齣大戲。辰星影視CEO居然私下威脅女主角，讓她離開製作組？

楚總身後的人看向辰星影視CEO，怯怯地解釋：「楚總突然過來，特意沒讓我們彙報……」

老闆扒開門縫偷聽，他們怎麼敢去攔？

辰星影視CEO見楚總駕到，神色一僵，立刻展現出變臉的把戲。他迎了上去，假惺惺地噓寒問暖：「楚總，您怎麼不說一聲就來了？我才能下去接您……」

楚楚慢悠悠道：「其實自從成為總裁的那一刻，我就一直想說一句話。」
對方趕忙道：「您說，您說……」
楚楚眨眨眼，開口道：「你完了。」
對方：「……」
辰星影視CEO尷尬地笑了：「我不太明白您的意思……」
楚楚直接道：「你以後不用在這家公司任職了。」
「您是在開玩笑吧？」他不可思議地說道，沒想到楚總為了包庇新職員，居然會對高層下手。
「當然沒有。」楚楚走向夏笑笑，拍了拍她的肩膀，當著眾人的面宣布，「以後她在專案裡的意思，就代表我的意志。」
眾人聞言頓時面露震驚之色，夏笑笑本人更是感到頭暈目眩，難以置信。
〔恭喜您完成隱藏任務，「霸道總裁」光環已加強。〕
〔隱藏任務：維護擁有「女主角」光環的人物一次。〕
〔恭喜您啟動新稱號「魚塘塘主」。〕
〔魚塘塘主：我要讓所有人知道，這個魚塘被你承包了。你的維護讓女主角大為感動，獲得百分之五的好運加成。〕

夏笑笑被楚總拍了拍肩膀，聞到老闆身上淺淺的香氣，腦海中頓時一片空白。她像是木頭人一般呆立在現場，根本無法形容此時的感覺。這一刻，她甚至顧不上聽清楚總的話，胸腔中的激動之情幾乎快要溢出！

夏笑笑：偶像拍……拍了我的肩膀啦！

楚楚聽清奇怪的提示聲後，動作一僵，沒料到還會有這種稱號。

誰想做魚塘塘主，難道女主角是錦鯉嗎？

她觸電般地將手收回，像是被夏笑笑的鱗片燙了手。

雖然大家早就知道空降兵夏笑笑是楚總的心腹，但當眾坦然地承認還是第一次。

辰星影視CEO臉色發青，直言進諫道：「楚總，我理解您想提拔新人，但我們都是辰星的資深員工，這麼做實在是讓人心寒……」

辰星影視CEO沒想到楚總會突然到訪，他不好解釋自己勸退夏笑笑的行為，乾脆硬著頭皮倒打一耙。大家都對空降兵抱有敵意，此時激化矛盾，對他有利無害。

夏笑笑還沒有太多的工作經驗，恨不得趕快升官，完全是一飛沖天的架勢。其他人就算明白道理，心中難免有所不服，無法接受如此不公平的待遇。

楚楚風輕雲淡地看了他一眼，反問道：「你是覺得我不公平？」

對方點點頭，乾脆道：「公司有自己的晉升機制，就算您是老闆，也該尊重基本制度。」

楚楚笑了笑：「如果你現在閉嘴，我們還能好聚好散。」

辰星影視CEO大義凜然道：「忠言逆耳利於行，即便您因此讓我離開，我也要說出來。」

「你還滿會幫自己立人設的？搖身一變成為直言進諫的忠臣？」楚楚看到他虛偽的嘴臉，佩服地鼓掌，隨即涼涼道，「不如我們聊聊，你以前從專案中扣下多少錢？」

「楚總，我行得正，坐得直，不明白您在說什麼……」辰星影視CEO心中一跳，面上卻仍是道貌岸然。

「我原本睜一隻眼閉一隻眼，不過是覺得底下的人總要賺一些，否則沒有積極性。」楚楚慢條斯理道，「要是真的細算過去的帳目，你可能要坐牢。」

楚楚以前還沒察覺到辰星影視的問題，但她最近跟導演洽談問價幾次後，已經逐漸摸清書中世界的影視行情。雖然辰星影視的財報看起來毫無問題，但真要細算電視劇的成本支出，實際上有不少令人生疑的部分。

外行看熱鬧，內行看門道。楚楚只要大致知道主演和其他演員的價格，基本上就能估算出電視劇專案的總成本。經驗老到的製作人只要看一眼畫面，就明白要花多少錢。拍攝主場景有幾個，群演和馬匹有多少，週期有多長……只要這些資料明確，計算出來的總支出八九不離十。

除此之外，高於平均水準的導演和演員價格，無非就是做假帳。這種形式類似回扣，辰星影視CEO多年經營下來，大概也拿了不少錢。

銀達投資的附屬公司太多，張嘉年不可能監察公司中的每個項目。辰星影視CEO只要將財報抹平，每年做出不錯的盈利，這些私下的小金庫只算小錢。楚楚明白這個道理，才沒有馬上戳破，沒想到對方已經坐不住了。

夏笑笑是楚總的人，要是她負責完整個專案，得知其中訣竅，那還得了？

辰星影視製作過不少電視劇，要是被老闆發現這些計謀，CEO的位置也保不住了。

「你在辰星這麼多年，公司確實成長了不少，沒有功勞也有苦勞，我不跟你計較那點小錢，全當作分手費……」楚楚神色平靜，說出來的話卻毫不客氣，「但要是你真的想鬧，可別怪我無情翻臉。」

辰星影視CEO面色慘白，他本來打算先下手為強，沒想到楚總其實什麼都知道。

楚楚見對方不說話，不由挑眉：「怎麼？難道還得把劇組帳目翻出來，一筆一筆查，你才會承認？」

他見楚總如此篤定，頓時沒了氣勢，喏喏道：「楚總，交接工作也需要時間，您總要先找到繼任者……」

辰星影視CEO心知大勢已去，他必然會離開，楚總不過是沒把事情做絕，勉強留下一絲顏面給自己。他是個識趣的人，氣勢立刻弱了下來，施展緩兵之計。

「沒那麼麻煩，把CEO的位置懸空就好，這世上沒有誰重要到無可替代。」楚楚快刀斬亂麻，絲毫不給他拖泥帶水的機會。她早就想換掉辰星的幾個高層，現在不過是把時間略微提前。

對方啞口無言，沒料到楚總手起刀落，幾乎是殺伐決斷，看起來早有準備。

這場風波來得快去得也快，辰星影視是一夜變天，高層瞬間消失。前任CEO的離開也帶走公司內一小批人，他們都知道留下也是自身難保，還不如趕在楚總沒計較前，抓緊時間撤退。

夏笑笑沒料到一次簡單的私下交談，竟會推動公司內部的人員調動。公司經歷短暫的人心惶惶後，又順利恢復平穩，像是小石子在水面激起的漣漪，最終重歸於靜。

辰星影視CEO的位置懸空，楚總便代行決策，親自管理部分事務。

楚總完全沒被影響，不但守著公司，還泰然自若地處理著《胭脂骨》的工作，看起來比過去還悠閒。她不但拿到了剛出爐的劇本，還開始著手選角的事情，專案進度相當順利。

私底下，夏笑笑滿腹疑惑，忍不住偷偷問道：「楚總，您為什麼不跟他們計較劇組的事情呢？」

夏笑笑那天站在現場，大致了解來龍去脈，楚總選擇息事寧人，實在不像她的作風。

「每個人的性格和能力都不一樣，有的可以直接重用，有的則要恩威並施。」楚楚懶洋洋地翻著《胭脂骨》的劇本，解釋道，「妳不能把小人逼上絕路，一直握著他的把柄才是上策。」

前任CEO是個老油條，如果真把他逼得走投無路，很可能兩敗俱傷，還會引發公司內部大範圍的動盪。現在他悄無聲息地離開，帶走幾個心腹，辰星的損失不大，對後續的專案也沒有影響。

雖然楚楚沒有追究舊帳，但不代表過去的事情能一筆勾銷。倘若他以後想做出對辰星不利的事，必然會想起這顆埋伏的地雷，因此有所顧忌。

「而且妳現在資歷太淺，我對他下手過重，看起來似乎大快人心，到頭來都會還到妳身上。」楚楚心裡很清楚，眾人對夏笑笑升官肯定有意見。

即便前任CEO離開了，他在公司中積攢多年的能量並不會馬上消失。楚總待在公司裡的時候，夏笑笑安然無恙，但只要她一走，其他人肯定會立刻拿夏笑笑開刀。她就像是靶子，別人沒辦法對老闆做什麼，難道還對付不了她嗎？

現在楚總沒有嚴懲前任上司，使用略微柔和的手段，反彈在夏笑笑身上的力道也不會太強。

夏笑笑有些楞睜，沒想到看似粗枝大葉的楚總，居然有如此細膩的考量。她不免有些感動，真心誠意道：「謝謝您……」

楚楚擺擺手，隨口道：「不用謝，誰叫妳太弱了。」

女主角總歸是小綿羊，做不出太邪惡的事，比較容易受欺負。

夏笑笑漲紅臉，鼓起勇氣道：「您知道我很弱，為什麼還要我負責《胭脂骨》呢？」

楚楚抬頭瞟她一眼，疑惑道：「妳不想負責嗎？」

夏笑笑連忙道：「當然不是，但您了解我的能力……」

「有能力的人很多，但真的想把事情做好的人很少。」楚楚看出夏笑笑的茫然無措，開解道，「妳現在很弱，不代表未來也弱，我看人可從沒看錯過。」

這是楚楚的真心話，她想要努力推動夏笑笑往上走，跟對方的「女主角」光環沒有關係，而是單純覺得夏笑笑是個赤誠認真的小女孩。就算夏笑笑沒有光環，依然是值得指導和扶持的新人，因為她的本質是好的。

夏笑笑聽到楚總的鼓勵，眼神閃亮亮的，隨即不知道想到什麼，又緩緩垂下眼，輕聲道：「您對我這麼好，我都不知道該怎麼回報……」

楚楚大方道：「不用太客氣，多替我賺錢就好。」

如果是其他人，肯定會覺得此話很微妙，然而夏笑笑卻面露堅定，信誓旦旦道：「我一定不會辜負您的期望！」

夏笑笑在超強的粉絲濾鏡下，幾乎看不到楚總的瑕疵。

直到她收到匿名的光碟。

「笑笑，這份快遞是妳的。」

同事們像往常一樣翻看包裹，隨手將其中一件遞給夏笑笑。

「好的，謝謝！」夏笑笑接過，她翻看毫無特點的快遞一眼，並不知道是誰寄給自己。上面沒有寫寄件人是誰，只有寫收件人的名字，看起來著實可疑。

她疑惑地拆開紙質資料夾，發現裡面有一張白色的光碟，除此之外別無他物。

夏笑笑用電腦讀取光碟內容，裡面是一段監視錄影畫面，畫面中的地點相當眼熟。

豪華酒店，露天泳池。

楚總將她推下二樓。

夏笑笑看完這段影像，一時陷入沉默。雖然她那天沒有看到始作俑者，但仍然堅信是有人將自己推進游泳池。錄製節目當天，她被人叫到二樓，毫無防備地站在欄杆前，卻突然被撞下二樓。

現場的工作人員曾經調查過此事，卻沒有任何結果，最終不了了之。

夏笑笑仔細回憶，她似乎就是在落水事件後，跟楚總牽扯上千絲萬縷的關係，還收到老闆送來的蔓越莓餅乾。之後被莫名其妙地被調到銀達投資，從此跟楚總的接觸越來越多。

現在有人想讓她知道事實真相，但目的是什麼？

夏笑笑想了想，最後還是將影片刪除。

她將格式化的白色光碟放回袋內，然後毫不客氣地掰斷，隨手丟進垃圾桶裡。

光碟斷裂的清脆聲嚇到了旁人，同事不禁問道：「笑笑，妳丟了什麼？」

「沒用的光碟。」夏笑笑抱歉地笑笑，「對不起，嚇到你了？」

「光碟是可以回收再利用的……」同事怯怯地提醒。

「我忘了。」夏笑笑毫無愧疚地解釋，她根本不想再看到這張光碟。

新視界公司內。

南彥東站在落地窗前，他目光幽深，詢問手下的結果：「她看到後是什麼反應？」

夏笑笑看清楚楚的真面目，大概會悲痛欲絕，沒料到向來欽佩的大老闆用心險惡，竟有過如此歹毒的念頭。

下屬小聲地說道：「南總，她好像……沒有反應。」

南彥東略感詫異，皺眉問道：「你們確定她收到光碟了嗎？」

「確實是夏笑笑簽收的。」下屬同樣感到不解，補充道，「……但她好像沒有想要對質的念頭，或者有其他舉動。」

南彥東面露沉思：「你們再用別的管道把錄影畫面傳給她，確保她真的看過了。」

「背叛的情緒是會積累的，總有爆發的那一刻。」南彥東覺得夏笑笑現在只是在逃避問題，不想面對真相而已。

接下來的一週，夏笑笑一共掰斷七張光碟，甚至連電子信箱都會收到影片。寄件人簡直是瘋狂轟炸，深怕她忘記此事，無孔不入地進行提醒。夏笑笑每次都心平氣和地把影片刪掉，在睡醒後迎接全新的一天，以及再次出現的神祕光碟。

第十天的時候，南彥東決定親自出面，心想不能再這樣拖延下去。

「你就是寄光碟給我的人？」夏笑笑按照資訊，抵達地下停車場，便看到靠在瑪莎拉蒂旁邊的南彥東。她在看清對方的長相後，發現他是新視界的南總，頓時有種恍然大悟的感覺。

眾所周知，新視界和銀達現在水火不容，是絕對的競爭對手。

雖然南彥東私下蒐集過夏笑笑的無數資料，但今生卻是第一次跟她見面。夏笑笑看起來跟上輩子不太一樣，她穿著簡潔大方的通勤裝，換掉學生氣十足的帽T，臉上略施粉黛，少了幾分怯懦之氣。

南彥東印象中的她更像是糯米糰，說話總是很小聲，看起來毫無攻擊性，尤其喜歡坐在鋼琴邊聽自己彈琴。如今的她卻用警惕的眼神注視著自己，似乎飽含戒心。

南彥東輕輕挑眉，詢問道：「發現自己崇拜的老闆不是好人，感覺如何？」

夏笑笑皺眉，反問道：「南總想讓我了解這些，又是為了什麼呢？」

「妳知道我是誰？」南彥東稍感訝異，隨即笑了笑，「妳就把我當作好心人吧，只是想提醒妳要及時止損而已。」

「她遠沒有妳想得那麼好，一直以來都在騙妳。」南彥東一針見血道。

南彥東緊盯著夏笑笑，等待她露出崩潰失望的表情，然而她卻沒有任何情緒波動。夏笑笑安然道：「這是我和楚總之間的事情，南總未免插手太多。」

「我不知道你是從哪裡拿到影片的，但請不要再寄給我。如果你要跟楚總和銀達競爭，堂堂正正地出招更好，用這種手段很沒有格調。」夏笑笑不顧南彥東難看的臉色，一字一句地說道。

南彥東的眼中醞釀著風暴，啞然道：「妳覺得我在挑撥妳們的關係？」

夏笑笑搖了搖頭：「我只是個小人物，當然不值得南總如此費心。」

夏笑笑說完，似乎不想再跟南彥東繼續攀談，打算離開。

「等等。」南彥東見她轉身要走，忍不住出言道，「妳以前很喜歡聽我彈鋼琴……」

他看到夏笑笑果斷的背影，冥冥中竟有種覆水難收的訣別感，難得地進行示弱。

「南總還會彈琴嗎？」夏笑笑有些疑惑地停下腳步，隨即輕輕道，「您成功讓我對一門樂器失去了興趣。」

這句話成為壓垮南彥東的最後一根稻草，瞬間把他點燃。

南彥東勃然大怒道：「她到底有什麼好？讓你們一個個都為她說話！」

張嘉年是這樣，夏笑笑也是這樣，簡直像是被楚楚灌下迷魂藥，澈底失去心智。

南彥東努力平復自己暴怒的情緒，冷靜道：「她能給你們的，我同樣能給，甚至可以給到雙倍……不管是金錢財富，還是社會地位！」

他明明不比楚楚差，為什麼她卻要對自己避之唯恐不及？

如果夏笑笑只是在乎晉升的機會，那她來到新視界，甚至可以得到更多！

夏笑笑看到他失控的狀態，想起近一週數不清的光碟和對方的無禮之言，頓時心生惱火。南彥東自以為是的態度成功激怒了夏笑笑，這簡直是對她人格的侮辱。

夏笑笑扭頭看向南彥東，眼底滿含厭惡之色，直接說道：「你不配。」

楚總從來不會讓別人感恩戴德地接受自己，更不會如此高高在上地說話。

即便她給予夏笑笑工作上的機會，也不會擺出這種施捨的態度。

「你根本不配跟楚總相提並論！」夏笑笑同樣動怒，據理力爭地說道。

南彥東不由冷笑，脫口而出：「我不配？妳知不知道我上輩子為了妳做過多少事……」

這句話宛如咒語，瞬間引發書中世界的連鎖反應。

〔主世界讀檔成功。〕

〔正在根據主世界資料，重新進行光環判定，請稍等……〕

〔請透過任務加強「霸道總裁」光環，光環消失將被主世界抹殺。〕

〔周圍檢測到「馬賽克」光環擁有者，跟您產生排異反應，強行進入清理任務。〕

〔清理任務：修復主世界bug，清理「馬賽克」光環擁有者。〕

辰星影視內，楚楚本來正在辦公桌前讀劇本，卻突然聽到奇怪的聲音，不由滿臉茫然：

「？」

楚楚低頭看了時間一眼，不知道主世界重新讀檔的原因。

辦公室內只有她一個人，楚楚面對牆壁上的任務文字，忍不住吐槽：「我又不是你雇用的工程師，為什麼要幫你修復bug？」

她又不是傻子，為什麼要做這種任務？

楚楚低頭繼續看劇本，但她很快就發現自己不能無動於衷，因為主世界陷入無限讀檔狀態，任何事情都無法進行下去。

〔主世界讀檔成功。〕

〔主世界讀檔成功。〕

〔主世界讀檔成功。〕

假如她不清理bug，每隔十分鐘，主世界就會重新讀檔，所有人都會被困在這一天。最糟糕的是，楚楚根本不知道「馬賽克」光環擁有者是誰。她只能茫然地在公司中尋找，經常還沒找到bug，便耗盡時間，再次回到辦公桌前。

辦公室的大門被猛地拉開，其他人在看到臉色鬱鬱、神情恍惚的楚總後，趕忙問道：「楚總，您有什麼吩咐嗎？」

這是楚楚第二十三次走出辦公室，第二十三次聽到這句話。

她雷厲風行道：「別耽誤我拯救世界！」

楚楚必須爭分奪秒地尋找bug，在十分鐘內解決戰鬥，否則主世界又要重新讀檔。

眾人：「？」

楚楚指揮道：「去幫我按電梯！」

「好好好！」其他人感受到楚總的風風火火，忙不迭地飛奔而去。

楚楚快速地左右掃視一圈，隨手拿起某人放在辦公桌上的扳手，大步踏入電梯，按下地下樓層的按鈕。她幾乎將辰星影視公司翻了個底朝天，奇怪的聲音只告訴她bug在周圍，卻沒說範圍究竟有多大！

楚楚低頭看著手錶，焦急地注視著秒針，眼看時間緩緩逝去，心中期盼這次不要落空。如果是十分鐘可以趕到的地方，最遠的距離應該就是地下停車場。

果不其然，楚楚剛踏進停車場，便在暗色中看到夏笑笑閃亮的「女主角」光環，像是黑暗中的一盞明燈。

令人意外的是，夏笑笑的對面卻是一團移動的馬賽克，像是電視機上被高斯模糊的畫面，只能隱隱看出人型。

楚楚：這是什麼妖精？簡直是魔幻現實主義！

楚楚也被嚇了一跳，但她見到憤怒的馬賽克向著夏笑笑撲過去，只能鼓起勇氣衝上前。如果十分鐘再次耗盡，她又得重新來過！

蠕動的馬賽克咆哮道：「我不配？妳知不知道……」

「妳給我閉嘴！」

楚楚眼看時間快要截止，卻來不及跑到夏笑笑面前，乾脆將手中的扳手投擲而出，直直地向那團馬賽克砸去。

「磅！」

扳手擊中目標，發出一記重響，隨即便是倒地的聲音。

夏笑笑驚惶地看著這一幕，不由下意識地捂嘴，腦海中控制不住地蹦出一個念頭。

夏笑笑：我這次是不是要替楚總把監視器畫面清除乾淨？

事情發生得太過突然，楚楚眼看著那團馬賽克倒在地上，緩緩恢復成正常的人型。南彥東趴在地上昏迷不醒，看起來毫無知覺，原來他就是「馬賽克」光環擁有者。

〔恭喜您完成清理任務，「霸道總裁」光環已加強。〕

〔恭喜您啟動新稱號「鐵窗淚」。〕

〔鐵窗淚：用暴力手段清除bug的你，自帶不怒自威的社會氣息。〕

楚楚：「……」

楚楚：明明是你叫我清理bug，怎麼翻臉就甩鍋！

楚楚沒料到bug居然會是南彥東，畢竟撞衫之仇深入人心，他明明是「霸道總裁」光環擁有者，楚楚卻只看到一團馬賽克，根本聯想不到南彥東，鬼才會知道那是什麼東西？

她望著挺屍的南某，頭痛地扶額，嘀咕道：「我這次真的要自首了……」

十分鐘已經過去，主世界不再重新讀檔。楚楚成功地拯救世界，卻涉嫌蓄意謀害他人，很快就能喜獲豪華牢房遊。

夏笑笑壯起膽子，小心地伸手試探南彥東的鼻息，怯怯道：「還有呼吸……」

「快叫救護車……」楚楚無奈地抱頭，自暴自棄道，「順便報警吧。」

她這次被奇怪的聲音害慘了，它居然用馬賽克迷惑自己的視線。如果知道對方是南彥東，她絕對不會那麼用力地砸他……會稍微輕一點的！

結果現在呢？什麼藍圖規劃，什麼百億目標，統統都成泡影，變成鐵窗內的美夢。

夏笑笑看著楚總的反應，不由輕聲問道：「您剛剛說『這次』，也就是說還有上次嗎？」

雖然夏笑笑在面對南彥東時氣勢十足，但她想到那支影片的內容，心裡仍不是滋味。她垂下眼，平靜地提出質問：「上次是您將我推下二樓的，對嗎？」

楚楚聞言一愣，她撞上夏笑笑認真的神情，沉默片刻後，終於忍不住開口：「……我們先叫救護車，再繼續聊可以嗎？他要是真的掛了，我就完蛋了。」

夏笑笑立刻手忙腳亂地打電話：「好、好的……」

夏笑笑趕緊打電話叫救護車，但她猶豫再三，還是沒有報警。

這一刻，夏笑笑完全不理解楚總的想法，她有點頹喪地低下頭：「既然您知道後果，為什麼還要做這樣的事呢？」

夏笑笑實在不明白，如果楚總是個壞人，她現在只要毀屍滅跡、勒令封口就好；如果楚總是個好人，又怎麼會做出拿扳手來爆頭的事情？

這些行為簡直自相矛盾，讓夏笑笑完全看不透。

楚楚嘆息一聲，無力道：「人在江湖，身不由己，你總得接觸不願意去做的事。」

這不是她的想法，是奇怪的聲音授意，她總不能說這是書中的世界。

夏笑笑的手指顫了顫：「把我推下樓也是如此嗎？」

楚楚難得無言以對，她注視著夏笑笑明亮的眼睛，坦白道：「不管妳相不相信，雖然我在行為上做過，但心裡不是那樣想的。」

「沒有任何解釋？」夏笑笑聽完楚總的回答，反而越發不解。

「是的，沒辦法解釋。」楚楚坦承自己的行徑，卻給不出任何合理的理由。

「您那時明明還不認識我？」夏笑笑更加疑惑，她總覺得自己跟楚總隔著一層遙遠的迷霧，只能努力在她似是而非的話中捕捉真相。

「不，我認識妳。」楚楚搖搖頭，她眼波流轉，第一次透露出真相，「夏笑笑，我一直都認識妳，因為妳是這個世界裡最特別的存在。」

夏笑笑是這本女性向言情小說的女主角，她是主世界的核心，就算是男主角李泰河，都無法跟她匹敵。

「我不明白。」夏笑笑失落地低下頭，她竟然有種想哭的衝動，忍不住眼眶泛紅，「所以您對我的提拔，都是因為愧疚嗎？如果不是那些說不出口的原因，您根本不會跟我接觸？」

夏笑笑恍然大悟，生而高貴的楚總之所以會關注自己，根本不是因為她子虛烏有的能力。夏笑笑早該想到，楚總在旁人眼中高不可攀，要不是有身不由己的理由，又何必彎下腰跟自己對話？

楚楚沒料到女主角會這麼想，反駁道：「當然不是。」

夏笑笑像是一隻紅眼的小白兔，有些委屈地看向她。

楚楚不好意思地撓撓臉：「我是覺得，妳未來應該能幫我賺不少錢，率先投資一下……」

夏笑笑：「……」

資本家楚總安慰道：「別不高興嘛，這也算是對妳能力的肯定？」

夏笑笑的聲音夾雜著哭腔，有些不悅道：「請您向我道歉。」

楚楚茫然道：「啊？」

夏笑笑：「把我推下二樓，請您向我道歉！」

楚楚試探道：「……對不起？」

雖然這件事不是她做的，但她代替原身道歉也是應該的。

夏笑笑抿了抿嘴唇，最終悶聲道：「那我就原諒您了……」

楚楚不知所措地眨眨眼，腦海中卻跳出惡龍咆哮的梗。

夏笑笑一本正經地強調：「但您不要以為這件事就這麼過去了！如果有一天，您可以解釋原因了，請您一定要告訴我……」

楚楚真摯道：「我保證。」

夏笑笑的臉色逐漸和緩，終於解開束縛多日的心結。

夏笑笑：楚總是有苦衷的，我要相信她。

——《我有霸總光環【第一部】攻心為上》未完待續——

高寶書版集團
gobooks.com.tw

YH 139
我有霸總光環【第一部】攻心為上（上）

作　　者　江月年年
責任編輯　眭榮安
封面設計　單　宇
內頁排版　賴姵均
企　　劃　何嘉雯

發 行 人　朱凱蕾
出　　版　英屬維京群島商高寶國際有限公司台灣分公司
　　　　　Global Group Holdings, Ltd.
地　　址　台北市內湖區洲子街88號3樓
網　　址　gobooks.com.tw
電　　話　(02) 27992788
電　　郵　readers@gobooks.com.tw（讀者服務部）
傳　　真　出版部(02) 27990909　行銷部 (02) 27993088
郵政劃撥　19394552
戶　　名　英屬維京群島商高寶國際有限公司台灣分公司
發　　行　英屬維京群島商高寶國際有限公司台灣分公司
初　　版　2023年9月

本著作物《我有霸總光環》，作者：江月年年，由北京晉江原創網絡科技有限公司授權出版。

國家圖書館出版品預行編目(CIP)資料

我有霸總光環. 第一部, 攻心為上 / 江月年年著. -- 初版. --
臺北市：英屬維京群島商高寶國際有限公司臺灣分公司,
2023.09
　冊；　公分

ISBN 978-986-506-799-1(上冊：平裝). --
ISBN 978-986-506-800-4(下冊：平裝). --
ISBN 978-986-506-801-1(全套：平裝)

857.7　　112013296